中国空军
击落U-2纪实

亲历者揭秘U-2葬身中国的台前幕后，
解密其背后的中美生死较量。

谢雪畴 ◎ 著

山西出版传媒集团
山西人民出版社

图书在版编目（CIP）数据

中国空军击落 U-2 纪实／谢雪畴著 .—太原：山西人民出版社，2012.10
ISBN 978-7-203-06943-0

Ⅰ.①中… Ⅱ.①谢… Ⅲ.①纪实文学-中国-当代 Ⅳ.①I 25

中国版本图书馆 CIP 数据核字（2012）第 225911 号

中国空军击落 U-2 纪实

著　　者：谢雪畴
图书策划：吕绘元
责任编辑：吕绘元
装帧设计：张永文

出 版 者：	山西出版传媒集团·山西人民出版社
地　　址：	太原市建设南路 21 号
邮　　编：	030012
发行营销：	0351-4922220　4955996　4956039
	0351-4922127（传真）　4956038（邮购）
E-mail：	sxskcb@163.com　发行部
	sxskcb@126.com　总编室
网　　址：	www.sxskcb.com
经 销 者：	山西出版传媒集团·山西人民出版社
承 印 者：	山西出版传媒集团·山西新华印业有限公司
开　　本：	720mm×1000mm　1/16
印　　张：	17.75
字　　数：	223 千字
印　　数：	1-8 000 册
版　　次：	2012 年 10 月第 1 版
印　　次：	2012 年 10 月第 1 次印刷
书　　号：	ISBN 978-7-203-06943-0
定　　价：	35.00 元

如有印装质量问题请与本社联系调换

第一章 射天狼

一、U-2潜入空军作战室 / 001

二、周恩来追梦成真 / 008

三、毛泽东说:"我们不但要有更多的飞机和大炮,还要有原子弹" / 012

四、刘亚楼发火了 / 015

五、"笨蛋"猎手出奇招 / 022

六、导弹游击战起步 / 029

七、第一架U-2是怎样被击落的 / 035

八、报捷声里 / 046

第二章 肯尼迪的"外科手术"与聂荣臻的集群火网

一、天外来客的怪招 / 052

二、于无声处听惊雷 / 060

三、干涸了的水国 / 065

四、道是无情却有情 / 073

五、罗布泊的夜晚 / 078

六、肯尼迪的"外科手术" / 081

七、聂荣臻的集群火网 / 085

八、看得见打不着 / 094

九、踱方步的情怀 / 100

十、吹尽黄沙之后 / 106

十一、塞在煤车里的英雄营长 / 110

第三章　后悔药变成三部曲

一、大套间里 / 115

二、红土地上的亲人 / 119

三、阵地 / 122

四、天上掉下个"黑猫小姐" / 127

五、三部曲奏进中南海 / 135

第四章　毛泽东一言九鼎

一、总预演 / 140

二、毛泽东一言九鼎——早响 / 145

三、千钧雷霆一触即发 / 148

四、"采蘑菇"的人们 / 154

第五章　冒出个"小元宝"

　　一、"近快战法"失灵了 / 164

　　二、检讨会捡回个大宝贝 / 172

　　三、萨拉齐的雪莲花 / 180

　　四、寒夜高空的游猎 / 185

　　五、爬出死亡 / 193

　　六、最后的结论 / 197

第六章　两个太阳

　　一、21号机组 / 201

　　二、"投到哪里算哪里" / 207

　　三、三军易统,良机难觅 / 217

　　四、金色蘑菇云 / 221

　　五、"抢在法国人前面" / 233

　　六、李源一接受的新任务 / 239

　　七、忧愁风雨周恩来 / 249

　　八、两个太阳——并非神话 / 256

后　记 / 273

第一章　射天狼

一、U-2潜入空军作战室

1962年2月23日，北京，北锣鼓巷，空军指挥所作战室。

高大透亮的大标图板上，一个蓝色的图影在一点一点地向前挪动。图影像空中飘荡的一只风筝，风筝下面拖出一条细长的尾巴——飞机的航迹。

航迹起自台湾桃园机场以北的海面，从福建马祖岛上空进入大陆。进入大陆后沿南昌—九江—武汉—郑州，一直向北飞去……

指挥所作战室中央摆着一张特大型圆桌，桌面上铺着军用地图，地图上覆盖着一层透明的玻璃纸。几个男女标图员手指间夹着削得尖溜溜的红蓝铅笔，戴着耳机，俯下身腰，正在玻璃纸上专心致志地标注着。他们身旁围坐着作战、领航、情报、气象、通信、航行、雷达、高炮八

大参谋,参谋们的目光都紧盯在那几个男女标图员的笔尖上。

大标图板上,蓝色的敌机航迹在迅速攀升……

小巧的扬声器里传来情报总站的最新信息:敌U-2飞机(以下简称U-2),一架,高度1.8万米,速度每小时750公里,方向270度……

指挥所作战室内一阵骚动。

特大型的指挥桌上,迎着敌机前进的方向,内陆纵深机场有几批歼-6飞机(以下简称歼-6)已经起飞进行拦截了!

女标图员用红铅笔敏捷地把我机出击的航迹标注在指挥桌的玻璃纸上。在玻璃纸上,我机变成了一支支红色箭头。

红色箭头昂扬直上,正拦在U-2的前方。

一道道欣喜的眼波跟随红色箭头飞扬。

大标图板上U-2在继续往前飞行,它的高度已经攀升到了2.25万米,速度加大到了每小时800公里。

指挥桌的玻璃纸上,歼-6上升到了1.7万米后不再往上升了。

几分钟后,红色箭头纷纷从标图板上下降,下降,终于消失了。

指挥所作战室里飘起了轻轻地叹息声:"5000,总是差5000米……嗨!"

在人们的叹息声中,U-2在2万米高空,对着大西北方向从容地飞去……

这是1962年2月23日,美制蒋机U-2入窜大陆的一个剪影。

当日,这架敌机大摇大摆地飞到了青海湖上空,在西宁海晏上空盘旋了几圈,然后,斜刺里插到了兰州。在兰州上空,它又盘旋了一圈。最后,飞回了台湾。

当日,空军副司令员成钧在指挥所作战室值班。他眼睁睁地望着这架U-2大摇大摆地进来,又悠闲自在地离去……他还亲眼见到自己的歼击机飞行员,奋勇争先地腾空、攀升,把当时我军最先进的新型飞机逼升到了实用的极限,最后还是落在敌机下面5000米……这一切,直噎得这位年过半百的中将说不出话来。

第一章 射天狼

值班结束时,成钧同司令部总值班员韩志明、值班员刘锦林在U-2入窜经过的标图纸上写下了忧心忡忡的敌情判断:"敌机此次入侵,主要是侦察我西宁、兰州一带的重要国防工业基地及重大设施。"

下班后,成钧怀着沉甸甸的心情回到什坊院的宿舍里。妻子周月茜出来接过他的衣帽,递给他一杯热茶。他接过茶,呷了几口,便一声不响地躺在客厅兼餐厅的沙发上出神。

指挥所里标图板上那U-2的身影老在他的头脑中盘旋。

U-2是美国洛克希德公司总设计师凯利·约翰逊为美国中央情报局设计出来的高空间谍飞机。1955年8月,第一架U-2试飞成功,约翰逊为其取名叫Utility-2,简称U-2。

这种飞机全身黑色,造型轻巧细长,主要用于担负窃取他国军事情报的使命,所以美国人叫它"黑间谍小姐"。

1961年初,美国将两架U-2援助了国民党蒋介石,替代两年前在北京附近被我地空导弹击落的RB-57D高空侦察机(以下简称RB-57D)。U-2则是对中国大陆纵深进行侦察,主要搜集我西北地区的核工业、核武器试验情报。它隶属国民党空军总司令部情报署,以空军气象侦察研究组为名,对外称为空军第三十五中队。实际上,它是美国情报机构控

"黑猫中队"队员在U-2服役期间为了保密,不准拍照。本照片摄于1974年解散前夕

制的一个战略侦察中队。每次对大陆侦察时，它的侦察目标、出动时间、往返航线，都由美国人背后决定；侦察所得资料，包括照片和电子信号，返航后即刻被美国军官取走。甚至它的机务维护工作，也完全掌握在美国人手里。国民党的飞行中队大队长也不能进它的厂棚。它是由美国人出飞机，蒋介石出人，为美国获取我方情报，供美国人使用的一笔交易。由两架U-2组成的第三十五中队的队徽是红色底漆加一个黑猫头，所以被称为"黑猫中队"。神秘的U-2被台方亲昵地称之为"黑猫小姐"。

这"黑猫小姐"的身影，今天第一次在空军指挥所的作战室里出现，直搅扰得这位中将副司令员心里格外不安……

在晚餐桌上，成钧喝下两杯闷酒，嚼了几粒花生米，扒拉了几口米饭，又回到沙发上去了。妻子拉他出去散散步，他勉强在庭院里转了转圈，望望那枝桠光秃、了无春意的老梧桐树，说声"没意思"，便又回到那间客厅兼餐厅的大房间里了。周月茜打开电视机想让他消遣消遣，他嫌那些节目"没味道"、"吵人"，周月茜只好关掉。她发觉他心里不痛快，便问："怎么啦？"他冷不丁回了一句："别问。"周月茜只好悻悻地走开，让他独自待在那间屋里。她知道他的这个古怪脾气，遇上烦心的事，总爱一个人待在一边发闷。

客厅的墙壁上挂着一幅全国大地图。成钧独自靠在沙发上望着这幅大地图沉思。

值班结束时，他在标图纸上写下的那段敌情判断，像块大石头压在他的胸口。

对于成钧来说，西宁、海晏、兰州……决不是几个孤单冷漠的地名，甘肃、青海也决不是人们想象中那个荒凉凄苦的"西伯利亚"。至于重要国防工业基地及重大设施，更不是白纸上几个冷冰冰的黑字和几个模糊抽象的机密概念。在成钧的头脑中，这是一座又一座现代化的国防工厂，也是加工提炼浓缩铀、制造核装置原件和原子弹壳的国防保密工厂，更是几万战士和民工组成的基建大军在埋头突击的核武器和导弹试验基地。这里凝聚着中国人民的雄心壮志，这里坚挺着五千年古国的脊梁。

这些年来，成钧在空军一直分工主管国土防空方面的事。这些原子弹工厂、核武器试验基地正是他昼夜精心保卫的重要目标。为了能保卫好这些工厂和基地，他在选择高射炮阵地、部署雷达兵力时，在这片穷山恶水、干旱焦渴的黄土地上不知来回跋涉了多少遍。他那颗忠于职守、效力祖国的红心，对建设现代化国防事业的赤诚，对大西北雪山峻岭、大戈壁、大草原的爱恋深情，使他同这里的工厂和基地，同这里的山山水水，同这里艰苦奋斗的战士和人民，结下了一种深沉炽烈的血肉之情……而今天，他第一次眼睁睁地看着敌人的U-2长驱直入，在这片土地上大摇大摆地侦察照相，在这片蓝天上抖威风……想到这些，他的心就难以平静，感到格外沉重，有一种受凌辱的愤慨。

这"黑猫小姐"也真不好对付。它有极优越的高空性能，有一个轻薄型的机体，装有大功率的发动机。它出航后能快速地爬升到2万米以上，即使世界上最先进的歼击机都只能望其项背。它每小时可以飞750到800公里，在空中停留的时间可以达到八到九个小时。它的最大航程达到7000公里，从台湾到新疆来回一趟，机上的燃料还绰绰有余。

它还装有分辨率极高、清晰度极好的巨型航空摄影机。在1.8万米高空拍下的照片，可以清楚地看到地面人员活动的情形。如果在9000米以下，甚至连报纸的标题字在放大镜下也可认得出来。它每起飞一个架次可以侦察96万平方公里的面积。美国中央情报局和五角大楼要的就是这个。

它还有一系列电子侦察设备。其中一个名叫第三系统的是专门捕捉对方雷达信号，另一个第六系统是专门侦察对方陆空联络、空中联络指挥，能准确地测定无线电波的工作频率，记录通信内容和密码暗号。并且这种电子侦察技术是随着空中斗争的需要而不断增加、不断更新和改进的。

就凭这些,这"黑猫小姐"便敢在共和国上空横冲直撞,如入无人之境……

台湾国民党空军得到这两架U-2后,成钧曾召集作战部、高射炮兵指挥部、技术部的一班作战人马座谈研究过对付这"黑猫小姐"的办法,但是几次座谈都没谈出个究竟来。本来这是不言自明的事实。空军现有的防空武器只不过是雷达、高射炮、歼击机、萨姆-2地空导弹(以下简称萨姆-2)。座谈会上有个参谋把这些武器对U-2的能耐,概括成了三句话:"看得见的打不响,打得响的够不着,够得着的挪不动。"意思是:雷达有把握发现U-2目标,但不能用炮弹击落U-2,这叫看得见的打不响;高射炮、歼击机都能用炮弹击落敌机,但高射炮的射程和歼击

蒋介石慰勉"黑猫中队"队员

机的最大实用升限都达不到2万米,对U-2无可奈何,这叫打得响的够不着;唯一能打下U-2的兵器只有萨姆-2,但萨姆-2是专门作为要地防空

用的，兵器结构笨重，阵地条件要求特高，不适合机动作战，而且全国才不过五个营的地空导弹部队（也称五四三部队），而且三个营用在保卫首都，另外两个营已经用于科研仿制和院校教学，没法动用它，这叫够得着的挪不动。三句话并成两个字"没辙"。这位参谋的话引起了一阵哄笑，不过，他讲了半天，却等于没说，也是个"没辙"。U-2就真的这么厉害？真的没法子对付？成钧心里不服气，可他自己也拿不出个主意来。他对那位参谋带点调侃意味的话，只报了个带点苦涩的微笑。

这天晚上，他服了两次安眠药才得以入睡。

下半夜，他又在睡意蒙眬中醒过来了。

脑子像一湾轻雾弥漫的湖水，在微风中漾起涟漪。

回忆之珠像只小蜜蜂，嗖地从心窝里飞出来，穿越时空的隧道，把他带回到了鸭绿江畔安东，带回到了抗美援朝战争时期的中朝空军联合作战指挥所里。

那年，成钧是中朝空军联合作战司令部的中方地面防空司令员，肩负着指挥地面高射炮、探照灯、雷达兵部队，配合空军歼击机，保卫鸭绿江上的几座大桥和渡口，掩护志愿军的后方，护卫战区里的诸多大工厂和重要基地的任务。

深夜，他被指挥所值班参谋叫醒："请首长去接北京来的保密电话。"

电话是总参谋部作战部部长王尚荣将军亲自打来的。

王尚荣传达了周恩来总理的紧急指示："美国军队在朝鲜战场上接连吃了几个败仗，败退到了三八线附近，在全世界面前大丢其脸，麦克阿瑟大吵大嚷着要甩原子弹。最近中国代表团团长伍修权在联合国会议上发言，严厉谴责美国侵略中国领土台湾和武装干涉朝鲜的行为，引起不少会员国的共鸣。这个发言大扬了中国国威，给了美国侵略者当头一棒，气得杜鲁门暴跳如雷，认为遭到了从未有过的耻辱。杜鲁门已授意五角大楼紧急研究使用原子弹的问题。11月30日，杜鲁门以总统身份召开记者招待会，在会上，杜鲁门的情绪显得很反常，不断举起双手喊

叫，还蹦出一句话来，说'使用原子弹的问题一直在考虑之中'。美联社当天就发了头条新闻，宣布杜鲁门一直考虑在朝鲜使用原子弹，是否使用原子弹由战地的美国军事领导人决定……周总理密切关注着美国的这个动态，要求总参谋部作战部紧急通知各位前线司令员，要认真对待美方的这个行动，要迅速地、最充分地做好防御原子弹袭击的准备……总理说：'这些战争疯子以为现在我们没有核武器，就是软骨动物了，我们应该给疯子们一个切实的教训……'"

在周总理的这个紧急通知下，整个前线部队开始了打坑道、深挖洞的战前准备工作。各级指挥机关立即进入了地下指挥所，部队的人员、炮火、车辆都进入了隐蔽工事，把后方堆积如山的作战物资也纷纷转入了地下……

当然，美国最终并没有使用原子弹。

这场较量却深深地触动了前线指挥员和战士们的心：

"中国人决不当软骨动物！"

"中国人应当有自己的原子弹！"

……

二、周恩来追梦成真

周恩来向前线司令员们发出了紧急指示之后，也一直没能平静下来。他把书架上的那份美联社华盛顿11月10日的电讯拿起来，重读了一遍，突然转身交代秘书："让外交部把这天英文报纸上有关杜鲁门这次招待会答记者问的详细报道尽快译出来，送给我看。"

杜鲁门答记者问的详细报道，很快摆到了周恩来的书桌上。

……

《纽约时报》记者安东尼·莱维罗问道："总统先生，我们在朝鲜战场下一步将如何行动？"

杜鲁门回答："我们将采取任何必要的步骤，以满足军事形势的需要，正如我们经常做的那样。"

《纽约每日新闻》记者杰克·多尔蒂趁机追问："这是否包括使用原子弹？"

"这包括我们拥有的任何武器。"

《芝加哥每日新闻》记者保罗·利奇进一步追问道："总统先生，你说的我们拥有的任何武器，是否意味着正在积极考虑使用原子弹？"

"一直在积极考虑使用原子弹。我不希望看到使用它，这是一种可怕的武器。不应将其用于和这场军事入侵毫无关系的无辜的男人、妇女和儿童——而如果使用原子弹，就会发生那样的事。"

合众社老资格的记者梅里曼·史密斯不放心地反问："总统先生，我想再问原子弹的问题。你说在积极考虑使用原子弹，我们清楚地理解了你的意思了吗？"

"我们一直在积极地考虑，史密斯，这是我们的一种武器。"

国际新闻社记者罗伯特·狄克逊瞪大眼睛问道："总统先生，这是不是意味着用以打击军事目标或民用……"

"那是军方人员将要决定的事，我不是一位批准这些事情的军方权威。"

全国广播公司新闻记者弗兰克·布戈尔问："总统先生，你刚才说这有赖于联合国的行动。这是不是意味着除非联合国授权，否则我们便不能使用原子弹？"

"不，完全不是那种意思。对共产党中国的行动有赖于联合国的行动。战场上的军事指挥官将改变武器的使用，正如他以前常常改变的那样。"

……

面对杜鲁门如此猖狂、如此露骨的原子弹威胁，周恩来把收集来的情报和信息迅速报告了毛主席和政治局。周恩来让外交部向美国政府提出严正抗议,指出美国使用原子弹也打不垮正义的中朝人民。

中国人应当有自己的原子弹!——周恩来的心同前线将士的心是相通的,此刻这两个声音正在他的胸中激荡。

洁白的厚雪覆盖着北京城。在中南海的西花厅里,周恩来抱着那只伤残的胳膊,静静地望着窗外纷纷飘洒的雪花,陷入了沉思。窗外飞扬的雪花扰动得他的思绪也在纷纷扬扬地翻腾。

杜鲁门的核叫嚣催醒了共和国总理对旧梦的追忆。

1944年,延安的窑洞里,当情报部门把美国正在研制原子弹的信息送到党中央领导人面前时,他敏锐的目光对此投下了深沉的一瞥。

1945年,当美国把第一颗原子弹投在广岛上空,使广岛顷刻间化为一片废墟的惨景照片传到延安时;当德国希特勒制造V-2导弹的详情在战后渐渐透露出来之后,他同毛泽东、刘少奇等人非常清醒地意识到:一个核技术的新时代到来了!他们明白,在这个弱肉强食的现实世界里,原子弹可以成为强暴者囊中可怕的恶魔,也可以成为弱小者手中有力的武器;可能被当做讹诈的王牌,也可能成为自卫的金盾。这样的新技术,这样的大规模杀伤性武器,掌握在帝国主义手里将是世界人民的大灾难,将对中国未来的安全造成严重威胁!中国革命胜利之后,必须掌握这些新技术才能保证国家的安全和独立,才能对世界和平作出应有的贡献。但这是比二万五千里长征还要艰苦、还要困难的征途。

当毛泽东在杨家岭小土屋前的石凳上,亮起哲学家深邃睿智的目光,同美国记者路易·安娜·斯特朗纵谈原子弹不过是只纸老虎,显示出中国人民蔑视美帝国主义的铮铮傲骨时,周恩来却同几个人在埋头收集、整理我国在国内外的著名数学家、物理学家、地质学家和工程技术专家的一串很长很长的名单,正在精心地为建立新中国的核科技队伍发掘人才。这位时代的伟人栖身在陕北窑洞里编织着他的强国梦。

进了北京城,生活在中南海的周恩来,把他陕北窑洞中的强国梦,一步一步地变成活生生的现实。

1950年4月，中国科学院组建了近代物理研究所，这是为建立核科学基础、为中国的核能研究和发展做准备的。他从陕北窑洞中织就的那份有200位著名科学家的名单中，精心选出了吴有训和钱三强来主持近代物理研究所的工作，还把理论物理学家彭桓武、实验物理学家王淦昌先后从清华大学和浙江大学调到了近代物理研究所。一时间，在人们的心目中，近代物理研究所成了中国核物理科学的"思想库"。这个核物理科学的宝库像一块大磁铁深深地吸引了海内外科学赤子们的心，一批批著名的科学家和留学生纷纷从欧美回国，投入了这个宝库的怀抱。著名核物理学家赵忠尧就是这个时期归国的。还有国内一批年轻的科技工作者和优秀大学毕业生也被选调进来。新中国早期的核科技队伍便这样点点滴滴地汇聚成河了。

1949年北平刚解放时，经周恩来批准，由中央统战部部长李维汉出面从极其困难的国库中专门拨出一笔外汇，托钱三强辗转捎给了在法国和英国的两位中国留学生。在法国居里实验室和英国朋友的帮助下，他们想方设法买到了一批仪器设备和图书资料，还收到居里夫人赠给中国的10克镭盐。这些非常难得的宝贵资料和物资冲破封锁禁运，终于被带回国内。这些设备、资料，加上赵忠尧从美国带回来的30箱器材，便成了近代物理研究所建所初期赖以进行科学研究工作的主要条件。

制造原子弹，国家必须拥有铀矿资源。没有铀，制造原子弹不过是一句空话。第二次世界大战中，日本作出研制原子弹的决定几乎同罗斯福的决定是在同一时期，但是，日本当时没有铀。后来，当美国的原子弹在广岛和长崎上空爆炸时，日本的原子弹还在科研机关保险柜的图纸上。

中国地质资料上写道：1943年，我国地质学家张定钊在江西省南部从光谱中辨出了钨、铋、锡、钼，并且发现了铀的迹象。四年后，另一位地质学家张更生在广西的冲积砂中采得了独居石、钍石等矿物标本，与此同时，另两位科学家在广西的钟山县第一次发现了真正的铀矿。

惋惜的是科学家们的这些重大发现却生不逢时，正赶在蒋介石驱动500万大军向解放区进攻的时期，中华大地正陷在血雨腥风的战火之中，地质学家们的心血便只能再次沉埋在荒山野岭的泥土之中。

周恩来从这些尘封的史料中看到中国有成为核国家的希望，发现了一条向核国家前进的蹊径。

他擎起电话筒："找地质部副部长刘杰！"

他要再一次追梦成真。

三、毛泽东说："我们不但要有更多的飞机和大炮，还要有原子弹"

1953年，美国总统艾森豪威尔继承了他的前任杜鲁门总统的"潜在意识"，又一次对中国进行原子弹威胁。

这次，他不像杜鲁门那样在记者招待会上公开露骨地大喊大叫，而只是同参谋长联席会议主席柯林斯将军进行了秘密谈话。

美国国务院1953年的绝密备忘录中记载了这次谈话。

在一个阴晦的早晨，刚上台不久的艾森豪威尔总统在他的别墅草坪遛着他的高头大马。这位第二次世界大战的功臣名将，此刻正春风得意，但他不得不驻缰，不耐烦地听取柯林斯关于朝鲜战况的报告。

"总统阁下，南北朝鲜已达成停战协议，但战斗仍在继续。"

"这种无休止的军事僵持是不能容忍的。"

然后，艾森豪威尔总统用不明确的语言暗示：可否以使用核武器作为一种合理的选择。

柯林斯对此表示怀疑。他提醒说："总统阁下，中国和朝鲜的军队处于掘壕固守的状态。核弹的威力将受到很大的限制。如果牵涉到苏联人的核反击，那么，在釜山港的美国海军部队将是极好的报复目标，那时，将会出现第二个珍珠港事件。"

艾森豪威尔总统不以为然，他松开缰绳，说："这种选择最先应是参谋长联席会议的选择。"

于是参谋长联席会议对选择的可能性进行了探讨和论证。

会议由柯林斯主持，结果，问题被拖下来了。柯林斯的质疑得到了与会者的理解，有的将军更从世界性的角度预测核武器的后果，说这种后果美国将无法承受。

柯林斯将会议的情况报告给艾森豪威尔总统，他只是默默地听着，不置可否。他吸了几口雪茄，沉思着。最后，他说，在国家安全委员会的会议上，他将提出一个重要的问题。

在两星期后召开的国家安全会议上，艾森豪威尔总统提出了两个探讨性的问题，对与会者进行试探，却没有正式提出使用核武器。他巧妙地避开了这个可能引起爆炸性争论的问题。

虽然华盛顿的这些内幕直到20世纪80年代才被允许发表，但在20世纪50年代这种核叫器曾经鼓噪一时，周恩来以他特有的政治敏锐力注意收集美国总统和将军们狂妄的梦呓。他从麦克阿瑟、杜鲁门、艾森豪威尔的各次核叫器中痛切地感受到了原子弹威胁的压力，进一步看清了中国应当有自己的原子弹的绝对必要性和迫切性。他头脑中长期孕育着的这个战略构想日趋成熟起来。

1954年2月，在地质部副部长刘杰的领导下进行了开发铀矿资源的筹备工作。同年6到10月，地质专家高之杖踏着前人留下的足迹，在辽宁海城和广西富钟县杉木冲等地进行了考察，并且从杉木冲带回了铀矿石标本。周恩来把这个消息报告毛泽东后，毛泽东很快便听取了刘杰的汇报。听取汇报后，毛泽东高兴地说："我们很有希望。要找。一定会发现铀矿。"第二年，地质部组建了第三局，委派雷荣天负责制订了一个全国性铀矿勘探计划，成立了两支共1000多人的勘探大队，分赴中南地区和新疆寻找铀矿。地质尖兵们在一年的时间里，风餐露宿，踏遍了祖国的千山万水，终于发现了一大批放射性异常点，其中有开采价值的矿点11处。到1960年，这支队伍先后向国家提交出的开采矿点共达八个之多，基本上满足了第一批铀矿山建设的需要。

在铀矿勘探捷报频传的同时，核科学技术的研究和实验工作也有了初步的进展。

善于把握机遇、多谋善断的周恩来，勇敢地迈出了他决定性的步伐。

1955年1月14日，周恩来亲自打电话，约请近代物理研究所所长钱三强，地质部部长、科学院副院长李四光到他的办公室开小型调查会。周恩来仔细地询问了我国原子核物理研究的现状、人员、设备、原子反应堆和原子弹原理以及铀矿地质勘探的情况。

国务院副总理薄一波、地质部副部长刘杰参加了这次小型调查会。

会议结束时，周恩来总理说："我把打算筹建原子能研究所和核工业的想法给主席报告了，主席要亲自听取这方面的情况汇报。明天，你们还来，汇报要言简意赅，最好能带点实物来，这样效果会更好。"

第二天，1月15日，毛泽东在丰泽园菊香斋书房前边那间政治局常委开会的房间里，主持召开了中央书记处扩大会议，讨论中国发展原子能事业的问题。当钱三强和李四光走进这间会议室时，发现毛泽东、刘少奇、周恩来、朱德、陈云、彭德怀、彭真、邓小平、陈毅、聂荣臻、薄一波等中央领导同志全都是来听他们的汇报。

汇报开始后，李四光从提包里取出一块黑色的铀矿石，说："就是这样一块矿石，经过提炼和制作后得到的东西能够释放出巨大的能量……"

毛主席兴趣盎然，拿过矿石察看了一遍，又让在座的各位传看。

当钱三强汇报到原子的结构原理时，毛主席引用"一尺之棰，日取其半，万世不竭"的话，阐明他"物质是无限可分的，质子、中子、电子也应该是可分的……"著名的哲学观点。他鼓励科学家们要进一步开展原子能科学技术的研究工作。

会议结束时，毛主席强调指出："我们国家已经知道有铀矿，科学研究也有了一定的基础，现在到时候了，该抓了。认真抓一下，一定可以抓起来。现在有苏联对我们的援助，我们一定要搞好！自己干，也一定能干好！"

中央书记处和政治局正式作出了研制原子弹和导弹的决策。

第二年，毛泽东在《论十大关系》中公开申言："我们现在还没有原子弹。但是，过去我们也没有飞机和大炮，我们是用小米加步枪打败了日本帝国主义和蒋介石的。我们现在已经比过去强，以后还要比现在强，不但要有更多的飞机和大炮，而且还要有原子弹。在今天的世界上，我们要不受人家欺负，就不能没有这个东西。"面对核大国的核威吓、核讹诈，毛泽东发出了掷地有声的核自卫宣言。

这是一个历史性的战略决策。

在这个决策的指引下，中国工业和科技实现了一次战略性的调整和改变，几十万国防科技大军拥向了西北和西南，优秀的科学家、工程技术人员、工人和人民解放军指战员在共和国的大舞台上演出了一幕幕威武雄壮的活剧。

中国建立核工业、发展核武器的举措，极大地震惊了世界的核霸主们。于是，他们从天空、地面、海上，从我国的国境线外，从一切可以利用的渠道来进行频繁的侦察和监视，严重地威胁到我国的国防安全。

于是，"黑猫小姐"的身影潜进了空军司令部的作战室里。

四、刘亚楼发火了

哗啦一声响，空军指挥所作战室紧闭着的铁门被猛地推开。

铁门的响声如同号令，指挥室里正在忙碌的人们一个个都像从弹簧上被弹了起来，笔挺地立在那里。

空军司令员刘亚楼上将像尊花岗石雕像，威风凛凛地站在铁门口。

当日的作战值班首长——空军司令部某少将副参谋长慌忙跨前一步，向司令员敬了个标准的军礼。

"报告司令员同志……"

刘亚楼的右手使劲摆了一下。

他一脸怒气，火急火燎地跨进指挥室，只几步便到了对面那块高悬着的大标图板下面。

擦得油光锃亮的浅勒皮靴，在地板上踏出一串脆响，咚咚咚……这位苏联伏龙芝军事学院毕业、当了五年苏联红军校官，却拒绝加入苏联国籍的中国工农红军师长，身上分明还留着苏联红军正规严整的风采。

大标图板上，U-2今天入窜大陆纵深的航迹，鲜明刺目地留在那里。紧挨着入窜航线的是另一条蓝色的长线——U-2返回台湾时留下的踪迹。

"娘的，又让这家伙逍遥自在地遛了一大圈跑啦！"他的话像一串爆烈的枪弹，两只虎眼里射出令人生畏的寒光。这位矫健壮实、骨骼生得十分紧凑、浑身充满活力的名将，发起火来，真像一根烈焰腾腾的铁棒，对那溜跑了的"黑猫小姐"，他恼恨得牙根直响，大有一口吞下肚去才解恨的气势。

他的这团火气是大有来头的。作为空军司令员，他不能容忍这小小的U-2三番五次地到大陆的天空横行无阻，自由来去；作为人民解放军的高级将领，他对赫鲁晓夫撕毁中苏协定、掐断对中国的军事援助的时间，竟和美国把U-2交给国民党发生在同一天如鲠在喉，气愤难平……这些积郁在胸的火种，一旦碰上一点小小的火星，自然会引发一场爆炸。

少将副参谋长踮起脚尖，走近他身旁，轻咳了一声，压低嗓门，开始作情况报告："情况是这样的，早上5点57分，前方侦听站和雷达同时发现桃园北面的海上……"

少将举起手中那根光滑细长的木杖向大标图板的航迹指点着。

"简短一点,好么!"刘亚楼显得极不耐烦,那张铁青的脸冷冷地扭向了一边。

少将的话被噎住了,垂下涨得通红的脸,尴尬地靠到了一边。

刘亚楼压根儿没理睬这些,只鼓胀着腮帮,朝标图板再靠近了一些,眼睛里两道令人胆寒的光波狠盯在标图板上的青海湖地区。

青海湖上,U-2留下了几道深蓝色的大圆圈。

刘亚楼的目光停在这大圆圈上面,久久不肯移开。

他把少将叫来问道:"这U-2在青海海晏上空一共绕了几圈?"

"三圈。"

"是三圈吗?"

"是的吧。"

"哦!"刘亚楼不置可否地从喉咙里吐出个"哦"来。又问:"总共是多长时间?"

少将傻眼了,支支吾吾,答不上来。他知道这位上将司令员是出了名的厉害,没弄清的情况,千万别在他面前瞎哼哼。刘亚楼发觉这位少将心虚,便撇开了他,不再问了。

过了好一会儿,他侧过身来,向大圆形指挥桌上望过去。值班参谋和标图员们围绕指挥桌插蜡烛似的站了一圈。

刘亚楼向桌旁的领航参谋小项点了点头。

领航参谋小项明白了他的意思,便急忙迎上前去。

"噢!今天是你在值班呀!"刘亚楼的脸上第一次露出了几丝暖意。

"是的,我在值班。一号。"小项回答。

"几天不见,你也能顶一号班啦?"刘亚楼有几分诧异地问。

刘亚楼对空军司令部指挥所任一号班的参谋一向要求特严,严得甚至达到近乎苛刻的地步。这是上大阵的事,非得精兵强将不行。他明令规定,一号班的参谋必须经过严格的专业训练;必须工作成绩突出,确实是拔尖人物;必须口齿清楚,军容举止端正,工作时绝对不能吸烟;

必须经过部门科长、处长严格的考核，还要司令部首长亲自考试合格才能呈报审批。

小项是刘亚楼的业余戏友。刘亚楼休闲时，不搓麻将，不玩扑克，也不下棋，除了跳跳舞，就是哼哼京戏《打渔杀家》《武家坡》什么的。刘亚楼来指挥所值班时，一次总是干满24小时，留在指挥所的首长休息室里过夜。这时候，他一个人留在屋子里没事，便叫小项来拉胡琴，陪他唱。刘亚楼唱肖恩，小项便唱穆桂英；刘亚楼唱薛平贵，小项便成了王宝钏……日子久了，上将司令员同中尉参谋之间的界限不见了，倒成了"父女"、"夫妻"关系。两人就这样混熟了……

这会儿，刘亚楼问小项："你是什么时候顶一号班的？"

小项抿抿嘴，说："上个月，司令员亲自批准的呀！"

"我可忘啦！"刘亚楼搔了搔腮帮上的硬胡茬子，也笑了。

"那好，我向你祝贺！"

"谢谢。司令员有什么指示？"小项知趣，这里不是聊天的地方。

刘亚楼朝青海湖上那几道蓝圆圈努努嘴："U-2在这里到底绕了几圈？"

"一共三圈半，时间2分08秒。"小项回答得干脆利索。

刘亚楼把那绞麻花似的蓝圆圈再细细地端详了一番。

"不错，我看也是三圈半。"他点点头，蓦然又问："2分08秒，这时间，你是根据什么说的？"他那双炯炯有神的眼睛瞅在小项的脸上，就像老教授在面试他的学生。刘亚楼有一种打破沙锅问到底的严厉作风，许多人都怕他这种穷追不舍的考问。小项倒是沉得住气，从容不迫地回答："我先是根据自己的目测心算，后来又同记时员核对了的。"

"那么，为什么'黑猫小姐'要在这里多绕上半圈？说说你的判断吧。"刘亚楼竭力掩饰住挂到嘴边的喜悦，一脸严肃，继续他的追问。

小项沉吟了一会儿，朝刘亚楼瞟了一眼，一挺胸脯，回答道："以我的判断，一是为了空中照相的需要，二是便于飞机改航，向兰州飞去……"

小项接过刘亚楼递给他的那根小木杖,指点着标图板上那半圈蓝圈。

从这个蓝色的圈端引出一条虚线,虚线顺顺当当地引向了兰州。

刘亚楼对小项的这个判断当然是赞赏的,便重重地点了点头。又继续问道:"你再把这空中照相的问题讲讲看。"

小项侧转身,朝指挥桌前那一圈"蜡烛"指了指:"报告司令员,请您问情报部的张科长吧。"

情报部的张科长也是今天的一号班。他见刘亚楼看他,便把U-2在空中拍摄重点目标时的情形,作了简明扼要的汇报:U-2上装的73-B航空摄影机,在2万米高空拍下的照片,横幅范围本来是150公里,因为空中照相时,要有重叠部分,还有误差的地方,地面拼图时都要剪去。如果只在青海湖和海晏上空绕飞三圈,那么,照片上祁连山麓一带的目标就可能拍不上,或者拍得模糊,不十分清楚,只有加拍半圈才保险。

刘亚楼伸出他的五个手指头,独自个儿计算了一回,重新望了会儿青海湖、海晏、西宁和祁连山那一大片地图,流露出一缕忧虑的目光,骂道:"这'黑色间谍小姐',硬是把我们这个重要目标最近的新情况全搞跑喽!"

他在大标图板前来回踱了一会儿,地板在他脚下又咚咚咚地响了起来。

他停下步,深情地望着小项,然后,走到小项跟前,朝他肩膀上击了爱抚的一掌:"好!你干得不错。"他那布满硬胡茬子的大脸上,第一次绽开了快慰的微笑。

指挥室里快要凝结了的空气,顿时缓和下来。

"来,来,来,大家坐下!"他挥起手臂招呼着,自己先在指挥员的正位上坐了下来。

阴转晴。指挥室里涌起了一片暖融融的气氛。

"我有病,最近外出检查身体,又要参加中央和军委召开的一些会议。快一个月了吧，我没来指挥所值班，这里一摊子的事，全靠几位副司令员和参谋长管着，我倒是很放心的。你们每次报来的情况我都看过了……昨天刚回来，今早听说他娘的U-2又来了，而且横跨了七个省！一毛不拔，逍遥自在地让它跑了一圈，真气死人啦！难道我们就真的没办法，把这偷吃的'黑猫小姐'揍下来？太窝囊，太气人了哇！"

他又说得火气攻心、脸红脖子粗了。

就在这时，门外传来了小卧车的响声。

秘书高晓飞从外面进来，轻报了一声："成副司令员回来啦！"

刘亚楼站起身，赶到门口，迎住了成钧："你不是下部队去了么？怎么又回来啦！"

"办公室秘书给二营去了电话，我想有什么急事……"成钧在门边拣了个空座位，坐下来忙着喝水。

"又是你高晓飞的主意！"

高秘书笑笑："这是成副司令员交代我的。"

刘亚楼莞尔一笑："也好，你回来了，研究一下，看看怎样尽快给总部（总参谋部）写份情况报告吧，事情严重啊！"

成钧还没答话，作战部值班参谋把刚刚起草出来的一份报告草稿递到少将副参谋长手里。少将过目完，便恭恭敬敬送到了刘亚楼跟前。

刘亚楼浏览了一遍，啪的一声扔在一边："这样的东西能往总部送吗？几点几分，敌机一架，从台湾起飞，经过某某某等地方，对大西北进行了照相侦察，然后，沿某某航线返回台湾……简直就是一篇狗肉账嘛……"

满屋子的人都被镇住了。

少将副参谋长有点不服气，嘴里冒了一句："过去的报告，都是这个写法，总部也是这样要求的。"

"过去一般情况下，这样写当然可以。这回可不行啊！美国人给国民党的新式飞机接二连三飞到大西北，对我国的核基地频繁地侦察，而我们至今还没有有效的办法来对付它，听任它在那里逍遥自在地进来出去，这情况有多严重！我们把这样严重的情况，这么大的事情，不加分析，不做研究，按一般情况去向上级反映……这怎么行？这个报告送到总部，我估计，不但总参（总参谋部）、总长和各位副总长必看，很可能还得报给几位老总……你们想想，把这样一大车茅草送到上面去，不是显得我们司令部的水平太低了吗！成副司令员，你看怎样？"

成钧拿起那份草稿看了一遍，望了望少将副参谋长："这个当然不行。得好好动动脑筋，写份有情况、有分析的……"

"对嘛！就按成副司令员说的办。"急性子的刘亚楼来了个快刀斩乱麻，"我们高级机关的同志，一定要学会多动脑筋。要多多动脑，就是毛主席说的那个开动机器……一定不要就事论事，照抄照转，狗肉账一篇，那样，你不就成了留声机、广播器、电话总机啦！甚至比这些机器还不如！这些机器，起码不要发薪金，不要调级，不要分配住房……"

刘亚楼一发脾气，说话就偏于尖酸刻薄，机关里许多人都害怕他。可是，也有人说，他发火的时候，正是他思想最活跃、见解最精辟、最富独创性的时刻，许多深刻的人生道理，许多工作上的好主意，往往都是在这个时候冒出来的。有的人甚至提出，引出他的批评来，就能引出工作方向……真是仁者见仁，智者见智。

在空军司令部的作战档案中，1962年3月1日，空军司令部呈报总参谋部作战部的这份报告是这样写的：

> 1962年3月1日，台湾蒋军使用U-2入窜大陆，进行空中侦察照相，获取我重要国防机密，其意义有三：一、曾经停止了一年半之久的内陆纵深侦察已经重新恢复。二、此次U-2由马祖入陆，飞越我闽浙皖豫陕甘宁七省，在银川、兰州、包头、西安诸地照相后经郑州、福州返台。沿线我机多批拦截，均不获成功，我某部飞行员竭尽全力使飞机升到实用极限，发现

U-2还是高出5000米以上,无法施行攻击,敌U-2在内陆深远腹地逍遥自在地游历一圈,安然返台,显示了U-2的极大优越性。三、从U-2飞行达到的终极侦察地区看,美蒋对我西北原子工业重地及重大设施极度重视。

报告后面的署名的是刘亚楼、吴法宪、成钧、张廷发。

五、"笨蛋"猎手出奇招

东交民巷的8号大院里住着共和国的四位元帅,人称"元帅府"。当时主管中共中央军事委员会(以下简称中央军委)日常工作的贺龙元帅便住在这个警备森严、幽静之极的大院里面。

早饭后,贺龙元帅在庭院里散步。

参天大树遮掩着庭院。贺龙双手捧着他的柳木烟斗,不吸,只轻轻摇晃,嗓子里暗暗呜呜地哼着歌曲的旋律:"洪湖水,浪打浪……野鸭和菱藕……"上等烟丝燃烧时散发出的芳香在他身后飘荡,他独自在庭院里龙行虎步式地潇洒走着。

秘书轻手轻脚走近贺龙元帅,打开棕色文件夹,将一份报告呈到他面前。

"罗瑞卿总长转来的。U-2又到大西北绕了一大圈。"

贺龙戴上老花镜读完报告继续散步。秘书在他身后不远处悄悄跟随着。

散步是贺龙的一大习惯、一种爱好,也是他独特的思维活动方

贺　龙

式。无论是在硝烟弥漫的战场上，还是在宁静深幽的帷幄中，他的许多大决策多数是在手捧烟斗、龙行虎步的潇潇洒洒中踏出来的。

如今，这个主管中央军委日常工作的第二副主席的日子不好过啊！国民经济正处在三年自然灾害困难时期，帝修反（帝国主义、修正主义、反革命分子）一齐紧逼上来，东南沿海前线局势紧张，美蒋飞机频频入窜，不时来几个"擦边球"，还有小股武装特务不断地袭扰，金门、马祖增了兵，美国第七舰队蠢蠢欲动。蒋介石、陈诚在那里大喊大叫："反攻大陆，千载难逢的良机！"苏军在东北边境增兵，爆发一场不大不小的战争势在难免。中蒙边境也不安宁。新疆伊犁一带，一场暴乱在酝酿之中……印度的尼赫鲁也赶来凑热闹，正在西藏那边调动兵力。在这八面来风的严峻时刻，美国人援助蒋介石的U-2一次又一次看中了大西北的原子弹工厂和国防尖端科学技术的试验重地。毛泽东派林彪同他一道管中央军委的日常工作，可林彪一向惯会生病，常常"告病休息"，这军队的一大摊事情，便全推到贺龙头上。而贺龙自己是个真正外强中干的老病号，糖尿病缠身，多年也没治好……

他抬起头来，摸一下乌黑的唇髭。

西北方，天空里，阳光耀眼，一片湛蓝，有几朵云彩在飘拂。

好一个风和日丽、和平宁静的早春天气。

在如此美好的春天，美蒋的U-2竟敢纵跨七个省，对大西北的原子弹工厂和核试验基地进行侦察照相！

对于贺龙来说，大西北的原子弹工厂和核试验基地，不仅仅是使国家掌握有效的核自卫能力，使中国跻身于世界先进行列的一块基石，而且是共和国灵魂和胆魄的体现……

1960年7月，苏联政府单方面撕毁中苏两国1957年签订的《国防新技术协定》，中断了对中国的国防技术援助，撤走在华的专家。赫鲁晓夫把这次打击的重点对准了中国的核技术领域。他让在中国国防科技领域工作的所有苏联专家于一个月内统统撤离，让专家们带走了许多重要

的设计图纸和有关资料，同时停止提供建设急需的设备、关键部件和重要物资，使一些正在展开的科研项目和重大工程被迫中断，给刚刚起步的原子弹、导弹国防尖端技术造成了很大的损失和困难。赫鲁晓夫洋洋得意地估计，这一拳，起码会使中国五到十年翻不过身来！

当苏联毁约停援的消息由留守北京的李富春专程报送到正在北戴河召开的中共中央工作会议上时，毛泽东说："要下决心搞尖端技术。赫鲁晓夫不给我们尖端技术，极好！如果给了，这账是很难还的！"毛泽东表达了中国人民不信邪，不怕压，勇于战胜困难的决心和气魄。

毛泽东的这句话，这个决心，这个胆略，后来凝铸成了"发奋图强，自力更生"的国策，成了一盏指引航船冲破惊涛骇浪的灯塔。

贺龙亲耳聆听了毛泽东的这次谈话，领会了这个决心和胆魄。后来他在自己主持召开的国防工业系统干部会上，当众立下了一个铮铮誓言："卧薪尝胆，发奋图强，打掉一切依赖思想，下最大决心依靠自己的力量，突破国防尖端技术！"

一年后，贺龙以打猎为名，乘专列去大西北秘密视察原子弹工厂。他在青海高原，亲眼看到了职工每人每月二两油，没有新鲜蔬菜的伙食。他到过因营养不良造成浮肿病人多达40%的施工连队。身为国防工业委员会主任的贺老总面对如此严峻的工程建设局面，面对身陷饥饿还在为建设原子弹工厂拼命的战士和民工，痛心地抛洒了一掬热泪。后来，他看到基地司令员李觉将军带领工厂职工在青海湖上捕鱼，用鳇鱼来给职工和核技术专家们补充卡路里，他欢喜地向浸泡在冷水中的将军和职工们致了个元帅的军礼……这一年，毛泽东的饭桌上没见过猪肉。全国的猪肉都被收拢来，运到苏联去还外债。毛泽东就是不怕压，就是不信赫鲁晓夫那个邪！毛泽东不吃肉，共和国元帅们当然也吃不到肉，北京城里的机关干部、知识分子还去捡树叶、挖芦苇根做叶蛋白来增加营养，太叫人痛心啦！那些为尖端科学技术埋头苦干的大科学家们的生活也同人民一样艰苦。1961年春节前夕，周恩来委托陈毅、聂荣臻、陆定一出面邀请钱学森、钱三强、朱光亚、程开甲、郭永怀等几十位科学家来到人民大会堂开会，贺龙因患糖尿病不能参加。当科学家们走向指定的会场，发现四张大圆桌上摆满了烧得油光滴亮香味扑鼻的红烧肉，周恩来同每一位科学家干杯时，宣布："今天会议的主题就是吃肉。"科学家们的热泪和着茅台酒一起吞下肚肠……三年，这样苦撑苦斗了三年，才熬出了今天这个局面，才熬出了今天的大西北！今天，大西北的原子弹工厂和核试验基地，已经同祁连山、焉支山、贺兰山、天山一样，巍巍乎傲立在大西北的黄土高原之上，成千上万的人民解放军战士、工人、农民、科学家、将军、工程技术人员，几年来用自己的双手、心血和汗水浇灌了这些祖国的奇葩，让她在大西北黄土高原上怒放了！而这会儿，老美又给蒋介石送来了世界上最先进的高空侦察机……他们侦察了这些东西去，后面还要干什么？而堂堂共和国的元帅，能信这个邪吗？

贺龙在庭院里龙行虎步潇洒地走着，他在自问自答地唔唔嗯嗯……

西北望，射天狼！

贺龙蓦然转过身来，交代秘书："要空军认真研究出对付U-2的办法。"

他把"认真研究"四个字咬得嘎嘣脆响。

秘书把贺老总的话匆匆记下。

贺龙又打了个手势："这个报告送聂总看看。"

聂荣臻元帅同贺龙都住在8号大院里。

三天后，贺龙、聂荣臻

聂荣臻

元帅的指示转到了空军。

在北锣鼓巷,空军司令部的大楼里,司令员刘亚楼上将、分管防空作战的副司令员成钧中将,同空军作战部、高射炮兵指挥部的作战班子聚在一起开小会,照贺龙说的"认真研究出对付U-2的办法"。

上次成钧召开座谈会时那位参谋的三句话——看得见的打不响,打得响的够不着,够得着的挪不动——成了这次小型研讨会上议论的一个焦点。

"有意思!说明这位青年同志是肯用脑子的嘛!"刘亚楼很有几分欣赏的意思。

那位以为闯下了大祸的参谋受到刘亚楼的这句赞许,那骇得煞白的脸一下子变成了火烧云。

"不过,这个话未免过分、绝对了吧。"刘亚楼抚摸着他刮得一片青光的腮帮子,笑了笑,"挪不动吗?1959年4月间,三个营由北京转到宁夏中卫沙漠里去打靶,那是挪动了的吧!"

"我们调整作战部署时,也在动嘛!"高射炮兵指挥部的政治委员最善于领会首长的意图,赶快补充了一句。

"不过,那是小动咯!"一位副部长靠在沙发上轻叹了一声。

"大动小动,都是动嘛!"另一个不同的声音。

"对,对,大动小动都是动!"刘亚楼心中欢喜,从座椅上蹦起来,在室内转了一圈,转到成钧面前,站住,"成副司令员有什么看法?"刘亚楼一向都尊重他这位沉静寡言的副手。

"这几天,我正在同几个营长商量这件事呢!"

"啊,对!"刘亚楼对成钧的这个思路显然是很赞赏的。他搬过一把椅子,在成钧对面坐下,"他们的意见怎样?"

他像个给病人听诊的医生,聚精会神着呢。

"困难是不小,但还是可以挪得动的。关键是看中央军委能不能解除他们保卫首都的战斗值班任务……"

"对！对！对！问题的关键就在这里。"刘亚楼高兴得腾地站起身来，又转开了圈。

"解除三个导弹营保卫首都的任务，可是个大事情！不简单……"高射炮兵指挥部的政治委员忧心忡忡地说。这位老红军政治委员在困难面前，总是表现得格外小心和慎重。

"不过，老待在北京不动，总不是个办法。U-2不来，你几个营不都成了呆兵！英雄无用武之地嘛！"成钧的话说得平和、含蓄。他的思路却显然开阔得多了。

"这就应了古书上那个守株待兔的故事！"刘亚楼拍了拍脑袋，恍然大彻大悟似的说，"守株待兔，守株待兔，我们都快成了那个傻不隆咚的笨蛋猎手啦！哈哈……"

刘亚楼敏捷的思维，豪爽的气概，犀利的语言，把一屋子的人都搞得活跃起来。

"说不定，敌人用的正是这个计策，让你空守着北京城，他在那里大搞声东击西……"作战部一位副部长，是刘亚楼的笔杆子，肚子里还藏着半部兵书呢！

小型机密的作战会议从白天开到深夜。当景山后街一带夜色深沉、睡意正酣时，空军司令部大楼那处窗口里仍透出淡淡的灯光。

几颗脑袋碰撞在一起，做着数不尽的分析、比较、设想、论证、查询，像蜜蜂在蜂房里酿蜜一样……最后，他们酿出了一个古老而又新奇的战法——把五四三部队撤出北京，转移到外地去机动设伏，只留一个营在北京，继续担负保卫首都的任务。

当时人们把这叫做导弹游击战。

游击战——一个古老的战法，一个古今中外历史上都曾多次出现过的，至今也还在绵延不绝应运的战法。

导弹游击战——把用于要地防空的重型武器萨姆-2，拉出去机动作战，去打游击，这在现代战争中是一个史无前例的战法。

地空导弹是第二次世界大战后出现的一种新型防空武器，美、英、法等发达国家的防空部队在20世纪50年代初期就装备了这种武器。1958年7月，彭德怀在中央军委扩大会议上提出，防空部队除继续加强高射炮、雷达部队外，还应该建立一定数量的地空导弹部队。同年10月，中国先后从苏联进口五套萨姆-2，开始在空军组建五个地空导弹营。1959年上半年，各营在苏联专家帮助下，经过突击训练，掌握了指挥、操作和兵器维修技术，9月上旬进入阵地，9月21日正式担负作战值班。10月7日，共和国十周年大庆后的第一个星期日，国民党空军上尉飞行员王英钦驾驶RB-57D从浙江温岭上空窜入大陆，越过沿途歼击机的层层拦截，沿京浦铁路上空直扑共和国首都北京。当日中午12点04分，王英钦同他的RB-57D在北京东面的通县机场上空被我地空导弹兵第二营的三发导弹击落，飞机残骸坠落在通县东南18公里的地方，开创了中国空军和世界防空作战史上第一次使用地空导弹击落高空飞机的战例。

王英钦的RB-57D被击落后，国民党空军对大陆内地的高空侦察间断长达两年零三个月之久。

U-2一上来，便使出了个新招——它在大陆深远腹地到处飞行，却从不窥探首都北京。

保卫首都北京的几个地空导弹营空拥有锐利的防空武器，却失去了打击的目标。

敌人采取了避实击虚的战法，使我们的地空导弹部队陷入了守株待兔的窘境。刘亚楼、成钧同他们的作战班子识破了敌人的这个新花招，便改变了自己的战法，孕育出了这个导弹游击战来。经贺龙批准，1962年6月27日，地空导弹兵第二营撤出北京，隐蔽机动到长沙大托铺机场设伏。

历史上，许多开创新局面的人，当他们向新局面迈出第一步时，往往并不能真正明白这第一步的深远意义。刘亚楼和成钧大约也跳不出这个认识发展的规律圈外。他们当初大约并不明了第二营这一次去长沙的机动设伏，竟开创了中国空军地空导弹兵在长城内外、大江南北长达十年之久的流动作战。他们当初大约也没有料到，这个新颖而大胆的决策，竟使一支仅仅五个营的部队就把共和国广阔的天空变成了世界上最先进间谍飞机的死亡黑洞。他们当时大约也没有看到，这个新颖而大胆的决策，竟结束了U-2在共和国天空横行一时的历史，并且在世界地空导弹作战史上写下了极其辉煌的篇章。

六、导弹游击战起步

暮色苍茫中的北京南苑机场。

机场东北面的火车专用线上布满岗哨，有荷枪实弹的警卫战士，有身着警服的地方公安人员。这个本来就是军事要地的场所，今晚更增添了一层森严神秘的气氛。

这条专门为机场运输油料航空器材而修造的铁路支线，月台修在路轨的终端，军用器材物资既可以从车厢一侧进出，也可以让重型车辆和大件装备从路轨终端直接进到月台上面。月台北边，靠大路一侧，修了一道土堤，土堤高度正好把大路上行人的视线遮住。土堤上架着铁丝网，铁丝网内外长满荆棘和蓬蒿，堤埂便显得像一道厚实的高墙。部队在这里装卸军用物资，堤外的人根本无法瞧见。

月亮还没出来，只有繁星在古柳树和榆树茂密的枝梢间闪烁。白天的暑气正在消散，蛐蛐们已经热热闹闹地起哄了。

从丰台火车站开过来一长列平板车皮。在汽笛长鸣中，平板车皮慢慢倒进了机场，停靠在月台的终端。

一辆吉普车从月台东边冲上来，头灯的光柱掠过月台，车子停在月台中央。

空军上校营长岳振华从吉普车上跳下来。

岳振华个头不算高，长得却挺壮实。风雪和骄阳把他的皮肤染成了

首创地空导弹击落高空侦察机战例的岳振华

古铜色，使他看上去显得有点苍老，远超过他的实际年龄。他闪动着一双大眼睛，眼睛里漾动着一泓清亮的光波，两片微微张翕的嘴唇，在刚毅中隐含几分幽默和风趣。他本是一名高射炮兵团团长，从共和国成立的那一天起，就指挥一个高射炮营，后来是一个团，保卫首都的天空。这京城内外，燕山南北的天空、大地、坝上草原、皇家猎场、军事要地、道路交通，他都了如指掌。1958年，空军组建第一批五个地空导弹营，从陆军抽调优秀的指挥员当营长，他被空军中将成钧看中，点了他的将，他便脱下草绿色军装，换上了空军服。一位老资格团长降格成了营长。1959年10月7日，他指挥第二营在通县机场一举击落了美制蒋机RB-57D，首创世界防空史上用地空导弹击落高空侦察机的战例。战后，中央军委给他提前晋级，在他中校肩章上新添了一颗星。

今晚，这位上校营长将要指挥第二营从这里登上南下的专列，远赴长沙，开始头一次的导弹游击战。

从平板车皮上走下来三个人，走在前面的是第二营副营长宫长春。

"65节车皮，全调齐啦！"宫长春几乎是叫喊着向岳振华报告这喜讯的。

从共和国成立的第一天起，火车皮就一直十分紧张。一个导弹营车运行军，一开口就要动用65节车皮，这的确是非同寻常的胃口。对车站调度部门来说，不啻为一件天大的难事啊！

"这都亏他二位帮了大忙。"宫长春把身后的两个人介绍给岳振华。

一位是车站的负责人，专管调车的；另一位穿军服的，是军运办公室的代表。

宫长春是两天前到丰台车站办理调车皮之事的。他同军运代表和车站负责人忙得像一只陀螺，紧转慢转了两天两夜，从整个路局各段的车辆中一个车皮一个车皮地挖、抠、挤、压，费了九牛二虎之力才把这65节车皮调配齐了。

他们把全营近百辆特种用途的大汽车、导弹、导弹发射架、雷达制导天线，以及一应武器、装备、油料、生活用品、人员等按照《列车梯队编组序列图》填写进一个个代表车厢的长方形空格里面，再把65个长方形空格划分成了两个军事专列的运行梯队。一个近代化高技术的机械化营就这样准确无误、分毫不差地装进了这幅标准的车运图里。

岳振华就按照这幅《列车梯队编组序列图》来指挥全营的人员、车辆、装备，一一对号入座，装进两列火车里。

岳振华同三人一道登上第一组合的十节平板车皮。他看见每节车皮的侧板上都用粉笔写着汉字：一号、二号、三号……在每节平板车厢的底板上，又见到那用粉笔画出来一道道很粗很粗的横杠杠，两道杠杠之间写着1、2、3……他知道这几节车皮都是拨给导弹发射连的，那车厢底板上的1是导弹运输装填车停放的位置，2是大型牵引车停靠的地方，3便是放导发射架的场所。这些车辆摆放的顺序1、2、3……也是很有讲究的——先上的后下，后上的先下。到了终点站卸车时，只要3号位上的导弹发射架被起重机吊到月台上，处在2号位置上大型牵引车便马上开过来把它拉上，奔阵地开去，而那1号位置的导弹运输装填车则载运着导弹紧跟在发射架之后前进。这样，一个完整的基本战斗单位便稳当顺利地进入了阵地。

岳振华看看这些安排全都合乎要求，车厢底板端板承受的压力也都分配得合适，心里很满意！但是，他还是时不时地在车厢底板上到处踢蹬一番，看看那底板上的铁钉有没有冒出头来的。大卡车的大轮胎怕的就是这个东西！这种进口的特制轮胎，一旦被铁钉之类的尖锐物扎破，一时可真难找到更换的地方，真要造成行车事故，是要妨碍作战的！

四个人正在平板车上忙着，忽听得月台外面又响起了吉普车的喇叭声。

第二营教导员陪同空军作战部副部长恽前程走上了月台。紧跟在恽前程后面的是北京军区空军第三训练基地（以下简称第三训练基地）主任张伯华、政治委员贺芳齐和参谋长周建华。当时的第一、二、三营都是第三训练基地的建制部队。

恽前程是刘亚楼和成钧派来检查第二营装车情况的。两位将军对第二营实行导弹游击战中可能遇到的困难考虑得特别多，对这次车运行军的安全和保密工作特别重视，所以特地派名副部长到现场来督导。

五天前，刘亚楼在搞不搞导弹游击战的问题上，在是否派遣第二营去长沙进行机动设伏上，头脑里考虑最多的是这个新战法的利害得失。对那些过多强调困难，不主张进行长途机动设伏的意见，他很不以为然，甚至明显地表示不悦，对车运中的困难方面似乎没多考虑。可是，这会儿当第二营真的要登车远行时，他对部队在行进中的困难却又想得多了起来。他除了亲自在电话中对岳振华作过交代外，还派恽前程到车站来看看装车的情形。刘亚楼特别交代恽前程，要认真检查导弹发射架起吊时的安全状况，要特别检查雷达制导天线的伪装情形。至于副司令员成钧，从三个营头一遭车运银川打靶起，到如今每个营的大小机动转移，他只要有时间，总是自己去问去看去摸。在成钧的眼里，萨姆-2上的一颗螺丝钉都是重要的。这次，他分不开身，不能来，所以他交代恽前程要特别注意那些拐拐角角里极容易被疏忽大意的地方……

时钟刚过10点。

南苑机场北营门外面，蓦然响起一阵摩托的轰鸣声。

在摩托的吼叫声中，第一辆驮着导弹的运输装填车开上了月台。运输装填车背后跟着的是导弹牵引车。牵引车后面便是那特别笨重的导弹发射架。在第一组车辆后面，跟来了一长溜黑糊糊的大汽车。它们净是些粗、大、笨的家伙。每辆载重大汽车都只打开了车前的近光灯,都只照亮了车辆前面的近距离地面。但是,那一连串近光灯汇聚在一起,还是把整个月台照得明光豁亮。大卡车排列成了一条轰轰发响、威武的钢铁蛟龙。

岳振华纵步走上月台中央,凝神不语,一动不动,浑身上下透发出一股刚劲沉稳之气。

站在月台终端的副营长宫长春,大张开双臂,挥舞着一双洁白的手套,像大街街心的交警一样,打着手势,指挥牵引发射架的大卡车沿着渡板向平板车皮开过去。他弯下腰来,仔仔细细地检查了大卡车同平板车皮压接的位置,看着全对准了,才大吹了一声哨子,喊了声:"上——慢。"

大卡车颤巍巍地压上了平板车皮。

平板车皮被压得吱吱直响,连带着把十节平板车皮都压得晃动起来。

这时,就见早先停在一旁的大吊车放下了它的钢索和大挂钩,大挂钩把导弹发射架牢牢抓住。

在宫长春的手势指挥下,发射连指挥员敏捷得像个灵猴,在发射架上爬上爬下,把大挂钩里里外外摸索了一遍,然后,才给宫长春打了个手势。

这时候,整个月台上的人都听见了岳振华一声威严的口令:"开始!"

大吊车吱吱呀呀地把发射架吊到了空中,那牵引车便稳稳当当地向平板车皮那头开了过去。大吊车舒展长臂,提拎着发射架在空中缓缓地挪移。战士们拽住发射架下面坠着的绳索,把发射架引到了它应该停放的位置。发射连连长检查过发射架将要降落的位置后,向宫长春又打了个手势,宫长春便再次吹响了口哨。大吊车的钢索一点一点地往下放,放,放……

发射架平稳地落到了平板车皮上。

月台上的人们,包括岳振华在内,到这个时候才长出了一口气。

吊车司机和牵引车驾驶员娴熟的操纵技术博得了满场喝彩。

一具导弹发射架净重11吨呢！上车下车，吊起放下，能够如此举重若轻、得心应手，难啦！

恽前程看得开心，一连发出啧啧啧的赞叹声！他该向刘亚楼去作个快意的汇报了。

第一号发射架安放妥帖，依次便是第二、三、四号的装载。

十节平板车皮才装了四具发射架，就已经塞得满满当当的了。

本来一个导弹发射连装备了六具发射架，这一回，岳振华只带了四具。他这样做，既为了轻装，又节省了车皮。导弹游击战是打一枪换一个地方的一锤子买卖，本来有三具发射架也就够了，他多带的一具是备份的。

机车发出一声长啸，十节平板车皮被拖离了月台，被拉向丰台车辆调度场去进行编组。

机车又把第二组十节车皮倒进了机场，倒进了月台。

第二组十节车皮装载着天线收发车、指令车、显示车、坐标车、发射控制车、配电车、电源车、牵引车、天线拖车等净是名称不同、用途各异的大卡车。这些车辆都是既贵重又娇气的精密电器。它们是整个营的眼睛、耳朵和心脏。这些娇气十足的宝贝，在长途运行中，一怕震动颠簸，二怕风吹雨打。

岳振华再次登车检查。

他对站在车皮两侧负责看管兵器车辆的警卫战士，一个个进行了面试。对覆盖车辆的篷布和篷布压接的方向，都逐个进行抠摸，看看篷布是不是按行车方向顺压的？篷布上的绳索捆绑得是不是牢靠？他担心黑夜行车时，夜风把篷绳胀脱，把篷布吹跑，让导弹露出真面目来。最后他亲热地拍了拍篷布说："伙计，行。"

最叫岳振华担心的，还是那根雷达制导天线。

雷达制导天线是导弹营的眼睛、大脑和中枢神经。战斗中，抓住敌人、把导弹头喂到敌人嘴里,都靠这根宝贝制导天线。天线长达10米,普通平板车皮不能装,要用特制的拖车。天线尖端要"翘起尾巴走路",又不能让它翘得碰着铁路上的桥梁和隧洞。它的形状特别,明眼人一看便知道这是做什么的。第二营的战士想出了各种各样的办法,给它乔装打扮起来。岳振华来到这10米长的天线跟前,看见那天线已被包裹在四根碗口粗细的杉木杆里,杉木杆外面穿着篷布雨衣,俨然一副地质勘探队用的钻井架。这个梳妆打扮可算巧妙,它连带着也把地空导弹营改成了地质勘探队的称呼,把全营人的军装都换成了地质勘探队员的蓝色野外工作服。

安放天线的车皮是临时调来的特种车皮。车皮显得陈旧,不理想。车站负责人抱歉地解释说:"要得太急,没有现成的。"岳振华谅解他的苦衷,却说:"这次凑合一下,也成。可是,下次,你得给我换个全新的!"车站负责人有点疑惑不解了:"下次,你们还有下次?"岳振华又开五个指头,半开玩笑地说"何止一个下次,多着呢!"

岳振华的戏言竟变成了现实。以后,他在这条铁路线上,南下北上,东去西往,连续奔波了十年,打了十年的导弹游击战。

两天后,岳振华领着他的一个营,埋伏在长沙大托铺机场,专打U-2的游击战。

七、第一架U-2是怎样被击落的

第二营在长沙的伏击战没有成功。

整整40天,鬼头鬼脑的U-2不肯到长沙露面。这"黑猫小姐"的大十字黑影,却在共和国上空到处撒野。

北方兵乍到南方,又赶在大暑天里,此地无战事的太平日子,叫他们活得不是滋味。南方的太阳毒辣,晒得人脊背脱皮。蚊子又多又大,见了人哼哼着就成团成团地往上闯。北方人最怕的长虫——蛇,黑夜里竟进入帐篷，钻到床下，挨到枕头边来套近乎。那年中国还没有从三年困难时期中完全恢复过来，大米、白面馒头从来不同战士们见面，锅里煮的净是高粱、黄豆加白薯面。北方人嗜好的大葱炸酱找不到，那被大伙儿叫做无缝钢管的瓮菜，外加南瓜和老苋菜，吃得人腻味。吃不好睡不好，水土不服的一营人，除了病号，剩下的全变成了黑瘦黑瘦的"精兵"。

岳振华同全营300多号人，千里奔波，风风火火地赶到这里来打埋伏，满心指望出奇制胜来一个漂漂亮亮的歼灭战，没想到，却整天窝在帐篷里忍受熬煎。

岳振华在进到长沙大托铺机场的初期，整天都蹲在阵地上忙战备，忙操练，忙检查，忙伙食，忙病号……真是两眼一睁，忙到熄灯。一天的时光，眨眼工夫就打发完了。

后来，他渐渐地空闲起来。在空闲中等待U-2出现。

U-2左等右等就是不来，一种焦躁的情绪在战士们中间渐渐弥漫开来，像瘟疫一样，传播得特快。

这种焦躁的心情却传染不到岳振华身上，他有一种超乎常人的耐劲。

他的这种超乎常人的耐劲，来自他对三年前在通县打RB-57D的经历，只要想起这个，他那颗心就能踏踏实实地静下来。

记得那是个国庆十周年大庆后的第一个星期天。上级通知：在国庆期间担负战备的，这个星期天补休。营政治委员和参谋长的家在北京市里，昨天晚上就回家了，只有岳振华留在营里值班。早饭后，他走出营部帐篷，照例要到阵地和各个连的帐篷里去转一圈。他望着通县机场南面那片洼地，洼地里长满芦苇，芦苇丛里隐伏着一排排草绿色帐篷，草绿色帐篷同芦苇浑然天成。他走进帐篷，看见有的战士正在执勤，担负常规战备值班。那些不值班的战士，有的已经请假外出，有的在洗涮，打扫个人卫生，也有的躺在床上补觉，要把几个星期耽误了的瞌睡补回来。在一连的帐篷外，几个战士走过来向他请假，他们要外出洗澡。他抬头看了看天，天空一片瓦蓝，一个大好的晴天……他的心忽然动了一下，这样大好的晴天，对于敌人来说，搞高空侦察照相是多好的机会啊！于是，他多了个心眼，没有准这几个战士的假："这么好的天气，说不定会有情况，别出去了吧。"在他的安排下，留在帐篷里的人员再没有外出的。

多亏他多了这么个心眼，刚过9点，指挥所的电话铃响起来，远距离雷达的荧光屏上出现一个亮点。

RB-57D果真来了！

三小时后，这架RB-57D被萨姆-2击落在通县东南18公里处的麦地里……

这个回忆非常美气。

这个非常美气的回忆，常在令人闷得发慌的埋伏待机中回到他的心上。

每回，他都从这个美气的回忆中获得一股超乎常人的耐劲。

现在，部队在南方头一次碰上了这个最叫人难忍难熬的时刻。岳振华又一次从美气的回忆中吸取了超乎常人的耐劲。

正在这难忍难熬的时刻，总参谋长罗瑞卿大将发了话："大海捞针，总不死心。"

罗瑞卿的这个话压得人简直透不过气来。

"海阔凭鱼跃，天高任鸟飞。"共和国的天空里，一架小小的U-2在2万米的高空纵情恣肆、自由自在地飞来飞去，总共只有五个营的兵力，每个营拦截正面不超过20到30公里的地空导弹部队，却要到共和国领空的大海里去捞一架U-2，谈何容易！

岳振华斗胆向北京拨了个电话："老这样待着，不是办法啊！"

正忙着开空军党代会的党委书记刘亚楼发话："请成钧副司令员研究一下，想想办法。"

成钧最先拿出个主意，让第二营到江西樟树机场去设伏。此处靠近湖南郴州，那里的大铀矿工厂是美蒋心目中的重要目标，U-2从台湾到郴州去侦察，这樟树是必经之地。到这里去撒上一网，说不定能捞上一条大鱼来。成钧带着恽前程和两个参谋，昼夜兼程，神不知鬼不觉地进入了樟树机场。

樟树机场地利人和，是导弹游击战设伏的好处所。可惜的是，天公不作美，连降大雨，赣江水涨，重装备的导弹营出进都很困难。

少了天时这个条件，樟树机场设伏的打算便只好泡汤。

成钧、恽前程等人回到北京，从头谋划。

在空军司令部大楼的作战室里，成钧召集他的作战班子再一次研究怎样到茫茫大海里去捞针的问题。

他们要从敌人身上去寻找打到敌机的办法。

参谋们把1到6月半年时间里U-2入窜大陆的次数、时机、条件，国际国内大气候、小气候的历史背景梳理了一遍，进行分析。他们发现，半年之内，U-2入窜11次，其中3次到西北，显然是为侦察原子弹工厂和核试验基地的。另外8次，活动范围在东南沿海一带。这年是蒋介石要反攻大陆闹得最来劲的一年，他对我福建、浙江、江西、安徽、广东、湖南、湖北方面的大小军事行动特别敏感，一有风吹草动便放出他的宝贝U-2来。

参谋们还把U-2曾11次入窜的作战标图找了出来，一次一次地进行推敲，一条一条地进行琢磨。把敌人每次入窜的意图摸清、摸准、摸透，摸出它的活动规律来。他们还把几次入窜的航迹图归拢到一幅地图上面。蓦然间，地图上现出了一片花朵似的东西。11次航迹分开来看，像一片孤单的花瓣，可是一旦合拢起来，重叠到一块，就发现其中8片花瓣都交织在一起，连成了一朵盛开的太阳花，而南昌城竟成了这太阳花的花蕊。

成钧同作战班子欣喜地得出了一个新结论：南昌显然就是U-2入窜

大陆的一个检查点，把第二营放到南昌设伏是大有希望的。

成钧同刘亚楼进行了秘密商谈，两人当即敲定：让第二营从长沙改到南昌去设伏。

这个新的决心和方案，很快便得到了贺龙和总参谋部作战部的批准。

成钧又带领恽前程等一干人马十万火急地赶到南昌亲自选择阵地。他让恽前程通知宫长春赶到向塘机场去等他。

岳振华在长沙接到命令，要求第二营月底前转移到南昌设伏。空军司令部对这次转移的保密要求比上次更为严格。部队撤出阵地、拆收兵器、装车、专列行进……都必须在夜间进行，就连部队番号、汽车上的牌照也全给换了。

8月9日夜间，第二营的专列隐秘地驶进了南昌向塘机场。

成钧把第二营阵地选在机场东面的小土山上。岳振华一看，小山有两座土丘，两丘间夹着个凹地。岳振华让四个发射架摆在两个土丘之上，让制导连藏在山洼里，他让满山青翠的松树林做了导弹阵地的迷彩服。

这个阵地布置得不符合萨姆-2战斗教令的规定。两个山丘之间只有90米的距离，比教令规定的少了一半，发射阵地外面没有供导弹装填车出进的环形路。装卸导弹时只能让装填车顺着一条直道来回倒。这都违反了阵地要"五朵梅花绕一条环形路"的要求。向塘是个丘陵地，地形复杂，除却这座小土山，没有更适合的地方。这小土山能使阵地得到很好的隐蔽，发射阵地遮蔽角虽然大到了4度，超过教科书上规定的一倍，但是并不妨碍射击。阵地设在机场里面，安全、警卫、情报、用电都能得到充分的保障……岳振华的五年导弹兵生涯，使他摸清了萨姆-2的脾气。八年高射炮兵团的作战经验，使他在选择阵地这门学问上有了许多书本里没有写、没写清、写错了的东西。这会儿，在别无其他选择的地方，他便大胆布下了这样一个不完全符合教令规定却挺适用的简易阵地。成钧很赏识岳振华的胆识和气魄，两人真正达到了上下同欲的境地。U-2喜欢在晴朗的白天出来侦察照相。成钧同岳振华从向塘机场的气象资料中查明，这样的好天气就在眼前，就在10月份的上旬。成钧交代岳振华抓紧准备，自己便抽身回了北京。岳振华看准了这个机会，让战士们从火车上下来便一头扎进小山的树林里去，抢修阵地、架设兵器、测试、伪装……他要抓紧把"房子"打扫得干干净净，好接待天外来客——"黑猫小姐"。

简易阵地抢修完毕。

兵器、车辆、设备的架设安装、测试和伪装都已完成。

部队在阵地上守候了七天。

U-2却不见踪影。

岳振华同第二营的战士们又一次陷进了焦灼之中。

这会儿，刚回到北京的成钧和他的作战班子，也同第二营一样，得了焦灼症。

难道每次机动设伏都要竹篮子打水一场空吗？

大海捞针，总不死心啊！

刘亚楼、成钧同作战班子又在那间作战室里像蜜蜂酿蜜似的切磋起来。他们从白天切磋到深夜，终于切磋出了一个新招。

一道极机密的电波从空军大楼里传了出来。

电波飞越长江，飞进了南京军区空军司令部的大院里。

9月7日，一个轰炸机大队从南京大校场起飞，威武雄壮的大编队降落在向塘机场。

隔一天，9月8日，又有一架大型轰炸机——杜-4，以8000米的高度，由南京飞到了江西的樟树机场。

南京地区的轰炸机群，如此突然、急促、连续地从纵深出动，朝福建方向前移，这个举措正像神经科医生手里的小榔头。小榔头敲在病人的关节骨上，那关节便猛地反弹起来。那一向沉迷在"反攻大陆，千载难逢"美梦中的蒋介石，被这小榔头敲打得魂惊梦断，也弹跳了起来，他得了个"山雨欲来风满楼"的预感。9月8日，他派一架U-2飞到广州进行试探，探探这些地方有没有共军的飞弹。这架U-2最后安然无恙地回到了台北。

9月9日6点，福建海防前哨雷达发现U-2一架，从桃园机场起飞，向福建方向飞来。

这个情报像一股电流，流进了北京，流进了空军指挥所，当然也流进了向塘机场地空导弹兵第二营的帐篷里。

7点37分，雷达情报站报出：U-2距离500公里。

坐在营指挥所的岳振华，昂然挺起身来，快步离开帐篷，坐到制导雷达显示车上他的座椅上去。宫长春接替了他在帐篷里的中心位置。岳振华提前进入了一等战斗准备状态。

岳振华心里好欢喜！"千呼万唤始出来"，这一回，你小小的"黑猫小姐"到底来啦。

《孙子兵法·虚实篇》上有一条："故敌佚能劳之，饱能饥之，安能动之。出其所不趋，趋其所不意。"中国历代许多军事家喜欢在这条下面把自己的用兵经验写成"注"。1962年9月7日到8日，南京军区空军轰炸机群的大动作，可以说是给这条兵法新添上的一个"注"——一个现代条件下怎样去调动敌人"出其所必趋"的"注"。

刘亚楼在空军指挥所直接找岳振华通电话。

岳振华跳出制导雷达显示车，跑回指挥所的帐篷。

话筒里响起了刘亚楼上将带点沙哑的福建口音："岳振华同志，你看到U-2出来了没有？"

"报告司令员，看到啦！"

"把它揍下来！"

"是。"

岳振华重新回到他的制导雷达显示车上，两眼瞪得溜圆，盯住荧光

屏上那正在悄然飘移的亮点。

U-2在2万米高空,以每小时800公里的速度朝南昌方向笔直地飞了过来。

在荧光屏上,U-2并不像架飞机,而是一簇枣核形的光波,"枣核"中排满密密的直线,呈篦梳状,导弹兵把它叫做"篦梳波"、"梳波"。

在岳振华眼中,枣核状的光波,是一个同自己心脏一起跳动的亮点。

亮点一点一点地对准自己的胸口移动过来,美哉,妙不可言!

7点50分,营属警-7目标指示雷达报告:"发现目标,距离256公里。"

制导雷达显示车上,岳振华一挥手:"部队进入一等战斗准备。"

荧光屏上的亮点在继续飘移。

亮点很快移近到了116公里的位置。

制导雷达显示车上,只听得岳振华的一声轻喝:"导弹四发,接电准备。"

他的声音很轻,似乎害怕这声音会把敌机吓跑。

7点59分,目标指示雷达继续报出:"敌机侧飞临近,距离75公里。"

75公里——敌人进入了导弹射击的区界。

岳振华压低嗓门,竭力控制住自己发抖的声音:"打开制导雷达天线。"

藏在山洼里的制导雷达天线飞快地旋转起来。

制导雷达一开机,目标一下子就被逮住了。

下一步,就是营指挥员命令导弹射击的决定性时刻!

一锤定音的时刻啊!

整个阵地寂静无声,人们屏住呼吸。

每个人都在等待,等待着于无声处听惊雷呢!

但是,惊雷并没有出现。

代替惊雷出现的,是目标雷达操纵员令人心碎的报告:"敌机侧飞临远——跑啦!"

帐篷里,在营指挥所的标图桌上,标图员把敌机的航迹标到了南昌北面的鄱阳湖上空。

鄱阳湖离南昌94公里。

这个距离已经远远超出了导弹射击的火力范围。

冷汗顺着岳振华的脸颊流淌下来。他痛惜不已地下了一道命令:"关闭制导雷达天线!"

荧光屏上,敌机迅速北移,鄱阳湖被抛到它的屁股后面。

岳振华眼睁睁望着这只煮熟了的鸭子飞啦!

"解除导弹接电准备。"他简直是呻吟着下了这最后一道命令。

岳振华痛苦地倒在座椅上。

这的确是一个痛苦的决定,但也是一个极其理智的决定。

制导雷达天线开机的时间不能过长。过长了,敌机上的雷达能截获电磁波的信号,这样一来,自己的目标就暴露在敌人面前。

导弹接电准备的时间不能超过25分钟,超过了,下次再接电就必须提前预热2分钟。以秒计算的现代化作战中,2分钟预热后才能接电,这是时间上最大的奢侈和挥霍!这等奢侈和挥霍,谁赔得起?岳振华解除接电的决心,正好为下一次再接电再发射赢得了时间,赢得了主动。

在战场上,时间就是胜利,就是赢家。在这里,胜败输赢只不过是一转念的事。岳振华在事关输赢胜败的关头,不愧是个拿得起放得下的硬汉。他不怕失败、不恋战、不拖泥带水、不婆婆妈妈,他能斩钉截铁地下决心,因此避免了一次终身的遗憾。

岳振华陷入了沉思:两次战斗,1959年10月7日那一次同这一次战斗,敌人战术变化多大啊!1959年通县那一次,飞行员王英钦采用的是啥战术!他驾着RB-57D竟敢冲着首都北京,愣头愣脑、大摇大摆、直挺挺地拎着脑袋往导弹头上撞!这一回,这个飞行员驾着比RB-57D更先进的U-2通过城市时，却小心翼翼地采用了侧飞临远规避战术……

岳振华浮想联翩。忽然间，他想起了昨天晚上接到的那份战斗情况通报。那是广州军区空军发生的事：一架U-2入侵广州，那个飞行员先在广州一侧70公里外侧飞，绕广州城飞了半个弧圈，后来，这家伙突然扭转机头，从广州上空一掠而过完成了侦察照相的任务。

岳振华心里豁然亮堂起来——今天这家伙使用的这一手，莫不就是昨天的那一套……他精神一振，情绪陡地激动起来……

顿时，阵地上各处的扬声器里响起了岳振华带点喑哑的声音："大家注意，大家注意。不要松懈。敌人可能回窜！"

他的话音刚落，指挥所标图员笔下的敌机航迹便出现了新动向——那U-2飞过九江、长江，飞到了湖北边境，便开始了180度的大转弯……真是说曹操，曹操就到啊。

U-2飞过了黄梅！

U-2飞过了广济！

U-2对准南昌直飞……

目标指示雷达的荧光屏上，再一次出现了敌机向第二营阵地临近的枣核形亮点。

此刻的岳振华显得比半小时前更沉着冷静，也更稳健了！

他胸有成竹地静候着，像猎人在等候他的猎物。

8点30分，敌机距第二营阵地102公里。

快要临近导弹发射的区界了。

岳振华命令导弹再次接电准备。

导弹接通了电，岳振华便把注意力全部集中到了制导雷达荧光屏的十字线上。

雷达操纵手在驱动警戒雷达天线，让天线发射的电磁波束去套住高空中的敌机。

"套住了！"岳振华差点喝叫了起来。

目标显示信号员用亢奋的声音报出了78公里的数字。

"打开制导雷达天线！"从这命令的声调中，人们听出了岳振华那一身静气的硬功夫。荧光屏上，枣核形亮点正轻轻地挪到十字线上来，终于在十字线上渐渐地稳定下来。

敌机前进到70公里时，荧光屏上显示出U-2已经进到了航路捷径的6到8公里。多么理想的射角！

岳振华屏住呼吸，目光紧盯住枣核形亮点，不吭声。他要把射击距离压缩再压缩一点，靠近再靠近一点。

枣核形亮点不偏不倚地继续前移了2公里。

岳振华使出全身力气，涌动满腔热血，斩钉截铁、掷地有声地喝叫出了他最后一声口令："前置法，导弹三发，29公里消灭目标。"

他的这道命令，总共用了8秒钟时间。

一声撕天裂地的巨吼，整个阵地都感到了震颤。

三条鲜亮的火龙，在松树林上腾空而起。

青翠的松树林被烈焰照得一片金红。

热浪滚滚的乳白色烟云，把小山、阵地和阵地上的一切都遮盖、淹没了。

荧光屏上出现的三束光波，飞速地接近了那个枣核形亮点……

岳振华的心真的乐开了花，他见制导雷达的电磁波束正地把三发导弹引向那高空的U-2。

这时，他直觉得身体在不由自主地颤抖……

荧光屏上猛然闪发出一团刺眼的光亮，光团随后化作一大片细碎的亮点。在细碎的亮点下面有几缕断断续续的长线，从十字线中心散落到了荧光屏下边。

"黑猫小姐"从荧光屏上消失了。

八、报捷声里

空军作战室里,刘亚楼从座椅上跳了起来!

荧光屏上,那敌机分明在他的眼前化作了一团火焰……

这团火焰,真叫他高兴——中国空军第一次打下了一架U-2!

这团火焰,真叫他解恨——美国人太狂妄!从来不把中国空军放在眼里,U-2几十次到大陆来搞间谍活动,都当逛花园一样逍遥自在,还牛皮哄哄地吹嘘:U-2是打不下来的高空战略侦察机……

这团火焰,也真叫中国人大长志气——赫鲁晓夫欺人太甚!他把苏军训练打靶用的早一代萨姆-2拿来换中国的黄金,对几个萨姆-2日趋老化了的零部件,一个也不肯卖,处心积虑要让中国的地空导弹部队的装备水平落在苏美军队后面十年、十几年!中国人就要争这口气。我们就是敢用落后的装备打败技术上占优势的U-2!我们就是不信那个邪!

刘亚楼的高兴劲,使得整个作战室都卷入了一个亢奋欢快的大旋涡里。

刘亚楼向警卫员大声吆喝:"拿我的茅台酒来!"

警卫员把酒递上。

刘亚楼接过酒瓶,拔开瓶塞,亲自给值班参谋、标图员、电话员、

被我军萨姆-2击落的U-2残骸

警卫员、公务员、科长和处长和指挥所所长手里的玻璃杯、茶缸、饭碗倒下浓烈醇香的美酒："喝！都喝，不能喝的也得喝。喝个痛快！"

满屋里，净是扑鼻的酒香，净是纵情地欢叫，净是燃烧的眼波，净是军人的豪气！

岳振华从南昌打来了电话："……8点32分，三发导弹在39公里高空同U-2遭遇。第一发导弹飞越目标后自毁，第二、三发与目标遭遇，敌机残骸坠落在南昌市东南15公里的地方。飞行员跳伞，负伤，落在水田里面，被民兵活捉了……"

刘亚楼给岳振华回话："你立即赶到现场去，尽快将飞行员送医院抢救。"

岳振华告诉他："飞行员伤势很重。"

刘亚楼说："最好能救活，如果死了，就用棺材好好埋葬，还要在他坟上立块碑，刻上飞行员名字，好让他的亲人来找……"

刘亚楼从岳振华口中得到了确实的情况报告，便连忙要通了中南海的电话，找中央办公厅主任汪东兴："请转报主席、副主席、总理……空军部队用萨姆-2地空导弹在南昌上空打下了一架U-2……"

刘亚楼的报捷电话飞快地传遍了中南海。

同汪东兴通完电话，刘亚楼又找总参谋长罗瑞卿大将："……空军部队遵照总长大海捞针的指示，捞到了一架U-2……哈，哈！"

刘亚楼刚把这一大堆事情办完，周恩来总理便找他讲话："很好，这是一个伟大的胜利！美国U-2前几天侵入苏联国境，他们只提了抗议，我们却把这种飞机打掉了，这是最有力的抗议……向同志们祝贺胜利！"

接完周总理的电话，刘亚楼急忙命令总机："给我要二营，找营长岳振华同志。"

他要把总理电话里所说的话亲自告诉岳振华。

"司令员，二营的电话不通，占线。"

"占线？"这简直是不可思议的！空军指挥所与第二营是专用军线

刘亚楼查看被打下的U-2残骸

嘛。空军司令员要同前方部队通话，谁占了线？

"是中南海，总理办公室要的！"

"啊……周总理……"刘亚楼擎着电话筒，咧开嘴笑了。

在第二营的帐篷里，岳振华刚躺在行军床上，正要入睡。

靠指挥桌旁边的电话铃急骤地响了起来。

他浑身的骨头累得都快要散架了，脑袋昏昏沉沉只想睡觉，便向值班参谋挥挥手，让参谋代劳。

参谋拿起电话一听，便放声大叫起来："快，快……营长……中南海……要你……我的天呀！"

岳振华不知道自己是怎样从那张帆布床上爬下来的。他赤着脚，敞着怀，光着脑袋，一下子扑到电话机前，抓过听筒。

听筒里响起一个他并不熟悉的声音："你是岳振华同志吗？"

"报告……首长，是的，我是……"

岳振华从来没有接过这样的电话，他不知道该用什么样的报告词来同中南海的大首长讲话。

"我是周恩来！"岳振华这回听出来了，这正是他从电影、从广播里听惯了的那个声音。"营长同志，你们今天中午打下来一架U-2，这是一个伟大的胜利，太好了，毛主席听到这个消息，十分高兴，我代表党中央和全国人民向同志们表示最热烈的祝贺，谢谢同志们……"

"总理……是……我们……"岳振华找不出一个恰当的词来回答总理的鼓励,他只是双脚跟靠拢、笔直地立正站着,举起右手臂向总理敬了一个没戴军帽的军礼。两行激动的热泪,顺着岳振华腮帮子流淌下来……

9月15日。北京。

人民大会堂里,人头攒动,欢声笑语。这万人大会场,竟成了一片热浪欢腾的海洋。主席台前没有横幅会标,也不见大字标语,但是每个人都知道,这是一个盛况空前的祝捷大会,首都人民在这里向一个地空导弹营创下的战绩表示最诚挚的欢呼和敬意!在饥饿和萧条的阴影还在共和国上空徘徊的日子里,如此火红热烈的场面是并不曾见过的。这样的火爆热闹太需要了啊!

下午3点整,主席台上的灯光豁然大亮,整个人民大会堂墙壁上也折射出一片辉煌,顿时成了火红的春天。在亢奋的氛围中,总理周恩来、中央军委副主席贺龙元帅、全国人大副委员长郭沫若、总参谋长罗瑞卿大将等党和国家的领导人,还有各民主党派、各人民团体负责人,在欢快的乐曲声中,一个个缓缓登上了主席台。

周总理春风满面地站起来,气宇轩昂地宣布:"……首都人民在这里……祝贺我们英勇的人民解放军空军部队……战胜一切困难,取得了击落U-2的重大胜利,反对美帝国主义的战争挑衅……"

他铿锵有力的声音淹没在暴风雨般的掌声中,掌声激荡在整个人民会堂里,冲向了苍穹形的屋顶,苍穹形的屋顶下万点金光,一派星斗满天的景象。

这天,在人民大会堂上讲话的还有郭沫若、国防委员会副主任程潜、全国总工会主席刘宁一等。

临到空军部队致答谢辞时,上台讲话的却是著名的空军战斗英雄、当时的航空兵第三师师长王海,而这次因击落U-2有功、光荣晋升了大

1962年9月21日，毛泽东接见击落国民党空军U-2的地空导弹兵第二营营长岳振华

校的第二营营长岳振华，却没在会场上露面。

不但营长岳振华不曾在大会上露面，甚至连新华社的电讯、首都各家大报的新闻报道，也没有一个字提到地空导弹部队的名字。

这件事引出香港、台湾和西方媒体的种种猜测，成了他们议论的焦点，大家都纷纷猜测中共是用什么武器击落U-2的。

有的专家认为这架U-2"一定是被苏联人操纵的地空导弹击落的"，有的认为"中国共产党人已具有对付高空飞行飞机的新的重要能力"，有的断定"证明北京目前拥有高度准确的最新式的空空或地空火箭。它的出现和使用……改变了那里的战略条件"。而比较一致的看法则是：对中国的国防现代化"应该重新估计"。最为狼狈的是台湾国民党的喉舌，一会儿说"中共的公报显然带有吹嘘的性质"，"即使苏联也无法用战斗机飞至1.8万米以上的高空拦截这种间谍飞机"，同时又说这架飞机的失踪可能是"由于机械发生故障"或是"驾驶员叛变"……

在台湾国民党喉舌们这片可笑的胡诌梦呓声中，蒋介石得到了飞行员陈怀身死亡的确切消息，他便亲自到台北的一家教堂去为陈怀身祈祷，将陈怀身的名字改成了一个"生"字，还为陈怀身修建了一个怀生堂。蒋介石是在死人身上做文章给活人看的老手。这回他又淋漓尽致地表演了一番。

在北京，社会上流传着一个说法：一群外国记者围住周恩来问，U-2飞得那么高，中国是用什么秘密武器打下的？周总理回答说："U-2飞得再高，也没有中国人民志气高，要问什么秘密武器打下它的，那就是7亿中国人民一起用拳头打下来的。"另一回，那年10月1日，中国驻东欧某国的大使馆举行国庆招待会，参加招待会的各社会主义兄弟国家的大使和武官们对中国人民解放军取得的这一新胜利纷纷表示祝贺，其中一位武官对我武官套近乎，甚至说："苏联用萨姆导弹没打下的U-2，你们却打下来了，真了不起啊！那么，请问你们究竟用的是什么武器？"我武官机智地回答说："我们用的是战无不胜的毛泽东军事思想武器。"那位显然别有用心的武官继续问道："请能说得具体一点吗？"我武官便一面举杯，一面笑着说："我是干什么的，你老兄知道；你是干什么的，我也知道。我们还是为友谊干杯。"这是另一个领域里的斗争。

第二章　肯尼迪的"外科手术"与聂荣臻的集群火网

一、天外来客的怪招

早春天气，海上大雾。

金红色的太阳刚刚浮出海面，便沉入了灰蒙蒙的云层里面。太阳的红焰从云雾里喷射出来，天空泛起一道道斑斓绚丽的霞光。

在绚丽的云霞底下，一架纤巧修长的墨黑色飞机，从韩国的群山基地起飞，趁着清冷宁静的晨风，悄然升上了天空。

墨黑色飞机披拂着霞光，从黄海上空掠过。

接天连地的黄海，涌动着滚滚不息的波涛。金色波涛连通了韩国的群山湾同中国的荣成湾。

荣成湾的荣成角上，有座石山，嶙峋险峻的石山山嘴沉入海底，忽而又在远处的海水中露出一座座桥墩似的礁石来。海岸上的人们世代相传，说这里便是秦始皇赶山鞭留下的遗迹。秦始皇本来要趁黑夜在这里架起一座通天桥，他好从通天桥上平步进入神仙世界。他泄露了天机，玉皇大帝便派太阳神来阻拦。太阳神半夜里向荣成湾抛下了手中的火球，荣成湾便提前破晓。那些抬着秦始皇赶山鞭架桥的各路山神土地，怕太阳神的火球照出自己的原形，便抛下了赶山鞭，纷纷四散逃走。通天桥没有修成，赶山鞭沉入海底后化作了一座座桥墩。秦始皇长叹了一声，命丞相李斯用小篆在石山嘴上写下了"天尽头"三个大字。

20世纪60年代，天尽头背后的石山上安上了一部海防雷达。雷达的电磁波不舍昼夜地在黄海的上空扫描着。

从群山基地起飞的墨黑色飞机，一进入黄海上空便被荣成角雷达的电磁波反馈到了荧光屏上。

U-2一架，高度1.8万米，由群山基地飞来……

荣成角上海防雷达把U-2入侵的信息，输送进了纵贯华北的雷达网里，这情报便立刻传进了空军指挥所。

空军指挥所作战室的大标图板上，显示出了这架U-2入侵的航迹。

U-2穿越了河北省上空……

U-2掠过了内蒙古包头市……

U-2从包头经乌鲁苏向居延海飞去……

终年积雪的祁连山下，流淌着蜿蜒北上的弱水河。弱水河清洌的雪水流过酒泉、鼎新、额济纳旗，注入北面的居延海。河两岸树木葱茏，百草丰茂，宛若一条青色蛟龙。这条青色蛟龙却困蜷在一片浩瀚无垠的黄沙戈壁之中。历史上，这个地方是汉代将领霍去病大破匈奴骑兵的战场。20世纪50年代，中国的综合导弹试验基地就建在这古战场上。

当年，这里是国家的核心机密地域，它是搅扰得美国总统和克里姆林宫主人寝食不安的地方。

在综合核试验基地里,部署着担负科学试验兼防空作战的地空导弹兵第四营。

第四营的作战史料上记载着:1963年3月28日,美制蒋机U-2一架,入侵基地……

当日,U-2飞临居延海上空时,第四营Ⅱ-30雷达报出了这架敌机航迹。

顿时,酒泉综合导弹试验基地司令部大楼顶上的警报器发出了尖啸的长鸣。

地空导弹兵第四营迅速转入了临战状态。

隐蔽在弱水河畔的导弹阵地,揭下了伪装,露出了熠熠闪光的银色导弹,尖锥形的导弹头昂起脑袋雄视着万里长空。整个阵地呈现出大战将至的紧张气息。

导弹兵们沉着地坚守在各自的战位上,一双双刀锋似的目光,一齐射向了远方。

久违了,"黑猫小姐"!从去年9月9日南昌战斗到今天,相隔了210天!也算有缘,今又重逢了!

但是,今日相见的,该是一位新来的"黑猫小姐"了!

去年9月来大陆的那一位,早已陈列在北京军事博物馆的展览大厅里,每天都有成千上万的人们到那里去一睹"芳容",一饱眼福。留在台湾的另一位,据说在训练中神秘地落进了大海里面。今天来的这位新"黑猫小姐"该是什么模样,又有什么高招呢?

尖厉的警报声在料峭春寒中激荡。

警报声把居住在弱水河两岸和大戈壁深处的蒙、汉、藏族农牧民们带进了争看萨姆-2打U-2的热闹场面里来。

自从萨姆-2在三年中打下了两架美制蒋机U-2后,地空导弹在许多人心目中几乎成了神物——只用轻按一下电钮,那U-2就一准从天上掉下来,百发百中!

第二章 肯尼迪的"外科手术"与聂荣臻的集群火网

第四营的标图桌上，Ⅱ-30雷达报出："10点55分，U-2飞过了居延海，临近额济纳旗上空。"

营指挥员命令四发导弹接电准备。

当U-2飞到距阵地115公里时，指挥员命令："打开制导雷达天线！"

制导雷达天线一开机，营指挥员便发现那U-2的枣核形亮点出现在荧光屏上。

雷达抓住了目标！

万事俱备，只欠东风！下一步，就该是下达发射导弹的命令了。

风云突变！这次来的U-2同半年前在南昌打下的那架大不一样。这家伙飞过居延海、额济纳旗时都是一个劲奔第四营阵地过来的，营属Ⅱ-7目标指示雷达一直跟踪着它，它竟一点没有反应。可是，当制导雷达天线一开机，只一眨眼工夫，它便改变了航向，改成绕着阵地向外侧飞起来！转瞬调，它便飞离了导弹有效的杀伤区。

蹲在发射架上的银白色导弹，空翘着脑袋，动弹不得。

营指挥员无可奈何地下令关闭了制导雷达天线。不过，他还是命令目标指示雷达继续跟踪着敌机。

老天爷似乎也真有情。那分明远去了的U-2，嗖地一下，便又调转机身，朝阵地直愣愣地飞了回来。

营指挥员急忙命令："第二次打开制导雷达天线……"

雷达又一次发现了敌机。

指挥员正待发出射击命令……

怪事又出现了——U-2又一次绕着阵地向外侧飞行起来，又是一眨眼工夫，它便飞离了导弹射击的有效杀伤区。

时间在一分一秒地流逝，U-2安然自若地向远方飞去……

怪哉，"黑猫小姐"！

U-2安然自若地飞离了第四营阵地，飞过了酒泉、西宁、兰州，扬长而去……

在指挥所的作战标图纸上,新来的"黑猫小姐"留下了一个横8字——∞

战斗失利了!

3月28日作战失利的报告送到了贺龙面前。

贺龙批了八个大字:"查明原因,积累经验。"他责成总参谋部作战部和空军组成工作组对这次战斗进行检查。

由空军高射炮兵部上校处长文绥,总参谋部作战部中校参谋杨慰溪,兰州军区空军副参谋长杨怀年和空军技术干部王笃敬、田绍玉等人组成的工作组赶到了西北。他们察看了阵地,检查了兵器,仔细地查问了每一个战斗细节。他们对所有需要检查和弄清的问题,都找到了应该找到答案,只是作战地图上那个横8字,无法回答。

怪就怪在这里,为什么我目标指示雷达照射U-2时,它没有反应,而一旦打开制导雷达天线,这鬼"黑猫小姐"便立刻转弯向外侧绕飞呢?

工作组长文绥上校,是当年在八路军总司令部搞电台出身的老干部。抗日战争时期,八路军总司令部在太行山区的一次反"扫荡"中,日本鬼子用无线电测向测距定位,弄清了总司令部电台的方位,便立即发兵来包围。文绥他们冲出了包围圈,但丢掉了电台。这次事件,后来通报全军,告诫全军警惕无线电的空中斗争。这个令人惊心动魄的历史事件,触发了文绥、王笃敬、田绍玉的联想和思索。

去年9月,在南昌击落的那架U-2残骸中发现一个叫不出名字的电子仪器,空军机关将这个电子仪器送到国防科学技术委员会(以下简称国防科委)某电子研究所,请他们弄清这是啥东西。不久,电子研究所的技术专家邀请空军技术部年轻的上尉田在津去听这电子仪器发出来的一种信号。田在津一听,大吃一惊,原来这是他非常熟悉的萨姆-2制导雷达天线发出的工作频率,它是地空导弹机密中的核心机密。在空军技术部,他是唯一掌握这一机密的参谋。田在津把发现的新情况报告了空军技术部,空军技术部便断定我萨姆-2制导雷达天线的频率已经被敌方窃取了。

工作组几个人把这些历史的和现实的情况串起来详加分析,深入思考,便很自然地推出这次U-2留下的横8字,正是美国人在U-2上安装了一种能侦察我导弹阵地的玩意儿。当我们的萨姆-2制导雷达打开天线,电磁波照射到U-2时,U-2上的那玩意儿便发出信号,飞行员马上判断出我导弹阵地的方位,采取机动转弯,逃脱导弹的打击。不过,这也还只是个雾里看花、朦朦胧胧的倾向性看法,没有也不可能想出对付这玩意儿的办法来。

工作组回到北京,向空军首长和机关领导作了详尽的汇报。司令员刘亚楼、政治委员吴法宪、副司令员成钧、参谋长张廷发向总参谋部写出了一份报告。在《战斗中暴露的问题》这一部分中写道:

(1) 作战指导思想上(略)……对作战任务不重视……提出"试验为主,兼顾战备"的口号……(略)。

(2) 战斗指挥不够灵活。按以往的经验,U-2对我要地进行侦察时,往往是直线临近,到达可能设防地区上空时,又采取擦边而过,环绕飞行,突然改航,直线切入等伎俩。为了不致被敌之狡猾手段所迷惑,必须讲究指挥艺术,以隐蔽突然的手段,一举将其击落。但3月28日的战斗指挥上则显得不够灵活。当敌机从东南向西北直线飞行到达Ⅱ-30雷达可以连续掌握了敌情,导弹制导雷达可以按照Ⅱ-30雷达指示的目标实施预先跟踪,实行近距离打开真天线。但是没有利用这一有利条件,适当压缩开天线的距离,反而在不具备射击条件的情况下,命令部队打开真天线,特别是当敌机盘旋机动飞行,航向刚一指向阵地,尚不足以判断其企图时,又再次打开真天线。且两次跟踪时间都长达3分钟之久,这对装备有比较完善的电子侦察设备的U-2来说,就可能被其发现而逃跑。

(3) 作战方案一般化。主要是按苏军地空导弹射击规则的条文制定的。如"确认敌机航路捷径在20公里以内,距引导站120公里时打开真天线",就是没有考虑苏军教令是根据喷气式歼击机作战时最大速度计算的,苏军喷气歼击机作战时速为900到1000公里,U-2飞机时速则仅为700到800公里,因而这个开真天线的距离规定是不适合打U-2的。

从报告中可以看出,中国空军地空导弹部队通过1959年、1962年两次成功的战斗,特别是南昌战斗的经验,一些突破苏军教令的新的战术思想已经萌芽。不过,一个完整的适合中国导弹兵作战情况的新战术还没有形成。

历史在召唤着新的战法。

4月间,成钧从新华社编印的一份《内部参考资料》中发现,近两个月来,美、英、法、苏、印度等国通讯社的新闻报道和台湾、香港几家大报的时事评论中,对中国大西北核工业

成 钧

建设和核武器研制生产情况议论得特别热闹。这些报道评论虽然多数属于胡诌瞎说,道听途说,捕风捉影,甚至有意歪曲造谣,但其中也有真实可靠的一鳞半爪。起先他对这些记者们哗众取宠、信口开河的伎俩觉得可笑,而对另一些人灵敏的嗅觉、特异的探秘功能则觉得颇为可怕,值得特别警惕。后来成钧对这一堆真真假假,似是而非的新闻旧闻、陈词滥调细细琢磨一番加以沉思判断之后,脑海里忽然闪出一个念头——蚂蚁出洞时必然下雨,这些记者们刮起来的笔头风将会引出什么东西来呢?偶然间,他的视线落在面前那部电话机上,他蹲

踌了一会儿，便拿起话筒："要情报部……把近几天台湾国民党U-2活动的情形，迅速查明。"

情报部查明的情况送来了。一切都很平静，连正常的飞行训练也减少了许多。在台北市内的美军顾问们，根本不露面，U-2飞行员连舞场都不去了……

成钧从这个异乎寻常的平静下面仿佛发现了一个不寻常的秘密。

战场上的老将们都惯于处处留心见兵机。成钧顺着这个隐秘线索，一步一步地向前推想、揣摩。他从西方国家和港台记者的新闻报道中发现，西北核工业核武器加速进展震醒了核霸主们的美梦，引起了他们要对大西北动手脚的恶念；从台湾国民党U-2不同寻常的平静中，他感觉到一个不同寻常的躁动；也从U-2历次入窜大陆的活动规律中认准了它们下一次入窜大西北的侦察目标和飞行航路……

成钧同刘亚楼秘密商量后，向总参谋部提出了一个作战方案的建议。

建议很快便得到了总参谋部和贺龙元帅的批复。

成钧带着恽前程等几个人秘密地来到兰州。他们选定兰州东面榆中县境内的马家寺为萨姆-2机动设伏的阵地。

马家寺濒临黄河河谷，同兰州城呈直角。U-2要到兰州侦察照相，从马家寺上空进入是最佳的路径。因为兰州城陷在四周高山之中，除了从东面顺河谷进入外，其他方向都不是高空照相的最佳角度。

成钧派恽前程回北京向刘亚楼当面报告后，便最后敲定让酒泉基地的地空导弹兵第四营隐秘机动到马家寺来，静候那台湾新来的"黑猫小姐"。

3月28日，酒泉战斗失利后，第四营的战士士气低落，成钧想让第四营来这里押上一宝，打出个漂亮的伏击仗，让部队的精神面貌振奋起来……

20世纪60年代，地空导弹部队把机动设伏叫做押宝，这是在南昌战斗后兴起的一个新名词。

南昌战斗胜利后，刘亚楼向总参谋部送出的战斗情况报告中添了一笔："导弹部队的机动设伏，就同赌局上的押宝一样，不是押一次就能赢一次的，而往往是押几次都落空了，最后才能押中一宝的……"大伙对刘亚楼的"押宝"一词觉得新鲜、风趣，从此便在部队中正式流传开来……

成钧把第四营在马家寺安排停当后，便再没有来。

他是个行踪飘忽不定的将军，这会儿，他飘落到什么地方去了呢？无人知晓。

二、于无声处听惊雷

1964年5月的新疆。

天山上还在飘雪，新雪覆盖在明清年代古老的残雪之上。

一架银白色的军用飞机，在朗朗晴空下，掠过天山山麓，在博斯腾湖上空绕了个大圈，随后向着罗布泊的西面缓缓下滑。

飞机降落在一处没有水泥跑道，不见规整营房的戈壁滩上。

戈壁滩上有一条用碎石碾压成的跑道。飞机停稳在碎石跑道上面。

舱门开处，成钧跨出机舱，扶着一架狭窄的金属小梯，吃力地下了飞机。在他的身后，一群校尉军官顺次而下。

校尉军官人数不多，有15个人，他们是成钧今天才凑齐的工作班子，由空军和兰州军区空军两级机关司令部、政治部、后勤部、工程部、科研部五大部的一批业务骨干组成。

三天前，这架飞机由北京飞到西安，在西安停留了一天，今天又飞到了天山脚下的戈壁滩。

除了成钧本人，整个班子成员没有一个人知道自己此行的目的地，没有一个人明白自己此行是来干什么的。他们在登上飞机后才得到成钧的第一道命令：从现在起，你们都不再属于原单位，不要再同原单位联系，这也包括你们的家属和亲人。

就这样，一伙人在毫不知情的情况下来到了这处戈壁滩。

成钧在碎石跑道上转了个小圈，不住地踢蹬脚底下的那些碎石。碎石跑道碾压得挺牢实，他放心了，便放眼看看机场的四周。

机场四周一马平川，没有村庄，没有城镇，没有山，没有河，也不见牦牛和骆驼，只有一簇簇马兰花从戈壁滩的鹅卵石缝里倔犟地生长出来。

马兰花的叶片尖削、挺拔、坚硬，蓝盈盈的小花绽开在干瘦的叶腋底下。小花闪忽出鲜灵的活气，显示出一种顽强的生命力。

一年前，核试验基地司令员张蕴钰将军来到这里，见到这些马兰花，心里喜欢，便给这没有称号的机场取名马兰。

几辆吉普车驶入马兰机场停下。

一位陆军军官跳下车，向成钧报告："……张副总长派我来接副司令员……"

张副总长就是中国人民解放军总参谋部副总参谋长张爱萍上将。他长期主管国防科委的工作，是国防科委的副主任。近几年来，他几乎隐姓埋名藏身在这大西北的戈壁沙漠，主持原子弹、导弹的研制和试验。他是聂荣臻元帅在建设国防尖端科学技术方面的第一号副手。

成钧招呼他的工作班子上了汽车。

汽车抛下一溜烟尘，隐没在戈壁深处。

戈壁深处，出现了一片柳荫，柳荫中间有一栋栋新建成的大楼。大楼布局开阔，气宇轩昂。

汽车开到一座大楼前面。

张爱萍上将从新楼里跑出来，挥起长臂，从汽车里拽出成钧，纵声长笑："好，老成，总算把你盼来了！这也算个缘分。这一回，我俩总算又碰到一块啦！"

24年前，张爱萍同成钧在华中的皖东北战场上就曾经碰到一块过。

1941年2月，新四军第二师第五旅旅长成钧指挥两个团从淮南渡过三河，进军淮北，配合张爱萍任旅长的第三师第九旅创建皖东北抗日民主根据地。两个旅在楚汉相争的古战场上，上演了一曲日、顽、我三角斗争的新戏。他们首战洪泽湖，水陆配合，把湖上一支刁顽凶悍的水警大队扫荡干净；再战张楼，把日军和顽军插入我皖东北边的硬钉子拔掉；三战陈道口，协同新四军几支主力部队，在陈毅亲自指挥下把苏北和豫东两路顽军会师的计划砸了个碎粉。半年时间，两支部队打了一连串的胜仗，在淮北平原上创下了千秋功业，张爱萍同成钧也在艰难苦战的烈火中建立了深厚的战斗友情。张爱萍对那一段不平凡的征程，显然留下了深切的记忆，后来在他的《从苏北过洪泽湖》一词中写道：

秋水逐一叶，看白帆雁列。渔歌嘹亮，兔戏水拍，荷红、絮兔乱飞雪。 当年平洪泽，红旗卷风烈。千帆破浪，炮轰弹射，蛟、蛇、蟹、鳖一网绝。

解放后，张爱萍同成钧都进了北京，都走上了建设现代化国防的新岗位，张爱萍跻身国防尖端科学技术的高层决策岗位，成钧整年整月忙着国土防空，两个人都很少在报纸、电视、广播上露面。两人之间也极少"公交"或"私交"来往，可是，两人的心里都藏着对往昔峥嵘岁月的美好记忆。

这两位当年并辔齐驱在江淮大地的年轻将领，24年后，在他们两鬓霜白之年，竟在这大西北的戈壁滩，在这荒凉冷寂、千年沉睡的罗布泊里又碰到了一块。

张爱萍把随同成钧前来的校尉军官安排到核试验基地的招待所去休息，自己则引着成钧同他的助手恽前程走进了自己的办公室。

张爱萍向成钧宣布了一个最新的绝密消息："……今年要在罗布泊

爆炸第一颗原子弹！"

这消息，在成钧心中简直是个石破天惊的大事，是于无声处听惊雷啊！

从1945到1963年，美国进行核试验274次，苏联进行了128次，英国是28次，法国也搞了8次，而中国是——零。

零——就是落后。

这是历史积淀下来的一个沉重包袱，是当代中国人民面临的一个时代反差！一个强烈的时代反差！一个关系到中国在地球上是否拥有球籍问题的反差！

多少年来，这个"零"一直压在像成钧这样一些老军人的心上！直到今天——1964年5月，成钧才第一次听见了这个长年渴望着的零的突破！

毛泽东最先看透了这个"零"。1955年5月15日，毛泽东在他亲自主持的中央书记处扩大会议上作出了发展原子能事业和研制原子弹的决定。成钧在1958年的中央军委扩大会议上还听主席说过："原子弹就是这么大的东西，没有那个东西，人家就说你不算数，那么好吧，我们就搞一点吧！"毛泽东说的这些话将要变成现实，将实现这个"零"的突破，将甩掉这个历史的沉重包袱。好一个深埋地下的惊雷，现在这惊雷就将破土而出了！

1962年11月，中共中央成立了一个十五人专门委员会，历史上简称中央专委，用它来加强对原子能事业的领导。中央专委由共和国总理周恩来、副总理贺龙、李富春、李先念、薄一波、陆定一、聂荣臻、罗瑞卿以及国务院和中央军委有关部门的负责人赵尔陆、张爱萍、王鹤寿、刘杰、孙志远、段君毅、高扬等组成。这个具有高度权威的行政权力机构，仅在1963年一年中就组织国务院各部委和19个省、市、自治区的400个厂、所、院校，集中最强的技术力量，如期保质保量地按协作计划研制出了10万多台（种）核武器专用的仪器设备和原材料。在国家的建设史上，写下了"大力搞好协同"的光辉篇章。

1963年，第二机械工业部（以下简称二机部）系统已经有三座铀矿山和五个原子弹工厂投入了生产或试生产，同时，一些重要的技术如聚合爆轰试验等也已经突破。

1963年，一支国防尖端科技大军在吃着"叶蛋白"、患着浮肿病的苦难岁月中，衔枚疾走，奋勇攀登，用自己的热血、汗水和智慧，实践了自己的誓言——卧薪尝胆，在1964年爆响了中国第一颗原子弹。

正是根据这些情况，中央专委于1964年1月向中共中央报告：原子弹爆炸的试验可能在当年10月左右实施。春节期间毛泽东会见李四光、钱学森等科学家时，高兴地说："我们搞原子弹有成绩啊！"毛泽东第一个把中华大地上最美好的消息吐露了出来。

张爱萍告诉成钧，4月间，中央专委决定首次核试验采取塔爆方式实施，并要求在9月10日前做好核试验的一切准备工作。后来，便成立了首次核试验委员会，张爱萍为主任委员。

进行核爆炸试验需要空军部队参加。中央专委和中央军委决定，由空军副司令员成钧参加核试验委员会，作为核试验委员会主要成员之一。

成钧从张爱萍处出来，向工作班子传达了核试验总指挥部交给空军在首次核试验中担负的任务："'零'时前要负责空运'产品'，运送仪器、设备，接送科学专家和中央、军委负责人等任务。'零'时后要担负空中取样、爆心剂量侦察、热线侦察、伞射侦察、回运成果、空中摄影、场区照相、污染水取样。"

除此而外，空军前几年一直在执行的防空作战、打U-2、保卫核试验的任务，照旧不变。

工作班子成员都是些老空军，却从来没接触过这许多新鲜而陌生的核试验任务和名词。

成钧还从张爱萍那里带回了核试验委员会要求所有参试人员必须遵守的十大禁令：不准向外写信汇款，不准向外打电话，不准向外发电报,不准出场区,不准向原单位汇报工作,等等。

铁的军队,铁的纪律。

三、干涸了的水国

戈壁滩的清晨空气异常清冷,耳朵鼻子都冻得生痛。

工作班子成员一个个身穿棉军大衣,脚蹬大头靴,拉起大衣领子把颈脖裹得严严实实挤在吉普车里,品尝着"五月天山雪,无花只有寒"的滋味。

核试验基地司令部派来一位副部长陪成钧坐在一起。他来给大伙儿领路,同大伙儿一道去基地看看第一颗原子弹塔爆的预选场地,实地踏勘空军安置效应物的场地,还要对下一步空投原子弹的靶场进行初步的勘察。

几辆吉普车拉开距离,沿着一条凸凹不平的河岸,颠簸着向罗布泊进发。

干涸了的河床里净是石头。从车窗里望过去,只见那乱石河床里,到处都是色彩斑斓的小石子,石子在朝阳下散发出迷人的光泽。

迷人的彩石,勾住了满车人的眼睛。一路上净是对河中彩石的啧啧艳羡,竟然忘记了"无花只有寒"的滋味。

成钧将身子靠在吉普车的座椅上,他的额角贴在车窗玻璃上,一往情深地凝视着河中的彩石。

"这叫什么河?"他转过脸来问那位副部长。

"孔雀河。"副部长说,"您看,这些小石子的颜色,像不像孔雀尾巴上的斑纹。"

"像,真像,越看越像。"

"我们基地里,许多同志都喜欢它,把这些小石子捡了带回北京去,放在花盆里,养花呢!"

"养花，不错，用这么漂亮的小石子去养水仙、养米兰、养茉莉，那真叫好啊……"成钧赞不绝口，却又禁不住轻轻地叹息了一声。他其实是个很爱石头的将军。南京的雨花石、镇江的焦山石、烟台的月牙石，他都喜欢。用这种色彩斑斓的小石子配在花盆里，正是妻子极喜欢摆弄的！她真是个小小的花迷，宿舍阳台上、窗户边、走廊内外，一年到头，总爱摆上些水仙、茉莉、米兰、玻璃翠、绣球花，供他欣赏，让他散心。不过，他一年到头净在外面奔忙，自己没有养花的闲情，就连对妻子献上的这份温馨也顾不上享受，只落得妻子埋怨："这哪里是个家哟，不过是他的旅馆罢了。"

成钧沉默着，坐在他身后的恽前程忽发奇问："这河的名字是什么年代才有的？"

副部长摇摇头，笑了："这河原来没有名字，也许有过。不过，我们刚来的那几年，不知道它叫什么，地图上也找不到它的名字。早年，这河同罗布泊大约是一个水体，是通塔里木湖的，后来，塔里木湖的水退缩下去了，罗布泊也干了，这河便断流了，河床也渐渐凸了出来。罗布泊变成沙漠，也才是近几十年的事嘛。"

"那么，这孔雀河是你们进来后才取的咯？"成钧对这个有了兴趣。

"对，这孔雀河是张副主任给取的。"核试验基地的人们老爱叫张爱萍副主任。

"真有意思！"恽前程赞叹起来。

成钧笑叹了一声："你们的张副主任，本来就是个诗人嘛！在新四军时，我们都知道他是个多才多艺的将军诗人。"

在这样一片莽莽苍苍、河枯水涸的戈壁滩，偏就有这样一处俏丽迷人的天然景致，偏就有这样一位寄情山水的将军诗人。

弯弯曲曲的河道，爬到山谷入口处便隐没不见了。

吉普车翻过几个漫坡，进入一道狭窄的峡谷。峡谷两边紫褐色的崖壁刀削斧劈般的光滑陡峭。峭壁上隐隐约约地现出一道道平直的水线。

水线同水线之间间隔出距离不等的层面，像木化石上的年轮，深沉凝重的水线正镌刻出当年罗布泊水国盛衰的历史。

洪荒时代，喀喇昆仑、阿尔泰、天山山脉覆满白雪。宇宙巨灵在雪山上撕裂出纷乱披离的地褶和深壑。千姿百态的冰川，在地褶和沟壑之间，明净冷峭的冰雪世界，在梦里度过自己的悠悠岁月。

苍穹中那轮太阳，给冰雪世界加温后，冰雪世界便被感染得发烧。冰川被蒸发，雪山被消融，从坚硬的冻雪中酿出了潺潺泉流，泉流汇成滔滔河水，河水不分昼夜地奔向宽阔而低洼的盆地，于是，在天山脚下有了这个罗布诺尔（罗布诺尔是蒙语，意为流入多水之湖）。

罗布诺尔的泱泱大水透发出明眸般的灵气，灵气引来了西伯利亚的天鹅和白鹤，引来了天山的汗血马、雪豹和锦鸡，还有纯情优雅的雪莲花，也引来了昆仑山的云杉、雪松、白玉和五光十色的宝石，还有火红如锦的罗布麻花。罗布诺尔成了珍禽异兽嬉戏游乐、繁衍生息的天堂。

汉唐皇帝们的贪欲，使节们的西出，武将们的征伐，商贾们的驼铃，诗人们的吟咏，开拓出了一条从长安出发，西出阳关，北走楼兰，翻越葱岭，穿过中亚，直抵波斯的丝绸之路，丝绸之路上飞洒的花雨带给了罗布诺尔极致的繁荣。

斗转星移，罗布诺尔在繁荣中悄然衰败。最先是北面的塔里木湖同她决裂，接着便是敦煌玉门的沙漠吸去了她过多的乳汁，泱泱泽国本身又陷入了四分五裂的悲哀。随着楼兰古国的沦丧，丝绸之路奏响了千古忧伤的挽歌。

当罗布诺尔的残山剩水最终被干旱和风沙吞没下去时，她也曾做过拼命的挣扎，但挣扎是徒然的、绝望的，她只在自己宽阔的胸脯上搓揉出一道道扭曲的沙梁，只在紫褐色的崖壁上留下了百结千回像干瘪了的血管一样的水线。

汽车驰出峡谷，进入了核爆试验场区。

一道黄土高坡似的沙丘横阻在车队的面前，汽车沿着新修出来的公路向沙丘顶部爬去。

公路两旁的盐碱地里，没有树，只生长着一丛丛红柳和骆驼刺。大风把盐碱地上的沙吹扫得光溜干净，只在红柳和骆驼刺的根部围壅出一个个小小的沙堆，沙堆把红柳和骆驼刺齐腰淹没了，只露出簇簇枝梢在风沙中摇曳。沙堆和枝梢组成一道道波浪状花纹，粗犷刚劲的流沙波纹像老人脸上的褶皱，记载着这块干涸了的水国的沧桑变化。

汽车翻到了沙丘顶上。放眼望去，一个大盆地尽收眼底。

盆地里，近处是黄褐相间的沙漠，远处便是黝黑苍茫的大戈壁。几条宽阔的公路纵横交织在盆地中央，弯弯曲曲，逶迤开来。

车队在公路交叉点停了下来。

"这儿叫洋平里，"基地司令部的副部长给成钧介绍，"是场区最前沿的指挥所。我们计划在这里建个气象站，好掌握场区中心的气象资料……"

"你们的塔爆中心在哪里？"成钧问那位副部长。

副部长用手指着大盆地东北角的一处高地说："从那高冈翻过去，再爬两道沙梁……"

成钧手搭凉棚，眯起双眼，顺着副部长指点的方向，极目望去，沉静地打量着这里远远近近的地形。他是个处处留心见兵机的沙场老将，他已经养成了这个习惯，或者说，是一种爱好吧。不过，这会儿，除了面前的大盆地和东北面那岗峦重叠的高地外，他什么也看不出来。

副部长说的前沿指挥所和场区中心气象站都还在他们的蓝图之中，呈现在成钧眼前的，只是一大堆被遗弃了的破墙、干土以及掺搅在荒漠中的红柳、芦苇、罗布麻，还有几根用胡杨木锯成的断梁残柱，显然，这些都是工兵团战士们修筑公路时就地取材留下来的痕迹。罗布泊里有上万名工程兵战士担负修筑公路的任务。这支终年向盐碱荒滩和沙漠戈壁开战、吃尽人间辛苦的开路大军，在这空旷死寂的沙海里已经默默地苦战了近四个春秋。

在这片干涸了的盐碱沙荒地里，没有村落，没有集市，连个固定的居民点也看不见，只有零零星星的罗布泊人。他们头戴白茬羊皮帽，裹着罗布麻织的袍子，骑着毛驴，赤着脚，赶着绵羊和骆驼，在沙丘和沼泽的水草间出没。工程兵战士在这里修路时，只能就地取材垒造土墙，支架帐篷，过着"早穿皮袄午穿纱，围着火炉吃西瓜，几只蚊子炒一盘，咸水窝头一顿饭"的工地生活。公路连绵不断地往前延伸，向四周扩展，战士们便把这些用红柳、芦苇、罗布麻和着泥沙垒成的地窖窝棚随时抛弃。

成钧在这地窖窝棚的乱土堆里，发现几个用钢筋混凝土制成的滚筒式大碾子。碾子已经破碎不堪，它的轴木被磨得精光发亮，被绳索磨出的深沟像快要勒断了的脖颈。破损了的石子和水泥，龇牙咧嘴地残留在滚筒上面。成钧有点好奇地问那位副部长："这是个啥玩意儿？"

"压路机嘛！"

成钧的嘴上泛起了一个略显幽默的讪笑："压路机？哪里来的！"他不敢相信，在一个进行现代化核试验的场区里，竟会用这种让人肩拉背驮的"压路机"来碾压路面。

"场区修建任务太大，每一项又都是紧急的，机械力量严重不足，为了赶任务，工兵战士便想出了这个办法，也是个创造吧！"

"这东西，使用了多长时间？"讪笑从成钧的脸上消失。

"从修路一开始就用的。"副部长说，"这里的好些路段，都是用它碾压出来的呢！"

成钧动情了，沉吟了一会，发出一声感叹："有一天，你们把它送到北京的博物馆里去吧！"

车队离开洋平里，向盆地中心疾驰而去。

金色的阳光，照射在盐碱盆地的公路上。

公路的远方，是平坦开阔的茫茫戈壁。

戈壁的尽头，浮漾起一层似烟非烟、似雾非雾的水汽。水汽泛出蓝湛湛的颜色，不一会儿，竟变幻成了一派浩淼的湖水。

"啊！这就是那种被叫做旱海的水汽！"成钧也是生平第一次亲眼看见这大漠中的奇景。

旱海变得汹涌，漫天接地地漫溢开来，顷刻间，便把大盆地里纵横环复的沙梁，黄色黑色褐色灰色白色的土坎、盐坑和形状峥嵘的怪石全淹没在碧波之中。

汹涌澎湃的碧波唤起了人们的想象，想象出当年这水天一色的汪洋大泽里波涛滚滚的气象。

副部长告诉成钧，罗布泊并不是最早被选作核试验靶场场区的。

最早，1958年6月和11月，工程兵司令员陈士榘上将率领的选场委员会和苏联地质专家，先后多次对甘肃、内蒙、新疆的沙漠地区进行核试验靶场的勘察选点工作。他们在甘肃敦煌西北大约100公里的戈壁地带，选出了一个地方。粗略一看，条件都挺理想的。那位苏联老地质专家却坚持要把高空风向测准确了才能拍板。果然，后来测出来的高空风走向偏于东南，苏联老地质专家便断定核爆炸后的烟云走向将落在敦煌以东以南人口比较稠密的地区，这会对人造成极大的危害。他建议要重新选点。新的选点工作还没开始，苏联老地质专家便被要求限期回国。苏联老地质专家走后，现任核试验基地司令员张蕴钰和选场委员会的几位将军，领着一干人在隆冬腊月来到罗布泊，他们先坐直升机对罗布泊进行空中勘察，以后又乘吉普车、骑骆驼，直到开动两只脚的"11号汽车"进行现场踏勘，才最后敲定下来……

汽车穿过大盆地，爬上了东北方向的那个高冈，高冈上净是干燥坚硬的黄沙，黄沙下面是挤压得铁板似的鹅卵石硬戈壁。谁能说清工兵们耗费了多少炸药，刨坏了多少铁镐，洒下了多少热血，才把公路在这黄土高冈上修造出来！

吉普车从黄沙高冈飞奔下去，在一个凹坡路段上飞驰。怪事！这路面看上去平展展的，光荡荡的，可车轮一挨上它，它就立刻显露出一副凹凸不平的搓板面目。有时候，车轮像是猛撞在坚挺的石头坎楞上，忽地一下，又陷进了一个沟道里。每一次车子都弄得乱碰乱撞、乱摇乱晃一气，简直像个恶作剧的小丑。成钧本来就患有腰痛的毛病，这一下被折腾得浑身都不舒服起来。他刚想挪一挪身子，没提防车屁股往上一个掀腾，他的脑袋撞到了车篷顶上，他连忙朝后一缩，脊背却又被椅子狠磕了一下。他想让司机把车速放慢一点，那车却像匹野性发作了的烈马一样，忽地一下蹿得老高，接着便是一长串的趔趄。司机骂了句脏话，猛踩刹车，只听得司机哎哟了一声，他额头在车玻璃窗框上狠磕了一下。司机停住车子，捂住脑门直喘气。

成钧打开车门，跳下汽车，对这刻薄的公路仔细察看。原来这段公路修在罗布泊的盐壳上面。罗布泊地处塔里木盆地的低洼处，河水流得进来，却流不出去。后来塔里木河改道，罗布泊彻底失去了淡水的补给。年深日久，湖内水分蒸发，溶解在水中的盐类物质积年累月逐渐增多，最后便长出了盐壳。有的地方盐壳很硬，有的地方却是松软的。大公路修在这种盐壳上面，便造成了这刻薄的搓板路。

成钧正要趁停车的工夫舒展舒展筋骨，哪知道他刚刚举起双臂想伸个懒腰，便觉得胸闷气促，一阵恶心，浑身骨头都像散了架似的。他试着挺一挺胸脯，做个深呼吸，却只觉眼前一阵发黑，一大片金星飞溅起来，跟着便是天旋地转。他感到双脚颤抖、发软，再也挺立不住，身子便不由自主地往后歪了。亏得随行的保健军医眼疾手快，一把将他架住，一面大喊着："不好，他的病……又发作啦！"

几个人跑拢来，搀的搀，扶的扶，硬是把成钧架到公路边的一处小沙丘上，拣了处没长骆驼刺的空地，让他半躺半坐地歇着。军医忙端过一杯凉水，让他服下心脏病急救用的药丸。

戈壁滩里正午的太阳忒毒，戈壁燥热得像只烤炉，成钧被烘烤得张大嘴巴，汗水像断了线的珍珠顺着花白的鬓角和腮帮子大滴大滴地往下淌。

成钧这年54岁，年纪不算老，但他患有隐性型冠心病，发作时没有胸口绞痛的感觉。

去年冬季，解放军301医院和北京医院的专家们正式给他戴上了隐性型冠心病的帽子。这病症偏爱在深夜发作，发作时人往往还在睡梦中。为这事，妻子周月茜愁得脸上没了笑容，甚至半夜三更还会从梦中惊叫起来。这个气候恶劣的戈壁，这种搓板式的沙漠公路，原本不是他来的地方，可是，他肩上压着的担子却偏叫他来。他的脾气、爱好，都使得他对大西北有一种特殊的感情。

成钧半闭上眼睛躺了一会儿，看看周围那一张张绷紧着的脸，轻笑了一下："没事！放心吧。我的命大着啦！国民党蒋委员长奉送了我九颗子弹，还没把我这条老命换去。一点小毛病，能把我怎的？"

这就是成钧的脾气。他一贯喜欢调侃自己。解放战争中，1947年山东南麻大战，他任华东野战军第七纵队司令员，亲自跑到前沿阵地牛心崮去指挥部队打反击。他站在牛心崮下的一个山头上观察战斗情况。敌人从对面山头射来一颗子弹，打中了他的胳膊，周围干部战士都显得神情紧张，这时他便对随从的参谋纪正和朱永岚讲了句调侃自己的话，他说："我看这一枪肯定是个新兵打的，他这枪法不行。倘若遇上的是个老兵，他这一枪就该打在我的心脏部位，那就要麻烦点喽！"

公路尽头的人群中，忽然传过来一阵劳动号子："嘿哟嗨……咻……呀……呼……"

高亢激奋的劳动号子，吸引得散坐在地上的人们纷纷站起身来。

号子声响起处，两队工程兵战士排列在新敷上沙土的路基两旁，一列土造压路机排列在一起，广播器里放着音乐，战士们呼应着，放开嗓门喊出了这高亢激昂、令人奋进的劳动号子。

应和着这劳动号子的旋律，成钧挺立起身子，迈开脚步朝核试验基地预选的那处塔爆地走去。

他拒绝了基地副部长和恽前程请他回去休息的建议。

四、道是无情却有情

成钧带领一行人在罗布泊场区三进三出，对原子弹塔爆位置、核试验效应场区以及下一步空投原子弹的地面靶标地点，都翻来覆去地踏勘了好几遍，逐个作出分析、对比和评估。

核试验基地司令部在罗布泊里挑选出三处地点，作为原子弹塔爆可供选择的位置。张爱萍交代成钧："到这三处地方都去看看，提出空军同志的意见，供核试验委员会最后定案时参考。"

三处地点都在罗布泊偏北的黄沙高冈上面。土质一样的坚硬，地势一样的平坦，四周一样的开阔，都是安置铁塔的好处所。其中的一处，交通比较方便，处在核试验效应场区的中心线上，空军工作组把倾向性意见投向了这个地点。

他们在距离塔爆中心5公里远近的地方，选中了一大块平坦戈壁，作为修建空投原子弹靶标的地方，大伙儿都赞许这地方理想。成钧却说："这只作为初步的看法吧，暂时不作决定。"他要让担负空投原子弹的飞行部队派人来实地查看。

在效应场区里，一行人盘桓的时间最长、花费的精力也最多。这个效应场区，依塔爆圆周中心270度角呈扇形展开。因为塔爆中心的东北面是一片沼泽地，大小水荡湖泊哩哩啦啦的一大片，这样的地方是不能安置效应物的，所以这核试验效应场区便成了个扇面形状。

核试验效应场区里修起了纵横交错的公路网，公路网把荒无人烟的大戈壁划成了一格一格的大棋盘。大棋盘的方格里面，便是安置各种效应物的场所。

核试验效应场区指挥部下面分别成立了十个效应大队，各军兵种、国家机关有关单位来参加核试验的人员和试件，统统归入这十个大队，由场区司令部直接指挥。效应物安放的位置呈辐射状,从塔爆中心500米处起,一直延伸到了洋平里附近。第一大队是总后勤部所属的效应大队,在这个辐射状地带里,将要安放陆军的武器装备、军需物资、器材、车辆、医药……第二大队属空军,所有需要参加核试验的飞机、导弹、高射炮、雷达、油库、弹药库、航材库、军械库以及能藏得下一架飞机的洞库……全都要摆放在这个辐射状地带里,让原子弹爆炸时的冲击波、光辐射和伽马射线沾染物将这些武器装备烧毁、震碎、杀伤、污染,以便从中找出未来战争中可靠的防护手段和办法。

工作班子成员一进到这块场地,精神都亢奋起来。他们在沙丘、洼地、沟沟坎坎上跑着跳着、蹲下卧倒、爬上爬下,喊着、叫着、笑着、呼应着、争辩着,简直成了幼儿园孩子们过家家的场面。这些从各部门选派出来的业务尖子,这会儿头等关心的事便是要研究各部门拿出来参加效应的那些东西,摆放在什么位置最理想,哪种角度最合适,是正面还是侧面,是暴露或者隐蔽?效应物之间保持多大的距离为最好?这些看似琐碎的小事,每一件都是这些业务骨干绞尽脑汁才定下来的。他们把这些都记录在自己的小本子上,作为绝对机密的资料,委托基地保密室代为保存。所有需要破土动工修建的地下工程、猫耳洞和观测站,都由空军机场营房修建部的外场部副部长张开帙上校当场拍板敲定,再报请核试验基地组织工兵团统一建造。

忙完效应场地的事情,成钧就让班子成员分头到基地司令部、政治部、后勤部各部门,各业务处、科、室去一一登门拜访、交流、协商,拟出一个个空军参加核试验的具体方案来。最后,成钧让恽前程把这一大套分门别类的方案梳理归纳综合成了一份意见书,由他拿着去向核试验总指挥张爱萍将军汇报。

成钧从核试验总指挥部汇报回来,一进门便指着自己床头那部高频保密电话叫恽前程:"快,要北京,我请刘亚楼司令员讲话,汇报这里的情况。"

一种兴奋快意的心情从他的眼神、嘴角和说话的语气中显现出来。

恽前程刚刚把万里之外的空军司令部一号台要出来，成钧却突然变了卦，猛摆手："停。不要啦！"

恽前程莫名其妙地撂下话筒，望着成钧发怔。

成钧伸开手指，在空中狠摇一气："不行啊！"

恽前程醒悟过来，成钧在这里给北京通电话是严重违犯了核试验总指挥部的保密禁令的。

恽前程惊得咂了一下舌头，苦笑了。他侥幸在自己要犯一个大错误时悬崖勒马。

成钧决定派恽前程坐飞机回北京去，向刘亚楼和吴法宪当面报告他在这里同张爱萍商定的参试计划。

恽前程这次回北京，绝不能算是个美差。

张爱萍分派给空军的十项任务，成钧敲定的一个个执行方案，内容涉及方方面面，那近乎苛刻的要求、紧迫的时限和那一长串的数字，其庞大复杂的程度决不比一个重大的作战方案简单。而这样一个庞大复杂的方案，却不许写成详细的书面材料，就连在小本上写几句符号式的要点也不许可，全得由他独自藏在肚子里，凭记性去说话，不能有任何差错。

恽前程把自己一个人关在招待所的小单间里，锁上门，拉好窗帘，把这个大计划一条条、一项项，一字一句，反反复复地默默背诵。亏得他当时年纪轻，有惊人的记忆力，那些要求、数字、时限之类枯燥乏味的内容，都是他亲眼见过亲耳听过的。他把自己当时的感受和内心涌动的情感都融进了这个庞杂的计划中，所以，临到动身去马兰机场时，他已经把这个庞大复杂的汇报提纲深深地刻在自己的脑子里了。他成了个肩负特殊任务的信使、机要保密员和高参。

临动身前，恽前程轻声悄语地向成钧请示："回到空军大院，见到周月茜同志，我该怎么说？"

"什么也不要说。"成钧嘴巴紧闭,平时老挂在嘴角边的那缕微笑见不到一丝踪影了。

"她要问呢?"

"那就说我活着,挺好的,没害病,不要牵挂。"

"难道连你在什么地方,也不能告诉一声?"

"绝对不行!"成钧的神情变得分外严肃,"要是说了,你同我都要犯大错误喽!对所有同志的亲人、家属,都一律这样。你对自己的老婆,也不许犯自由主义。记住啦!"他反剪起双手,在屋里转了几圈,然后站住:"你这样一来,她们肯定会有意见,你得挨骂的,不管她们,挺住!将来由我向她们检讨、赔罪,让她们消气就啦!这同你没关系……其实,我们这些女同志也是蛮通情达理的嘛!有时候她们气急了,骂几句,也是出于一片爱心嘛!谁叫她们摊到我们这样的丈夫!"

成钧是个感情丰富的人。长征路上,他身边的一个通信员牺牲了,他当着一团人的面掩面痛哭。前些年,他参加军事友好代表团出访印度,临上飞机前还在牵挂怀孕的妻子,这些都写在他红色的小日记本里呢!

恽前程飞回了北京,回到了空军大院,见到了工作班子中每一位同志的妻儿老小,没一个不向他打听自己亲人下落的,但是,他的嘴巴早在罗布泊被成钧封死了,一丝儿风也不肯透露,他当然"收获"了自己老婆和各位家属的一片怨声和责怪。

刘亚楼召集吴法宪、张廷发秘密地听取了恽前程的汇报。刘亚楼对这个汇报听得津津有味。他虽然是个军事知识渊博的将军,可对核试验这一套新事物,也还是个小学生。他一面专心致志地听着恽前程的汇报,一面挥起粗硬的红蓝铅笔在重要的记事本上把成钧要求调派的飞机数字记录下来:

伊尔-14,一架

伊尔-12,五架

第二章 肯尼迪的"外科手术"与聂荣臻的集群火网

里-2，二架

安-2，三架

直升机，三架

共计各种运输机14架，不包括临时加派的专机。

刘亚楼搁下铅笔，举起手掌抚摸着刮得青光净亮的腮帮子，对记事本上那一串红色的数字沉吟起来。

执行一次塔爆原子弹试验竟要派遣如此多数量的运输机，这是他始料不及的。他得一架一架地来抠，细细地敲打一番呢！在调派使用飞机上，他一向都是精打细算，不允许浪费的。

他让恽前程把张爱萍交给空军的十项任务和应派的飞机数字，从头到尾再说一遍。

恽前程扳倒指头，如数家珍似的报着："头一项大任务，'零'时后烟云取样。要求派出伊尔-14一架，飞机、机组成员的条件要最好的。完成空中取样后，飞机不能在马兰机场着陆，要立即飞到吐鲁番机场，由吐鲁番用一架专机把样品抢运回北京化验。计划中的五架伊尔-12要担负运原子弹部件到马兰工厂组装，原子弹组装完毕后，由直升机运到罗布泊铁塔下，用升降机把原子弹吊送到102米高的铁塔上去……核试验基地、九院、二十一研究所有总重量为56吨的精密专用仪器、设备，要用伊尔-12和里-2从工厂空运到马兰机场，再转运到开屏去。此外，'零'时后还要用大型运输机到河西走廊一带进行热线跟踪侦察，还要用大批直升机和安-2小飞机在场区内进行爆心剂量侦察、伞射侦察，协助八一电影厂拍电影……"

恽前程的流水账还没报完，刘亚楼干咳了一声，从沙发上立起身来，在办公室里转了一圈，然后站住："回去向成副司令员报告，凡是上级赋予空军的任务以及各试验单位向我们提出的要求，我们能办得到的，都要积极地办，并且只准办好，不准办坏，成副司令员提出要调的飞机，交司令部照办。"

"成副司令员还有个考虑，这许多飞机都集中在马兰机场，空地勤人员很多，再加上后勤保障人员，近200来号人，飞行任务又重，他的意思，希望空军党委考虑，能不能成立一个临时性的机构……"恽前程试探着发话。摸熟了刘亚楼脾气的人都知道，反映这类意见是要慎重的。

"当然，应该。"刘亚楼出乎意料地显得慷慨，"成副司令员有什么具体打算？"

"他说最好成立个临时党委，由空军、兰州空军机关的干部和空十三师、兰州空军机关直升机团、马兰机场的几个负责人组成。"

"我看可以，吴政委，你的意见如何？"

半躺半坐在大沙发上的吴法宪，连连点头："很好，很好，你告诉空军政治部去的姚士章，要他具体负责承办，快办……"

恽前程汇报完了，正要离开办公室时，刘亚楼忽然又把他叫住："你回去时，一定要到各家各户去问问他们的爱人有什么话，你给她们捎带回去吧。组织上禁止她们的男人给她们写信、打电话，可是，你替她们捎个话，总还是可以的吧。"

五、罗布泊的夜晚

恽前程从北京回马兰不久，一架伊尔-12在夜色中由航空兵第十三师中队长郭洪礼驾驶着降落在了马兰机场。第二天，核试验总指挥张爱萍上将偕同二机部部长刘西尧、基地司令员张蕴钰，还有第九研究院院长李觉和几名科学家在成钧陪同下察看了这架飞机，张爱萍在接见机组全体成员后，便和科学家们登上了飞机，在机舱里盘桓了半天。他们走后，这架飞机便被推到了一旁，严密警卫起来，任何人都不许接近。过了一天，几个科技人员匆匆赶来，登上飞机，这架伊尔-12便在夜色中杳如黄鹤，不知飞向何方了。

这是一架担负高空烟云取样的飞机，在原子弹试验中负有特殊重要的任务。

要确定原子弹的威力，首先必须知道原子装置的效率，即燃耗率。原子弹爆炸后，从蘑菇状烟云中取出样品，用放化分析方法除去其中的杂质，剩下的即是铀235同位素。将测量得出的放射性强度换算成燃烧的铀235，再求出未燃烧的铀235，便可求出燃耗值。燃耗值越高，证明核爆炸的效率越高。飞机烟云取样，分内场和外场两种。外场取样是取环绕爆场沉降的小微粒，只能测量其在空气中放射性的强度。外国人通过这种取样得到核弹结构、内部装料，并估算出效率和当量来。内场取样是让飞机穿过烟云，取得爆后烟云中已经燃烧的核裂变碎片，还有未燃烧的铀235。这种样品的杂质少，纯度高，代表性大，各种粒子都能取得，大部分是直径10微米以下的粒子。外国文献讲0.2微米的粒子分凝现象小，由此而得到的当量数值比较准确、直接，科学研究价值大。这是外场取样不可能得到的。所以，各国的核试验都将用飞机取样作为一个重要的手段。

担负烟云取样的飞机要具有一整套取样的特殊装置，还要给机上人员装上专用的测量仪器，准确迅速地观测出放射性物质沾染照射的剂量来，以保障机组和随机参试人员的安全。这架杳如黄鹤的伊尔-12，其实是去国防精密仪器工厂进行改装配置仪器。

担负烟云取样的伊尔-12刚走不久，另一架担负空运"产品"的伊尔-14又趁茫茫夜色飞到了马兰机场。

"产品"即是原子弹，为了保守机密，给它取了这样一个含糊其辞的怪名称。

第一颗试验用的原子弹并不是真正在试验场上使用的那种炸弹，而是一个核装置，它的外形像一个滴溜溜圆的银灰色大球。它的精美程度完全够得上是件珍贵的艺术雕刻品。它的"脾气"却格外古怪，无论在天空、地上、库房、车上、船上和飞机上，都必须保持恒温、恒湿，热一点不行，冷一点也不行。技术专家们只好为它研制出一套专用的保温设备，在空运、车运、仓库储放中给它做24小时的加温、降温。它还对震动、倾斜、外部压力特别敏感。美国曾因空运"产品"时未能保证产品的质量安全，结果使一次核试验变成了"化学爆炸"。它怕湿、怕潮、怕燥……怕这怕那的总共有十怕，这就苦累了服侍它的那些空勤、地勤、后勤人员和科技干部，他们便给它取了两个令人爱也不是、气也不是、恨也不是的外号"娇小姐"、"林妹妹"。

根据核试验总指挥部的安排，"娇小姐"从工厂出来后，先用火车运送到乌鲁木齐的军用机场，从机场再空运到马兰，在马兰将拆开了的部件重新装配好，然后才用直升机吊运到塔爆跟前，再用电梯送到那高入云霄的铁塔顶端，安放到一个特制的金属小房间内。张爱萍向成钧交代的空运"产品"任务，说的就是这么回事。

伊尔-14到马兰机场后，张爱萍照样带领一干人检查了飞机，飞机照样被严密守卫在那里，最后又照样趁夜色飞到了不知名的工厂去进行改装……

恽前程在接送完两架伊尔式飞机后，成钧派他去罗布泊效应场区检查空军效应大队的准备状况。

罗布泊的夜晚，灯火瑰丽。

由数不清的电灯、探照灯和汽车前灯尾灯编织成的灯火长龙，一条一条地蜿蜒游动在夜色苍茫的沙海中。那些正在突击收尾的地上地下工程，每一处都成了一座玲珑剔透的灯山。灯山下，机器轰鸣，连珠排炮似的爆炸声，此起彼落。一队队工程兵战士人影憧憧，进进出出，在灯光、蒙蒙雾气里浮隐着。

塔爆中心的工地上，更是一座火树银花的不夜城。那座102米高的铁塔，正在突击安装之中。铁塔由鞍山钢铁公司特地赶制出来，它是一座采用无缝钢管结构、正方形断面的自立式塔架。此刻，它正由特种技术总队的工程兵和工程技术人员进行安装。被核试验区的人们称作"埃菲尔铁塔"的钢架顶端，电灯光盘绕出一圈又一圈的珍珠网络。珍珠网络中间移动着三三两两的人群，这是由中央广播事业局和兰州化学工业公司特地选调来的高空作业技术工人，在深夜进行高精度的高空作业。他们被一簇簇迸发的电火花渲染得像神话中那些身披铠甲、手握宝剑的天兵。

整个铁塔工地完全沉浸在一片探照灯光柱迸射出来的光波银海里面。

恽前程做梦也不曾想过，这沉睡了千年的罗布泊，一夜间竟然焕发出了如此灿烂的光华。

六、肯尼迪的"外科手术"

1963年初，美国总统肯尼迪在戴维营的松林别墅里秘密接见了美国中央情报局的负责人。这位情报局首脑从随身携带的密码箱中取出一摞照片，摊在年轻的总统面前："总统先生，这些照片是中央情报部门通过U-2高空侦察机以及其他秘密手段，从共产党中国大陆获得的。"

"喔。"肯尼迪扬起他英俊漂亮的脸，闪出了一个迷人的微笑。

情报局首脑拣出几张照片递到肯尼迪手里："这是设在甘肃的浓缩铀工厂。"

肯尼迪举起照片来，以一副知识渊博、机灵过人的神态，细细地端详着照片。然后，他不动声色将照片撂下。

机警沉静的情报局首脑又递上几张："请看，这一组是位于青海的核武器研制基地。"

每张照片下面都附有文字注明：一、地址，二、基地的某一局部，三、面积大小。

肯尼迪眯缝起眼睛审视着这些照片，情报局首脑又把另一组照片在总统的办公桌上拼连在一块。

"总统先生,这就是位于新疆的罗布泊……"他像哥伦布发现新大陆似的,挺挺胸脯,眼神里流露出一种得意的光泽。

"谢谢。照片拍得十分清晰。干得漂亮。"肯尼迪彬彬有礼,几分深沉、几分含蓄地给这位情报局首脑一个分寸得体的赞许。

情报局首脑抓住机会,立即做进一步的试探:"总统先生,您不认为,这些资料足以证明,共产党中国正在准备爆炸原子弹吗?"

肯尼迪立刻给了他非常明确肯定的回答:"你说得很对。我认为,他们正在准备爆炸一颗原子弹。"

"那么,您,总统先生以为……"

肯尼迪从座椅上立起身来,用一口非常优美动听的略带爱尔兰口音的声调对情报局首脑说了下面一段话:"原则上不管用什么手段,必须阻止中国成为一个有核的国家。因为中国拥有核武器将使美国面临空前的危险局面。"

肯尼迪外表英俊,穿着非常考究,举止优雅迷人,他因此被誉为一个风度翩翩、极具魅力的总统。他极力推行美国称霸世界的强权政治,对社会主义阵营实行灵活反应战略。他从骨子里反对共产主义制度,极力实行遏制共产党中国的政策。他以自己手里的核武器"大棒"作为美国政治、外交上的语言。他非常欣赏一个作家对他的赞美:"他比狮子更勇猛,比狐狸更机灵。他简直是一个超人。"他被吹嘘为一个"无所不知的人","他能够在几分钟内吞咽消化整整一本书,他的眼睛一下子就能抓住冗长文件要点,他有比专家更专业的知识,而使专家们羞愧"。

就是这样一位"超人"式的美国总统,在稍后的一些日子里,又在他白宫椭圆形办公室里,同一位远东问题专家进行密谈。肯尼迪对这位专家说:"中国共产党政府是一个诉诸武力的政府。如果把核武器用到这场争端中来,其结果将使我们面临比第二次世界大战结束以来所面临的任何局势更为危险的局面。"因此,他要"在中国成为一个

第二章 肯尼迪的"外科手术"与聂荣臻的集群火网

羽翼丰满的核国家以前……现在就要采取能够削弱这一危险前景的措施"。这位专家向肯尼迪建议:"在中国核武器发展的现阶段,摧毁他们的核工厂,并且使人看来像是他们发生一次原子事故一样,这在技术上是可能的,只用高能炸药而不用核武器,就可以完成这样一次'外科手术'……"肯尼迪的回答是:"这件事就由你来办吧。"

美国作家戴维·哈尔伯斯坦在《出类拔萃之辈》一书中说,坦率是肯尼迪"最具魅力的一个方面,而这种迷人风度是只有在私下里才能见到,他私下里会毫无顾虑地承认他不敢公开承认的事"。我们从他同中央情报局首脑和远东问题专家的私下谈话中,可以看见他这种迷人的坦率风度。这个"最优秀和最聪明"的年轻总统,要对一个堂堂大国动"外科手术",简直就同玩一场游戏一样轻率、随便。

肯尼迪要对中国进行核威慑,其实并不是从这次开始的。纽约出版的《现代中国》杂志在1957年1月刊登的一篇文章中披露:

> 1961年9月8日,台湾海峡,天气晴和。正在太平洋游弋的美军第七舰队,突然接到了美军参谋长联席会议主席的命令:立即进入紧急戒备状态,舰只全部疏散成防御态势,空军全部停止飞行。早在三天前,美军就进入了三级戒备状态:所有的休假都被取消,人员被召回。洲际弹道导弹处于待发射状态。北极星型核潜艇迅速驶出港口,轰炸机被疏散,作战参谋昼夜值班。
>
> 12小时后,驻太平洋地区的美军接到核攻击的命令。随着数声巨响,台湾的美军基地腾起六颗斗牛士核导弹,飞向中国大陆的预定目标;一小时后,驻南朝鲜美军宣布紧急动员,地面部队沿南北朝鲜军事分界线集结;核烟云尚未散尽,美军第七舰队的舰载攻击机、陆战队攻击机和天狮星型导弹潜艇发射的导弹,猛烈地扑向中国的机场、基地、桥梁、通信设施。轰

炸持续了整整四天，美军地面部队进入北朝鲜和中国领土……

当然原子弹并没有真正落在中国领土上，但这一切都是真实存在的。这是美国以中国为假想的代号高跟的核战争演习。

1962年9月，美国又进行了代号为高跟Ⅱ的核战争演习，规模比上一次大得多。驻扎在世界各地的美军全部参加。基本设想：由朝鲜战争而引发了亚洲战争的爆发，随即又扩大到欧洲，并且由常规战争升为核战争。第一阶段从9月11日至22日，设想朝鲜半岛爆发武装冲突，进行了9天零18小时的常规战争。由于美国地面军队不敌朝中部队，美军突然使用战术核武器，并宣布进行战争动员，全球美军由五级戒备转入一级戒备。同时做好了反潜、防空、防原子弹等准备。第二阶段从22日开始，北约国家对华约国家的战略目标实施突袭。攻击持续了三天后，美军在中国沿海登陆。

是的，这是演习，也是演戏。在国与国角逐的政治、外交舞台上，这是一种无言的压迫，它无疑深深地刺激了中华人民共和国的领袖们，使他们更加强烈地感到，年轻的中华人民共和国不能永久站在核俱乐部的门槛外，必须铸造自己的核盾牌。

肯尼迪要对中国核工业和核武器动"外科手术"的情报一到北京，立即引起了周恩来、贺龙、聂荣臻的高度警惕。由张爱萍上将出面，召集总参谋部、总政治部、公安、空军、兰州军区等有关单位和部门负责人，制定了一套加强安全保卫工作的措施。大西北的原子弹工厂、核试验基地、各路建筑大军都加强了警卫警戒以及对人员的清理及地方的社会治安……张爱萍还向总参谋部送出报告，要求增强对西北国防工业的防空力量，要求"看得见高空情况"。

20世纪50年代，中苏关系处于蜜月时期，中国大西北漫长的边境线毗连着苏联的中亚诸国，当时中国是"背靠沙发"，两国间是有边不用防的。20世纪60年代，中苏关系破裂，苏军在与我毗邻国境线上陈兵百万，双方处于剑拔弩张状态，这条边境线对于我方来说，是有边也有防，但防不胜防。到了20世纪70年代前后，美苏都拥有先进的高空侦察技术，更有远程轰炸机、中远程导弹、卫星等，中国大西北的空中防卫出现了空虚半空虚状态，显出了有空无防的险境。张爱萍"看得见高空情况"的要求，正是我方防空力量上的薄弱环节，是一个极为敏感的痛点。

张爱萍提出的要求，最终落到了成钧的头上——刘亚楼、吴法宪决定由成钧负责拉总开关，在辽阔的大西北黄土地上编织起一张绵亘数千里的雷达网，安排下一个个高射炮火力圈。

经过几年的"惨淡经营"，到成钧在"文革"中被关进秦城监狱之前，大西北的高空情况，总算可以"看得见"了，原先有空无防的状态得到了根本的改变。

七、聂荣臻的集群火网

肯尼迪的"外科手术"正在秘密准备之中。

罗布泊原子弹爆炸的脚步声正一天天临近。

美国人在台湾操纵的U-2，更加紧了对大西北的侦察活动。

1963年1月28日，正是中国人民的传统佳节——春节，一架由美国人驾驶的U-2从泰国清迈机场起飞，由云南西双版纳勐遮窜入，对我国西北地区侦察照相后，由云南思茅墨江返回。周恩来对敌机此次入侵，发了话："外国飞机入窜，空中要管起来。起码要提抗议嘛！"

时隔两个月，3月28日，从韩国群山基地起飞的"黑猫小姐"，在甘肃酒泉导弹综合试验基地上空，留下了一个横8字。

时间只过去了两个月零五天，6月3日，又一架"黑猫小姐"从台湾起飞，由浙江温州湾入大陆，经过九江、武汉、西安，入窜兰州。

在兰州东面马家寺设伏的地空导弹兵第四营，正好位于这架U-2入窜兰州市的航路上。

但是，到头来，导弹还是没有发射，U-2又一次在第四营阵地上空向外侧绕飞，又一次脱离了导弹的射击范围，又一次安然自若地在作战标图上留下了一个横8字。

几乎，一切都是3月28日战斗的重演。

新的战斗失利使人们的心里直打鼓，营房里议论纷纷。

"真他妈的见鬼！"

鬼就鬼在只要你打开制导雷达天线，那U-2就向外侧绕飞，脱离开你导弹30公里的杀伤范围。

"这家伙身上藏着啥宝贝？"

它身上藏着个能侦察出我导弹阵地叫不出名字的玩意儿。

"总得想个法子制服它嘛！"

法子也有人提出过。早在3月28日战斗结束后，第四营第一连苏副连长就提出"压缩开制导雷达天线的距离，让U-2飞近了再干"。但是，一来副连长人微言轻，讲话不够分量；二来这只是凭直觉，缺少科学论证和计算；三来它违反了苏军导弹射击教令120公里开制导雷达天线的规定……总之，这意见没引起大家的关注。

苏副连长的意见，也曾飞进了空军工作组的耳朵。空军工作组觉得这意见值得重视，但需要做进一步的研究。压缩开制导雷达天线距离是牵一发而动全身的大事，是个决定战斗成败的关键动作，是要冒极大风险，只有战场上高级指挥员才能拥有决定的大权。空军工作组的同志当然不能说可以不可以的。不过文绶、王路、王笃敬、田在津毕竟是高级机关里出谋划策的高参，是肯动脑筋、功于算计的机灵人，他们回到北京后，继续抓紧时间做了进一步的研究。他们对战斗资料进行了反复的分析，他们找经验丰富的飞行员就作战标图上U-2飞行员的操纵动作进行模拟和细致的分析，他们反复地进行测量计算、对比推断，终于弄清了第四营在115公里处打开制导雷达天线，是给了U-2改变飞行状态绕开我导弹阵地充裕的时间。他们得到了一个令人目眩神骇的时间数据——20秒！从打开制导雷达天线到U-2改成向外侧绕飞，一般都是20秒。他们认定这些都同U-2上面装的那个叫不出名字来的玩意儿有关系。他们摸清了这些情况，便提出了一个"围绕20秒钟做文章"的口号。

他们的文章还没做出来，南京军区空军却送来了第二十四师大队长王文礼于6月19日击落一架P-2V夜间高空侦察机（以下简称P-2V）的捷报。P-2V上装有一系列最新的电子设备，一向被说得神乎其神。这一回，这宝贝弄到手了，这对空军电子技术的研究，对攻破那不知名的玩意儿当然会起到极大的推动作用！

罗瑞卿总参谋长在王文礼击落P-2V的战斗报告上批了一句话：争取再击落敌人一架U-2。

战鼓催春，烈火喷油。打U-2的烈火烧得更旺了，打下一架U-2的压力也更大了！

深居在东交民巷8号大院运筹帷幄的聂荣臻元帅，在研究了第四营两次战斗失利的报告后，向空军推出了一个新招："将四个营集中统一部署，组成大面积有机结合的火网。"

后来，人们把聂元帅的这一招取名叫集群火网。

在空军司令部那间加有特别警卫的房子里，在刘亚楼、成钧同作战班子上次酝酿出了导弹游击战的那间房子里，恽前程领着两位参谋正俯身在几案上进行地图作业。

他们找出几幅U-2入窜的航迹标图来，把标图上的航迹重新描绘到一幅幅新的地图上面，又把表示地空导弹营阵地的四个红圆圈按不同的方位、不同的间隔和距离，摆在U-2入窜的航迹线路两旁。这些标志地空导弹营阵地的红圆圈，有的被摆成了一字长蛇阵形状，有的摆了一个口袋似的菱形。也有的只画出三个红圆圈，表示只用了三个营。在地图上，这三个营便被配置成了三角形阵地。他们还用淡淡的红色虚线，在红圆圈的一侧画出一片片扇面形的射界图影来，并且在这扇面形的射界图影下面注上它的宽度××公里。

在地图上方，用蓝墨水写着"萨姆-2导弹集群火网配置图"。

恽前程将这一幅集群火网配置图钉牢在黄澄澄的揭示板上，又细心地检查了一遍，看看完全拾弄得妥帖了，才给成钧打电话。

"成副司令员，弄好啦，请……"

成钧跟在刘亚楼身后，走到这间挂满《萨姆-2导弹集群火网配置图》的房间里，在揭示板前面坐下来。

两位驰骋沙场的老将，这会儿竟像文人学者般模样，文静地欣赏着这些画在地图上的战阵图。

三天前，聂老总搞集群火网的批件传到了刘亚楼手里，刘亚楼便喜笑颜开地把批件交给成钧："快，让作战部搞出几幅模拟图来，好好研究研究。有了老总这个人主意，我们应该做篇好文章出来……"

成钧把聂老总的批件翻来覆去看了几遍，然后沉稳地回答："肯定会的。"

两位将军都从心底赞同聂老总这个"将四个营集中统一部署，组成大面积有机结合的火网"的思想。

成钧把研究集群火网配置图的事交给了恽前程。

这会儿，两位将军来审查恽前程搞的这套集群火网配置模拟图了。

刘亚楼和成钧都是历经了许多重大战役的将军，刘亚楼更是许多赫赫有名的大战役的组织指挥者。千百次成功和失败的战争风雷，在两位将军胸中积淀下一个"集中兵力作战"的智慧宝藏。这本是红军作战的成功经验，是毛泽东用兵思想的精髓，这些经验和精髓，经过时光的磨洗和滋润，已经变成了两位将军身上的血肉和灵魂。就在这些年和平岁月的海防和空防作战中，这些精髓和灵魂一刻也没有背离过他们，多次带给他们胜利的喜悦和豪情。但是，在最近导弹游击战的新条件下，他们却被忧愁困顿和堆积如山的事务挤压得竟然把这个传世之宝忘却了。这会儿，经聂老总一点拨，他们豁然开朗了。

刘亚楼在揭示板前面坐了一会儿，对那些一字形、菱形、三角形集群火网配置图仔细地审视了一回，便招呼恽前程："讲讲看，为什么要这么个配置法？"

刘亚楼在心平气和时讲的话，会给人一种隐隐约约的压力。因为他浑身都散发出一种机智和精明的气息。

恽前程站到一幅配置图前面，说："这是在比较平坦开阔地形上面的配置，像个一字形。四个营全面展开，成一线配置……它的拦截正面很宽，从左往右，总宽是160到180公里，把这个阵地套在去年11月那次U-2进出西北的航迹图上，它进袭和回窜的航路全都落在这个火网里面！"

"慢！"刘亚楼举起手来，挥了一下，"你为什么把几个阵地都摆在丘陵地带，靠南面不是平原吗？"

"因为这里靠铁路近些，部队进入撤出都很方便，这里还靠近空军的一个国防仓库、两个航校机场……通信保障、后勤供应、安全保卫都很方便。南面那平原地带，就不具备这些好条件，而且，这几处阵地的射角都好，丘陵地带的遮蔽角都不会很大的。"

恽前程同成钧终年跑在一起，这选择阵地的一套，他已是学得滚瓜烂熟。

刘亚楼的双眼里溢满欣喜，对成钧点了点头。

"你再把那个菱形阵地讲讲。"

恽前程轻咳一声，清清嗓子："这里是个大峡谷，两面净是高山，U-2侦察照相的目标正在这峡谷的尽头。我研究了上次U-2为什么选在这里的原因。它不从这里进去，就达不到侦察照相的目的。这地形不利于把部队作一线展开，却利于做纵深梯次配备，为了对付U-2爱做侧飞机动飞行的特点，所以，我们编成了菱形口袋阵，只要它敢钻进来，我们就要一下子把它抓住，装在口袋里面。"

恽前程说得起劲了，便睁圆两只大眼，伸开那只鹰爪似的大手，气势汹涌地像要把那空中的"黑猫小姐"一把抓住。

正在这时，秘书高晓飞推门进来，对刘亚楼咬耳朵嘀咕了一阵，刘亚楼便急忙站起身来："请成副司令员定一下，给军委和总参写个报告吧。"

他刚走到门口，又折转身，把那揭示板上的集群火网图又扫了一眼。

一朵盛开的红花，占满了他长满硬胡茬子的大脸。

刘亚楼被这强劲机灵的火网撩拨得心花怒放起来。

在成钧的指导下，恽前程同参谋们代刘亚楼、吴法宪、成钧、张廷发起草了一份给总参谋部的报告：

> 我们结合U-2飞机最近几次入窜活动中出现的新情况，再次研究了使用五四三部队实行机动作战的方法。……我们认为有必要改变目前单个使用五四三营进行机动设伏的打法，改成三四个营集中使用，按照敌机的航线，采取横宽、三角部署或菱形部署的方法，并结合利用近似五四三制导雷达的松-9炮瞄雷达（以下简称松-9）搞些佯动，在增大了打击面的情况下，将敌机引诱进入我设伏阵地的有效打击范围之内，使敌机不易机动摆脱。

报告很快便得到了贺龙元帅的批复：同意。

当刘亚楼和成钧按照这个新奇的作战构想来着手研究兵力部署的时候，他们的内心深处却受到了一次强烈的震撼。

他们打算将目前分散在北京、唐山、苏州、酒泉诸地的第一、二、三、四营集中到一起，组成一个集群。当他们把这个胸中的构想摆到地图上面，他们便发现这几个营原先保卫的几处极为重要的城市目标上空，都变成了一片空白，都变成了一座座不设防的城市！他们脑子里立即浮出了一个老大的问号："这怎么行啊？"

如果敌人钻空子，趁机飞到这些城市上空来，却避开你那集群火网，那将会造成多么严重的后果呀！

他们面临一个巨大的风险，风险像狂涛猛然扑上了他们的心头！

在狂涛巨浪的风险面前，他们感到惊心和困惑。

他们重新捧起聂元帅和贺老总的批件，反复琢磨起来。

刘亚楼和成钧毕竟是久经沙场的将军，他们熟知集中兵力作战这一制胜原则在战场施行中必然带来的种种利害得失，必将引起的种种结果，包括积极和消极的方面。

在战场上，一向以锐意进攻、企图心极强、果敢而著称的刘亚楼同胆大果断、沉稳严谨的成钧可谓是珠联璧合的一对。两位绝不墨守成规的将军，经过这样一番切磋琢磨后，最后定下了集中四个导弹营组成一个集群进行作战的决心。

集中兵力作战的认识问题一旦得到解决，两位将军便把自己的注意力转到战场的选择上来了。

四个营该集中到哪里去机动设伏呢？这是个一锤子的买卖，这个锤子第一下该砸在什么地方？

在有了两年导弹游击战的实战经验之后，在南昌、马家寺两次主动押宝都押得很准之后，刘亚楼特别想听听成钧的意见。

成钧从战略全局的高度，对刘亚楼谈出了自己的判断。他说："侦察大西北的核基地是U-2的战略目标，你就不愁它不来。它是来定了的。U-2到大西北来侦察，可供它选择的路线有三条：一条从南朝鲜的群山基地起飞，从东北、华北、内蒙进来，这是东线。另一条从泰国的清迈或者印度的乌塔堡起飞，经西藏、云南，走青海，这是西路。除了东西两路之外，余下的就是中路，从台湾直飞进来。今年上半年，U-2从东、西两路都进来过了。下次再来的话，最大的可能是走中路。美国军官也是对我们搞出其不意、攻其不备啊!"

"对,对!"刘亚楼十分欣赏成钧对敌人行动路线的分析判断。

"它走中路的话,我们这四个营该摆在什么地方合适?"

成钧刚刚从口袋里掏出自己精致的烟盒,打算抽烟,一想,又悄悄放了回去。

他的这个小动作被刘亚楼一眼看出,便扬声笑了起来:"特殊情况,特殊处理嘛!抽吧,抽吧……"

刘亚楼一向反对吸烟。他曾以空军党委的名义向空军师以上干部专门发过号召戒烟的信。军党委常委还作出决定:军党委常委带头不在会议室里吸烟。成钧却算得上是半个烟民,遇到烦心费神的事就想抽上一支。

成钧讪笑着,掏出烟来,用两个指头夹住烟卷,从容地把烟点燃,然后亮起他那个优雅的"仙人指路"姿势吮吸着。

"第一个选择是西安。"他的想法同他嘴里吐出的烟一同飞出。

"嗯。"刘亚楼不置可否地嗯了一声。这是刘亚楼的习惯。在重大决策面前,他尽量控制住自己的内心,不让它外露,更不肯轻易表态,只管一心一意地听着成钧的分析:"U-2从台湾入侵大西北,沿武汉—郑州—西安北上,是一条捷径。飞这条航路,可以节省时间,飞机能保留较多的油料,利于应付空中的意外情况。台湾飞行控制中心的美国顾问一向认定'共军的飞弹位于兰州、西宁、酒泉一带',所以U-2一过天水,一接近兰州,就格外小心起来。加上今年它两次进来,在酒泉、兰州都发现了我们的导弹阵地,今后它再来,我们在兰州以北设伏,已经很少有希望了。起码短期内会是这样。南方呢,去年在南昌,它吃了大亏,我们如果再去长江以南设伏,我看希望也不会大的。如果它走中路来的话,这长江以北兰州以南一段是我们最有希望的地方。这一段里面,武汉、郑州、西安都是我们可以选择的比较合适的地方。"

"这三处,哪一处更合适些?"刘亚楼迫不及待地追问。

"西安。"成钧再一次作出肯定的回答。

"西安,为什么?"

"这些年来,我们五四三部队从来没在西安露过面。郑州就不是这样,五四三部队去年就到郑州附近的长葛设伏过。U-2飞行员从台湾飞到西安附近,在空中已经待了五个来小时,人也疲劳了,又没遇到敌情,他的心理上容易松懈麻痹。"

刘亚楼对成钧善于捉摸敌人指挥官的意图来造成敌人失误的这一招特别感兴趣。他听得咧开了嘴巴,重重地点了点头。

成钧还在那里娓娓道来。

刘亚楼听得心动起来,便抱起双臂,在屋子里踱了几个方步,最后站住身子,叫道:"好!就这样定吧。"

刘亚楼决定把这个集群的任务交给兰州军区空军来统一部署指挥。这可以说是刘亚楼特殊的一片用心——他有意识地在实战中培养锻炼下级干部和机关的指挥能力,使指挥机关和部队的战斗力同时得到提高。这同他在抗美援朝战争中坚持让年轻的中国空军在战斗中去闯荡,让许多航空兵师团到战场上去"摔打一番",是完全一致的,也同他在20世纪50年代中期坚决把一大批年轻优秀的飞行大队长扶上中高级领导岗位的良苦用心是一脉相承的。

刘亚楼和成钧在制定这个作战方案时,便预见到横在这

毛泽东、刘少奇(中)在听取空军司令员刘亚楼(右)关于击落U—2情况的汇报

条路上的风险和艰难，料想到了可能招致的损失和挫败，他们在向总参谋部的报告中便公然坦言："上述调整部署，也可能会出现敌机并未入窜新的阵地，反而先到了已经撤收的阵地上空的情况，因而难免要卖后悔药。但从机动押宝，特别是从研究试验一种新的作战方法的意义上来说，即使卖点后悔药也是值得的。"

在历史上，我们见过许多军事家在制订他们的作战计划时，没有一个不是相信自己的计划能稳操胜券的，否则，他们就不会发起进攻了。在现实中，我们却见到这两位将军在提自己新的战法时，竟然申言自己的计划可能招来卖后悔药的苦果，而自己甘愿吃下这样的后悔药。

八、看得见打不着

地空导弹兵第一营副营长何方接到空军司令部的电话："速去西郊机场找空司（空军司令部）作战部副部长恽前程。"何方撂下电话，高兴得在营长汪林肩膀上猛击了一掌："伙计，咱们的机会来了！成钧副司令员又要带我们去选阵地啦！"

何方知道，这是成钧一贯的老作风。逢到地空导弹部队有机动作战的任务时，他必定让参战营的副营长同自己一道提前赶到预定的战场上去选择阵地。

何方赶到北京西郊机场，在恽前程那里见到了宫长春。那年头保密要求特严，像这等机密大事，是绝对不可以随便打听，也不允许自由议论的，但是三个人一碰面，彼此心照不宣。

恽前程领着他俩同成钧一道登上了飞机。

飞机在西安降落。

在西安，何方和宫长春又见到了第三、四营的副营长。这一下，大伙都明白啦——空军在西安集中起四个营来打U-2的埋伏。这可是导弹兵作战史上头一遭啊！

第二章　肯尼迪的"外科手术"与聂荣臻的集群火网

在西安一处庭院幽深的高干招待所里，成钧集合四个参战营的副营长和一批参谋人员，还有第三训练基地主任张伯华一伙人，关起门来进行被笑谑为"纸上谈兵"的室内作业。

招待所的墙壁上挂满了西安附近100公里范围的地图。成钧让大伙儿根据上级作战意图，在这个范围内寻找合适的阵地。对每一处这样的预选阵地，他都要大家自由议论，逐个评价它的优劣长短，再从中筛选出几处来。

招待所里的"纸上谈兵"一完，成钧便领着一班人由兰州军区空军副司令员方升普引路，到渭河两岸去实地踏勘地图上找出来的那些阵地。

7月的西安是个大火炉，一行人坐在两辆中吉普车里，浑身上下都热得冒油。

中吉普车在火辣辣的暑气里奔波。

第一天，他们在户县找到了一处平坦开阔的阵地。这里是关中的心脏地带，是U-2出西北的一道大门。成钧把这个要地交给了战功卓著的第二营。

第二天，他们从户县北行，到了咸阳。咸阳地处渭北高原。三国时，魏将司马懿凭着南坡陡峭、北坡徐缓倾斜、东西一平如镜的塬地，用重兵固守的战法，抵挡住诸葛亮来势汹汹的进攻。成钧领着一班人攀上高坡，细细察看了这一带大大小小的塬地。他们发现这里几乎每一处都可以用作导弹阵地。成钧从诸多合适的塬地中挑出来最好的一处，安排给了第三营。

方升普是个有一肚子战斗故事、满肚皮笑话的"快活神仙"。一路上，他那些叫人笑痛肚子的故事和那副调侃诙谐的神态，逗得同行的一群人哄笑不止。在一路哄笑声中，他们来到了关中北大门的凤翔。成钧在这里敲定了一处阵地，把这个阵地交给了在最近两次战斗中失利的第四营。

他们最后到了宝鸡。

宝鸡便是昔日的陈仓。这里岗峦起伏,沟壑纵横,道路曲折,交通不便,但它屏蔽着关中平原,锁住了秦岭主峰和六盘山的谷口。刘邦当年便是用"明修栈道,暗渡陈仓"之计,把西楚霸王项羽的大后方一举夺到手的。

成钧一行人在宝鸡市外转了一天,跑遍了远近的所有空地,却没找到一处合适的阵地。当然,也有一两处可以架设兵器,可是成钧一看,那导弹发射升空后,它的二级火箭弹壳要坠落在城市的工业区里,他便断然放弃了这个地方。

他决定到陈仓古城去看看。

中吉普车在坑坑洼洼的黄土公路上颠簸了老半天,司机累得大汗淋漓,一不小心,中吉普车的车轮跑飞了!

缺了一只轱辘的中吉普车,哧溜溜地在重大事故边缘上滑跑了几十米。好险!"快活神仙"方升普一下子变成了怒不可遏的"火神爷"!看阵地摔掉个空军中将副司令员,这还了得!

方升普恳求成钧"就此收兵",不能再往前走了。成钧却坚持不肯改变决心。方升普只好从分区找来辆老爷牌小轿车,拉着成钧奔陈仓古城而去。

老爷牌小轿车在城外被一条河流阻断。参谋和副营长们都是壮丁,大伙儿便争着要把成钧驮过河去。成钧却卷起裤腿,冲进了齐腰深的河水中。

"我们洪湖苏区的红军,人人都会水的!"

他们到底在陈仓古城里寻得了一处小高地。成钧没问这高地究竟是城里原来就有的小土山,还是一处废圮了的城门遗址,或是一座古代的烽火台。他只认定这地方正好容得下个导弹营,射界开阔,遮蔽角等于零,火箭弹壳落下来砸不着老百姓,真是一个踏破铁鞋无觅处的好阵地!

他高兴地把这地方交给了何方:"你们第一营就放在这里!"

20世纪60年代,中国空军地空导弹部队在这个昔日的古战场上,张开了菱形的高空火力网,使人想起了恽前程那幅集群火网模拟图。

第一营副营长何方,在陈仓古城北的小高地上苦等了两个月,却没听到过一次敌机入窜的消息。

渭河滩里的气候特别恶劣。燥热时令人身上冒油,那股潮湿味更闷得人透不过气来。军服、背心、裤衩穿在身上总是潮渍渍、黏糊糊的。解放牌胶鞋穿在脚上,脚底板发烧发烫,脱下来更散发出一股难闻的脚臭味,熏得人只能捂着鼻子跑开。灌木丛和草里的蚊蝇小虫特别多,敢死队似的嗡嗡叫着,从四面八方围攻上来,在人们的手上、腿上、脖子上叮出斑斑血迹,焦麻火辣似的痒痛。用帆布和马毛缝制成的防寒帐篷,夜晚浸染上浓重的湿雾,白天太阳一晒,便发酵蒸发出一股酸溜溜、臭烘烘的马尿味,恶心得叫人吃不下饭,只想呕吐。

部队从7月上旬进入阵地,一个营300来号人整天整月地闷在帐篷里面,除了阵地以外,哪里也不准去。简直比蹲禁闭室、坐大牢还叫人难

毛泽东、朱德、周恩来等国家领导人接见地空导弹兵第二营全体官兵

受。这叫"常备不懈"。

国庆节前夕，第二营奉命调回北京。剩下三个营，仍守在渭河滩上。谁要想学一回姜太公渭水钓鱼的潇洒，没门。

转眼到了秋凉，早晚山风凉爽，但白天太阳还是很晒人。

9月25日，晴天。吃罢早饭，何方在营指挥所的帐篷里值班。

突然，驻在西安市里的集群指挥所来了紧急电话："U-2一架，从温州入窜，经过衢州、武汉，正奔西安来啦……"

何方一跃而起，欢呼大叫："好！来啦！等得老子好苦啊！"

何方跑到帐篷口上，拉响了战斗警报：呜——呜——呜——

渭河两岸，古战场上，导弹集群的各处阵地上警报长鸣。

在阵地上足足等待了三个月的导弹兵们，欢呼呐喊，跑出帐篷，冲上战位，卸去兵器的伪装，站到了自己的战斗岗位上。

"秋日平原好射雕"，是大显身手的时候啦！

随着这声警报，随着这阵紧忙，三个月的臭汁和霉气全冲刷光啦！

U-2最先出现在凤翔第四营指挥所的标图板上。

吃过两次苦头的第四营营长强压住心中的怒火，沉着冷静地掌稳了打开制导雷达天线的时机，把它压缩到集群指挥部统一规定的65公里距离。

荧光屏上枣核形亮点直落落顺着航路捷径，一点点移了过来！他示意操纵手"稳定跟踪一段"，让目标离航路捷径再近一点，他好下射击口令。

正在这工夫上，那枣核形亮点抖动了几下，猛地向外侧绕飞起来……

第四营营长气得狠啐了一口！

再看时，那"黑猫小姐"像挨了烫似的，早飞出了第四营的火力范围，一个劲地奔宝鸡方向跑了！

倘若在过去，在单个营作战的日子里，戏演到这分上，也就结了。

可如今，在集群作战的条件下，好戏才刚开始呢！

那U-2刚往宝鸡方向这么一拐，却正好拐在第一营的警戒线上。

第一营的目标指示雷达一下子就把这宝贝"黑猫小姐"抓住了。

指示雷达的电磁波照射在"黑猫小姐"身上,"黑猫小姐"没有反应,照样往前飞行。

第一营阵地上,银光熠熠的三发导弹,戟指蓝天,威风凛凛地在那里等待腾空跃起。

第一营营长汪林命令打开制导雷达天线。

制导雷达天线刚一打开,那枣核形亮点便在荧光屏上晃晃悠悠、乱跳乱抖起来!

接着"黑猫小姐"来了个180度的大转弯,又向凤翔方向飞去了。

凤翔方向的第四营,又一次火急火燎地打开了制导雷达天线……

这浑身鬼气的"黑猫小姐"一碰到第四营制导雷达的电磁波,就敏感得晃抖、转弯,又朝导弹阵地的外侧绕飞开去……

只两分钟工夫,"黑猫小姐"第二次落在了第一营指挥所的荧光屏上。

汪林大喜过望。他发一声狠:"这回,老子非把你逮住不可!"

他向挨坐在身边的指挥班子打了个手势:"沉住气!"

指挥班子的成员,一个个屏住呼吸,连心脏都快要停止跳动了!

汪林放着胆子,让荧光屏上的枣核形亮点顺着航路捷径移动得近一点、近一点、再近一点……

"黑猫小姐"移动到了集群指挥部统一规定的距离上。

汪林压低嗓门,喝了一声:"开机。"

制导雷达天线打开了。

又是眨眼的工夫,那荧光屏上枣核形亮点又像挨烫了似的,跳着、晃着,往外侧飞跑开去……

汪林的欢喜又落了空!

"黑猫小姐"又一次从他的手上溜掉。

敌机又一次绕飞到了凤翔上空……

第四营第三次打开了制导雷达天线……

……

就这样,"黑猫小姐"同导弹第一、四营,在渭河上空肉眼看不见的2万米高空,捉迷藏似的展开了一场扑朔迷离的战斗。"黑猫小姐"一连七次闯进了凤翔—宝鸡的阵地上空,却又七次安然地脱离开去。

第一营和第四营指挥所的制导雷达,一共打开七次天线,七次都发现了目标,七次都准备发射导弹,可恶那"黑猫小姐"每次都机敏地来了个改航绕飞,每次都安全地逃离了导弹杀伤范围……

末了,那"黑猫小姐"在秦岭上空绕了个大弯,从天高云淡的六盘山一侧飞往兰州去了,在西宁、酒泉、银川、延安上空盘桓了几个小时,安然地飞回了台湾。

32年后,在空军作战档案里,当日集群指挥所留下来的那幅标图上,三个营的火力范围绘成了三个玻璃杯大小的红圆圈,每个红圆圈都像一朵盛开的睡莲。红色的莲花荡漾在姜太公垂钓的渭河之滨。那U-2的航迹是用粗大的蓝色铅笔标示出来的,粗大深蓝的航迹像条水蛇,游窜在莲花中间。

当日,人们戏称这个叫"逛花园"。

九、踱方步的情怀

刘亚楼在什坊院宿舍的庭院里,独自个儿踱方步。

幽雅宁静的庭院里,种满花木。这里每一棵花木都是他精心从福建、广州和杭州挑选来的,小楼前面那两株苍劲挺拔的青松,最受他的青睐。"这松树长得有精神。""这树散发出特别的香味,净化空气。""在松树底下散步,起码能多活十年!"他几乎向前来小院造访的每位客人都兴致勃勃地袒露他对松树的情有独钟。

他的踱方步是出了名的。一有空闲,刘亚楼就一个人在庭院里悠然自得地踱上一回。倘若碰上烦恼的事情，他更会紧闭上小院门，大踱特踱一番。这个时候，他身边的秘书、警卫员都不敢去打扰他，唯恐妨碍他踱步，惹得他生气冒火，发脾气。他不但自己长年累月地踱方步，还在空军党委扩大会议上提倡高级干部"学着踱方步"。"肯踱方步的人大有希望。"他提倡的"踱方步"，其实就是多"开动机器"想问题的另一个说法。

9月25日，渭河滩伏击不成功的消息传进空军大院，传到刘亚楼的耳朵里之后，他便一个人关在庭院里踱方步。

大院里人人知道，这个坏消息定会叫刘亚楼窝出一肚子火来，秘书、警卫员早已躲到一边，担心他肚子里的火冒出来烧到自己身上。

空军工作组从西安检查战斗回来，他听过汇报后，身上的火气明显消了许多，不过，他还在院子里踱方步。

工作组汇报中有些话，一直在他头脑中转圈："……几个营的战斗准备都做得充分，做得扎实。战斗指挥和兵器操作也经得起检查。情报保障连续、及时。第一营和第四营制导雷达天线都是按照预定方案在65公里距离上开机的……"

"战备工作达到了这个地步，还有什么可加以指责的呢？"刘亚楼反问自己。几个营在暑天里，曝晒在毒太阳下面，1000多号人白天打着赤膊熬油，晚上窝在马尿味的帐篷里喂蚊子，让"小虫会餐"，硬是顶了三个月，部队没一句怨言，管理上没出一点纰漏……这样的兵多好！这样的部队多可爱呀！

刘亚楼禁不住叹息起来。他人在这幽静的庭院里踱方步，心却飞到了西安，飞到了渭河滩上那臭气烘烘的帐篷里去了。这位红军战士出身、半生都在浴血苦战的将军，最能够从自己亲历的境况中体会出战士们在执行命令时所经受的甘苦。

一种热辣和酸楚混合的感情在他的心底涌动。

作战部送来了《9·25战斗失利情况的报告》草稿，请他最后修改定稿上报，他一边批阅这份草稿，一面继续踱他的方步。

踱着，踱着，他急忙转身走进自己的书房，挥动那支粗硬的红蓝铅笔，把报告的标题一笔划掉，另外换上了一串冗长的文字！

"关于9·25 U-2绕过西安地区未获战机的报告"，这一长串龙飞凤舞的红铅笔字体，流泻着上将心上炽烈真挚的情爱。他不认为那是什么"失利"，而只是个"未获战机"的问题。他不能让1000多人在三个月苦热中表现出来的高度战斗的积极性受到哪怕一丝一毫的损伤。

天色快近黄昏，晚霞在庭院外面的树梢上烧出一片红云，天空蓝得格外澄明。两只灰褐的大鸟，拖着黑色的长尾巴，扇动双翼，在寂静的空气中悄悄蹿上树梢。这对投林宿夜的情侣在枝叶间相亲相偎了一阵，警惕地扭动脑袋，朝四下里张望一回，接着，便轻盈敏捷地蹿上了另一处高枝，隐没不见了。

刘亚楼静静地望着这对归林投宿的鸟儿，闻着松树散发的清香，心中豁然开朗，变得像蓝天一样清澈。

他踱着方步，浮想联翩起来。

他想起U-2被两个营的雷达来来回回炒豆子似的事来。

在渭水河上，在肉眼望不见的2万米高空，一架轻巧修长的"黑猫小姐"被空中扫描的两束电磁波来来回回地爆炒着。一会儿，东面凤翔上空的一束电磁扫过来，"黑猫小姐"被驱赶得往西跑。一会儿，西面宝鸡上空的那束电磁波又紧逼过来，"黑猫小姐"又怕烧着烫着似的朝东面凤翔跑过去，刚到凤翔上空，原先那道电磁波又亲昵跟上来了……这就像热锅里的一撮豆子，被一只长柄的锅铲来回往复地爆炒着。

"有意思……"他扬起下巴，喉咙里喃喃地发出响声，一只手掌伸开来像一只锅铲，在锅里炒，炒，炒……

他信马由缰地踱着，竟咯咯地笑出声来。

笑声把枝头的宿鸟惊得簌簌簌逃离了树梢。

晚饭后，成钧从西安回来。刘亚楼立刻把他拉进院里，两个人又在一起踱步。

两人的谈话，很自然地集中在U-2七进七出炒豆子的话题上面。

"非常可惜！不管哪个营，当时只要把打开制导雷达天线的时机稍稍推后一点，把距离再压缩压缩，这'黑猫小姐'肯定就落下来了！"成钧直到如今，还在悔恨不已，"缺少点灵劲啊！"

"接连炒了七下！这位'小姐'的脑袋也挨炒昏咯！"刘亚楼朗笑起来，笑得很痛快，"不过你说的那个机灵劲嘛，怕也难啊！"

成钧掠过茫然的眼神望着刘亚楼。

"在那样紧张的情况下，精神上事先根本没有这个准备，可是敌人闪电一样扑到面前，哪能不傻眼的！这样的机灵劲我自己就没有。"

"不错，连你都说没有，别人就更没法要求了！"成钧同意刘亚楼的辩驳，"不过，下一回再干时，几个营之间就得有个明确的规定，有个统一的协同配合计划，再也不能只把几个营摆在一起，让他们各顾各、各打各的啦！"

"对，对，对！你同我想到一块啦！"刘亚楼欢喜地挽住成钧的胳膊，两个人在庭院的石路上踱起来。"现在，我们可以对集群做个明确的界定，"刘亚楼竖起指头在空中画了个圈，"不能只是把几个营拢在一块，像山区老百姓把柴火棒缚成一捆那样，既然叫做集群，就得把几个营拧成一个有机结合或者叫合成的作战体系。"他把"体系"两个字咬得特别重。"在一个体系里，有正攻的，有助攻的，还有佯攻的，就同打篮球、排球的球队一样。只有这个才能打出战术来呀！"刘亚楼出语不凡，他果然是个有精湛战术修养的将军。

刘亚楼不仅是个打过许多硬仗恶仗的英雄，而且还在延安红军大学高级班听过毛泽东给红军师长以上干部讲哲学和中国革命战争的战略问题，当过红军大学的教育长，留学苏联，在伏龙芝军事学院又得到过系统深造的机会。钻研战术是他的一大嗜好。在江西苏区反"围剿"中，他惯于用刺刀见红的三猛战术，去攻克坚阵，歼灭顽敌。在二万五千里长征中，他用虚实并举、声东击西的战术，一昼夜行军200里，突破了乌江天险。在抗美援朝战争中，他组织航空兵部队钻研出了"一域多层四四制"的空战战术。这回，他又精神抖擞、兴致勃勃地同成钧探讨起集群火网的战术来了。

"本来，我们过去打伏击，搞口袋战术，都知道把几个部队进行分工，你负责'拦头'，我负责'扎尾'，剩下的从两边过来'掐腰'，可是，这一回，我们却恰恰把这一套丢了……到这会儿才明白过来，当了个事后诸葛亮……嗨！"成钧还处在郁闷之中。

"事先诸葛亮有几个不是从事后诸葛亮变过来的哟！我看，这一回搞了个七进七出，已经很不错啦！很有希望啊！"刘亚楼乐观豁达的胸襟，使成钧得到了一种知己间的慰藉。

"下次再有机会，我非得这样来试一试的，这个不难！"成钧对刘亚楼说的作战体系并不陌生。从红军时期的小游击打埋伏、搞奇袭，到解放战争的大兵团运动歼灭战，哪一回打仗，他的主要精力不都是花在组织指挥这个作战体系上面！建国后，在空防海防的作战中，他指挥高射炮、雷达探照灯战斗时，最费力的也还是在这些上面呀！偏偏的，在这次搞导弹集群作战时，却没想起这个来。在新的作战条件下，甚至对自己的老经验也变得陌生起来，甚至淡忘了！这会儿，刘亚楼同他的这场漫谈式的探讨，让成钧觉得正像糊在窗户上的一层薄纸被指头一戳，便戳出个洞来一样。这也叫难者不会，会者不难啊！

"不难，不难！"刘亚楼接过成钧的话，肯定了成钧对这个新招的看法。他一向敬重成钧的为人，也器重成钧的指挥才能。他经常在空军的高级干部面前说，自己在解放战争中没当过一天军长，不像成钧和另外几位副司令员有指挥一个纵队、一个军作战的经验，是平生一大憾事。所以，东北野战军入关后，他就坚决要求林彪、罗荣桓放他到下面去锻炼，他这才得了个在天津打陈长捷的机会。

刘亚楼是个思维敏捷脑子反应很快的人，他挎着成钧的胳膊踱了一会儿，突然站住，眼睛里闪出一缕澄彻透亮的光，逼视住成钧，从抿得很紧的嘴巴里哼出一个"唔——"来。

成钧从这个眼神和这声"唔——"里，读出了刘亚楼心中的那个潜台词。他知道刘亚楼想问他："什么才是真的难？"

在刘亚楼逼视的目光下，成钧终于说了："难就难在这压缩开天线的距离上……"

"而且，几个营指挥员的看法不统一。"刘亚楼算看透了成钧胸中最犯难的一点。

这的确是成钧最头疼的事情。

9月25日战斗前，成钧在临潼疗养院参加集群指挥部召开的秘密作战会议。会上，四个营长在压缩开制导雷达天线的距离上，产生了尖锐的分歧。第二营营长岳振华报了个50公里，其他三个营长中没一个表示赞成的。某位营长说要90公里，大家嫌这个太远了。3月28日战斗后，苏军条令上那个120公里开制导雷达天线的规定，已经没人再提起，但50公里的距离，除岳振华外，也没人敢提。大家担心在这样近的距离才开制导雷达天线，说不定还来不及抓住目标，敌机早跑不见了！一发导弹值一架米格飞机的钱呢，这么大的风险谁担待得起！会议讨论到最后也没个结果，大伙儿便只等成钧来拍板。成钧在左右为难中拍了个60到65公里的"板"，结果，拍出个"黑猫小姐"在阵地上空七进七出的故事来。这个煮熟的鸭子打飞了的痛苦，在成钧的心上狠敲了一锤，他心里明白必须把开制导雷达天线的距离压缩得再近一些。但营指挥员能心服口服地接受吗？他心里更明白，只要这个问题得不到真正彻底的解决，纵使对敌情的判断再准，机动设伏的"宝"押得再巧，集群火网编织得再好，那些"示假隐真"、"神仙搭桥"——用松-9去指示目标之类的办法再妙，也还是难免落得个全盘泡汤的下场。

两个人在僵冷的空气中转了一圈，刘亚楼又告诉成钧："前天，我碰见岳振华，我问他怎么办？岳振华说，他正在摸，一下子说不准。不过，他的感觉是，这个问题很复杂，牵涉的问题很多，必须从射击学原理，从射击方位、距离、目标性质的计算测量上面和战斗操作的时间上面去钻研，搞通了才成。单凭主观愿望是不行的……我看他说的是真有道理，我们就是要有这样一批敢闯敢干又肯动脑筋的指挥员……"刘亚楼说得起劲了，索性解开衣扣，大撩起衣襟，意气风发起来。

正在这工夫上，两位将军夫人——翟云英同周月茜从刘亚楼的客厅里走下台阶。

"这么晚了，该休息啦！"

"还有完没完！"

刘亚楼立即举起双臂，对成钧喊道："女将出马了！收兵，收兵。"他把爽朗的笑声留在凉风习习的秋夜里。

十、吹尽黄沙之后

第二天一早，刘亚楼要去西郊机场赶飞机。党中央在上海召开工作会议，他是中央委员。中央办公厅安排了一架专机，专门接送在北京的中央委员去上海。

刘亚楼邀成钧一道乘汽车去西郊机场。成钧是空军负责专机工作的领导组长，每次执行中央的任务时，领导组长是必须到现场坐镇的。

在汽车上，两个人又把昨晚的话匣子打开来，直到刘亚楼登上了舷梯。

成钧回到办公室，便给北京军区空军副司令员李际泰打电话。

"老李，你亲自抓抓五四三部队近距离歼敌的事吧，要切切实实，一个动作一个动作地研究……"

李际泰是北京军区空军负责防空作战的副司令员，第三训练基地和几个作战营统属北京军区空军建制。

给李际泰打过电话后，成钧决定再一次去西安，抓紧解决开制导雷达天线的距离问题。

成钧在兰州军区空军司令部大院的红房子里开了次战术研究会，会议规模很小，机密等级极高，到会人员限制得很严。除了兰州军区空军领导干部和直接指挥集群作战的第三训练基地领导班子和三个参战营的指挥人员以外，远在北京保卫首都待命机动的第二营也接到了参加会议的通知。

会议的中心问题只有一个：确定开制导雷达天线的距离问题。

这是一个从3·28战斗中暴露出来的关键问题，历经6·3、9·25战斗都没有得到解决，因而使本来可以取得的胜利反而变成了挫折。3·28战斗后，空军司令部发出了一个《抗击U–2飞机新对策》的文件，强调指出了压缩开制导雷达天线的距离、实行近战歼敌的重大意义，至于到底压到哪个距离上，新对策却只能要求各部队研究、试验。几个营研究的结果却是赵钱孙李各有所喜。9·25战斗之前，王笃敬、田在津曾把工作组研究测算出来的一个意见，带到第二营去征求岳振华的意见。岳振华一看，笑了，便把自己同作战班子琢磨出来的一套方案端了出来。两个方案竟不谋而合！岳振华马上组织搞了几次实兵演练，演练结果证明基本可行，只是还要再加加工。王笃敬、田在津把这次试验的情形，同文绥一道向刘亚楼作了口头报告。刘亚楼对文绥、岳振华们埋头实干、苦心钻研战术的精神格外欣赏，对他们得出来的那些数据和思路，他表现出了极大的兴趣和热情。刘亚楼大大地鼓励了他们一番，随后便把这些写进了向总参谋部作战部的报告里面。刘亚楼在西郊上飞机前，特别请成钧在近期内抓紧解决这个问题："不能再拖了，事情到了非解决不可、不解决就不能前进的地步啦！"

红房子会议的情况，局外人无法知道，据说"会场气氛沉闷"。大多数人不同意把开制导雷达天线的距离限制在××公里以内。会议没有留下任何文字材料，参加过会议的同志守口如瓶。

有一点可以肯定，地空导弹部队后来实行的"近快战法"并没诞生

在西安红房子的战术研究会上。

第二营派了副营长去西安开会,岳振华托故留了下来。临行前他交代副营长,会上表态时就说:"我们还是赞成50公里。"

32年后,这位憨厚耿直而略显幽默感的北方大汉抛出了他当时的心迹。

"我这是掺了水分的,真打起来,我还要再压缩一些的。不过,我料定这个50公里也不一定能通得过的。"

他不幸言中了。

李际泰带工作组到驻在唐山的第三营搞"近距离歼敌"的试点。

第三营营长杜宪照同第一连连长、第二排排长、几个技师和三个号手,还有同李际泰一道来的张至树等人,捏成一个作战班子,一头扎在指挥车里,专心钻研打开制导雷达天线的距离和发射导弹的动作问题。这是实现"近距离歼敌战法"的关键。

按照萨姆-2制导雷达的基本性能和射击教令规定,导弹发射的过程是一个快速、连贯、统一的操作程序,如果分解开来研究,它总共包括15个动作,其中主要有:敌机距离发射中心120公里时打开制导雷达天线发现目标,距离100公里时导弹接电准备,70公里时接通发射架同步,60公里以前要测定射击诸元——方位、距离、角度,在60到38公里这段距离进行雷达稳定跟踪和射击操作,在38到37公里距离下令实行射击。苏军经过长期实验测定,做完这套动作的总时间是8分钟。

3·28战斗后,空军司令部的《抗击U-2飞机新对策》中提出要对付U-2向外侧绕飞的伎俩,必须在制导雷达天线发现目标后的20秒之内把导弹发射升空。

把原来规定8分钟做完的一套动作,竟要在20秒之内完成,这简直近乎天方夜谭!在这个近乎天方夜谭的要求面前,杜宪照同作战班子便学钟表修理工的办法,把这个统一完整的射击操作程序分解开来,按照动作顺序的先后,每个动作的难易和占用时间的长短,排列开来,逐一进行分析研究。有的试行压缩操作时间，有的试行简化操作口令，有的试行把动作中的某些操作安排在打开制导雷达天线之前去做……这是一个费尽心机大胆设想的过程，又是一个严谨务实细致求真的过程，在一次次的失败面前，他们顽强地探索前进，在他们不舍昼夜的劳作下，他们发现一个新战法的曙光正从黑沉沉的隧洞尽头显露出来，杜宪照和作战班子成员都沉浸在成功的兴奋和激动之中。

就在这个时刻，第三营接到了转移阵地到外区去机动设伏的命令，新战法的研究工作被迫中断下来。

第三营中断了的研究工作，后来转到了第二营头上。

岳振华同参谋长宫长春，参谋陈辉亭、吴桂华，还有第一连连长侯国保、排长王觉民，引导技师张宝林以及一、二、三号操纵手，像运动场上的接力赛跑一样，接过第三营传过来的"接力棒"，加油奋跑！

他们决心让导弹在20秒之内发射出去。

他们决心让"黑猫小姐"在还没来得及飞出萨姆-2的有效杀伤范围之前，便接受它的"亲吻"。

为实现这个"亲吻"，他们把原先15个动作中的10个，挪到了打开制导雷达天线之前去做，对剩下的5个动作，再来一个一个地剔削和精简。他们把每一个细小动作、每一个手势、每一句话、每句话中的每一个字，都拿出来掂量一番，对它们所占用时间进行近乎苛刻的敲打、过滤，凡是能挤干浓缩掉的，统统挤干浓缩掉。甚至连岳振华最后发的一道射击口令也由20个字浓缩成了12个字。经过这样一番大折腾后，他们发现必须在开制导雷达天线后才能做的5个动作，竟然可以在8秒内完成！

8秒！钟表上的秒针只移动八个小格，只咔嚓八响，导弹便能把"黑猫小姐""拥抱亲吻"了啊！那"黑猫小姐"飞行员大概还没反应过来，便不得不坠入导弹的"爱河"里了！

最初那一刻，岳振华同他的老伙计们简直不敢相信这个数字和自己的眼睛。后来,经过再三演练测试之后,他们一个个都欢喜得发狂了,每个人的眼里都流淌下热辣辣的泪来。在近半年的时间里,他们做过许多梦,但是没有一个人做过这样的梦——8秒!

新的射击程序制定出来了,新的时间压缩出来了,新的开制导雷达天线的距离摸索出来了,刘亚楼和成钧苦心孤诣追求的那个新战法的精髓和核心部分,千锤百炼,终于出世了。

"千淘万漉虽辛苦,吹尽黄沙始到金。"

十一、塞在煤车里的英雄营长

华北的天空浓云密布,秋雨连绵。

城固机场的营房、飞机、车辆和第二营的萨姆-2,一同覆盖在淅淅沥沥的雨丝下面。

营指挥所里,响起了急骤的电话铃声:"找岳振华营长讲话。"

电话是从上海来的。

岳振华从梦中惊醒,接过电话。

刘亚楼司令员的秘书,在上海。

"刘司令员请你立刻到上海来一趟。你先乘火车到济南,我们安排了一架飞机,在济南等你……"

岳振华不明白空军司令员有什么要事这样十万火急地找他,但他得闻风而动,马上动身。

雨越下越大。

在大雨如注的城固火车站上,他好歹买上了一张车票。穿着军装染成的便服,他挤挤搡搡地进了车厢。车厢里人满为患,没有他的容身之地。

他本是堂堂的解放军大校,是南昌战斗后得到提前晋升奖励的一位大校,是解放军里三年之内两次得到提前晋衔奖励的唯一一位高级军官。只要穿上他的军服，戴上他的大校肩章或者拿出他的身份证明来，软卧，没说的。但是岳振华怕暴露自己的身份——补软卧车票就得给车上的服务员看工作证。导弹兵是终年隐姓埋名，走路都冒称"地质勘探队"的保密军人，他怎敢在火车上暴露自己的身份！

他想坐的地方没空位，有空位的地方他又不敢去坐，后来，他磨蹭到了火车司机跟前，他向司机稍稍吐露了一点点消息。

火车司机给了他个方便，让他栖身在堆满煤炭的车皮里。

煤车里净是黑糊糊的煤炭、煤渣、煤灰，但容下他一个人还是绰绰有余，他于是宽心地倒在煤车里响起了呼噜。

半夜里，火车驶进了济南车站。

车站广播器里响起了一个声音："城固来的岳振华同志，请直接去上海。济南下雨，飞机停飞！"

岳振华趴到车窗口一望，说了声"倒霉"，便重新放下脑袋歪在煤车里睡大觉。

他在迷迷糊糊中被列车长唤醒："您就是广播里要找的岳同志吗？你到底是什么人？怎么蹲在这里？"

岳振华再也无法隐瞒，只好以实相告。

列车长大吃一惊："我的天！怎么把个英雄营长塞在装煤的车厢里面！"

岳振华被列车长拉进了列车长室："这是我的卧铺，请您快躺下休息。"

奇怪的是，在这个堪称舒适的卧铺上面，岳振华却总也睡不着了。

列车经过徐州、浦口、南京、苏州……

第三天上午，岳振华到了上海。

这一回，上海车站的广播器里再没有找岳同志的声音，迎接他的是驻上海市的空第四军的一位副军长。

副军长转达了刘亚楼的话："刘司令员让你先帮助空四军检查一下

上海市区的导弹防空部署。要保证导弹阵地便于发射,还要保证第二级火箭的弹壳不掉在市区里面。高射炮的火力点设在高层楼房顶上,开火时会不会把房顶震坏,楼房周围窗户的玻璃会不会震碎?刘司令员说你是老高射炮团团长出身,这两种兵器的使用,你都有经验,所以,司令员要你来帮我们检查一下,他才放心。总之,要绝对保证上海市区人民的安全。"

瓷器店里逮耗子的事,难办也得办啊!

岳振华检查导弹高射炮防空部署的事一完,刘亚楼派来的秘书便把他接到锦江饭店。

刘亚楼让岳振华把第二营研究出来的"近距离歼敌战法"作个汇报。

岳振华心想,大首长听汇报嘛,要尽量少啰嗦,简单扼要,点到为止,意思意思也就行了。他按照这个思路开始了他的汇报。

他的汇报刚一开头,便遭到刘亚楼的拦头喝止:"讲具体点嘛!今天一上午我都用来听你的汇报。"

岳振华连忙把那导弹发射时的15个动作在20秒内无论如何也完不成的缘由细说了一遍。

刘亚楼拉长着脸,一声不吭,却听得极其认真。

当岳振华汇报到他们的作战班子把这15个动作,分解开来,一个一个地分析、研究,找出每一项可以压缩的时间,发现每一个可以挤掉的多余动作时,刘亚楼的脸上第一次露出了笑容:"对,对,就要这样。这是个吃西瓜的办法。西瓜是只有切成一块一块才好吃。我最讨厌的是大而化之囫囵吞枣——吃红枣嚼都不嚼就往肚子里吞,连枣核都吃进去了,吃什么拉什么……"

刘亚楼的西瓜、红枣,把岳振华也逗笑了。

空气一下子缓和起来了。

岳振华心里有了底,自己这样的汇报同刘亚楼的胃口对上榫了,他便把自己怎样对15个动作大卸八块地剖开来,把其中10个挪到开制导雷达天线之前去做，只把5个留下来……

他的话还没说完，刘亚楼的精神便大为振奋起来。只见他忽地一下挺立起身腰，低着脑袋，踱了两个方步，突然，双臂在胸前一绞，抱住，又蓦地俯下身来，胸脯压在案上，鼓起两只格外明亮的眼珠，逼视住岳振华的脸："慢点，讲慢点！"他对岳振华打了个手势："这才是要害！"

岳振华把挪到前面的十个动作，每一个动作的名称、作用，为什么可以挪到前面来做的理由……不紧不慢地讲着，还用手比画。

岳振华讲完一个动作，刘亚楼便重重地点一下头。

岳振华刚把挪到前面的十个动作讲完，刘亚楼转过身来："你这样搞，不会妨碍导弹发射？"刘亚楼问话的口气就像刀锋一样凌厉。

"绝对不会的。"岳振华回答的每一个字都嘎嘣作响。

"你有把握？"

"百分之百的把握。"

"好！我就等着你这一句。"刘亚楼大吐一口气，一丝掩饰不住的微笑浮在他的大脸上，"那么，剩下来的五个动作，你能在多少时间做完？"

"8秒，8秒钟。"岳振华口气平淡地回答。

"8秒？"刘亚楼又惊又喜，喝叫着，指住岳振华追问，"你再说一遍！"

"我们经过50多次开机试验，分秒不差，就是8秒！"

刘亚楼这一回确信无疑了。

刘亚楼大喜过望，他像头刚刚捕到了猎物的老虎，嘴里呼唤着"8秒，8秒"，晃动结实矫健的躯体，在屋子里来来回回地踱着方步。

岳振华辞别刘亚楼要回城固机场时，刘亚楼紧紧地搂住他的肩膀，把他送到门口，再三叮嘱："下回打仗，你就照这套办。打胜了，你负责！打败了，也是你负责！横竖你都对党负责就是咯。"

就是在这次同岳振华的谈话中,刘亚楼第一次把这套"近距离歼敌战法",正式定名为"近快战法"。

"近快战法"不但要能熟练地使用新的一套操作程序,更重要的是要求营指挥员临阵时有一颗敢于承担任何风险的赤胆忠心。

岳振华的这种胆魄就是刘亚楼塞进他胸中去的。

1963年,美国总统肯尼迪继续从U-2和神秘的技术手段中获得了一批批中国准备爆炸原子弹的情报,但是,他的"外科手术"没有来得及实行。全世界都知道,他在竞选总统的活动中遇刺身亡了。

1963年,甘心吃后悔药的刘亚楼将军在连吃了三次败仗之后,拿到了一帖令天上嫦娥后悔的灵药。

第三章　后悔药变成三部曲

一、大套间里

1963年国庆节后的上海。

城市上空还洋溢着五彩缤纷的节日气氛。锦江饭店门前车水马龙，游人如织。

一辆锃亮的黑色轿车从车流中分离出来，开上了锦江饭店的廊台。一位等候在大门前的青年人，迎到车前，拉开车门，两位穿着毛料便服的大干部走下车来，随同青年人走进饭店，直奔六楼而去。

在六楼上，三个人出了电梯，转过两道回廊，来到一扇玻璃门前。青年人把门推开，恭让两位大干部进去，随后便把门轻轻掩上，拧好暗锁。

"到了!"青年人在一扇米黄色的门前站住,轻巧地把紧闭的房门推开。

一个大套间。

套间里,刘亚楼从一幅落地的金丝绒帷幕后面转了出来。

刘亚楼招呼两位来客坐下。来客中,一位是南京军区空军司令员聂凤智中将,另一位是少将副司令员蔡永。两人是深夜从南京赶来的。

聂凤智同蔡永刚刚落座,刘亚楼便开了腔:"又要打仗喽!"

聂凤智一对机灵的眼珠一转,竖起食指和中指,望着刘亚楼一笑:"这个吧?"

外国人用这个手势象征胜利,聂凤智把这个手势比喻成敌人的U–2。

刘亚楼点点头,接着便是一声慨叹:"日子不好过啊!一连三次,次次落空!这家伙,打精咯。"

"那上面装的玩意儿,搞清楚了吗?"

"看来是装上了最新的电子设备,可是,没把实物抓到手呀!"

"现在……"聂凤智想进一步弄明白刘亚楼找他来的用意。刘亚楼伸出四个指头,那对虎虎生威的眼睛望着聂凤智和蔡永:"贺龙、聂荣臻、叶剑英三位老总,还有罗长子——罗瑞卿总长,批准我们把四个导弹营集中到南京地区来,在浙赣线上找个地方展开,争取打下一架U–2。"

刘亚楼这话正中聂凤智的下怀,不过,机灵的聂凤智并不急于表态,他要掏出刘亚楼肚子里藏着的话。

这其实是空军在9月间下的一个决心。

9·25战斗后,刘亚楼同成钧一道分析形势。他们认定3·28、6·3、9·25三次战斗后,地空导弹部队在西北设伏的阵地已经大部分暴露。今后一个时期,U–2到西北搞侦察时,不会再走这条老路,万一要走,也会格外小心谨慎、高度警惕的,地空导弹部队在这一带很难抓到战机了,要想再打他个出其不意,下一步设伏的阵地应该到长江以南去找。地空导弹部队在那一带绝迹,已经有近一年时间了。他们让空军司令部作战班子把当年1到9月的作战资料翻出来，查找分析，便从U-2的17次入窜中发现有6次都是经过江西上饶上空的。他们再按一个导弹集群做横纵部署应占的面积一量，四个营的作战正面在160到180公里之间。如果以上饶为中心，朝左右两侧扩展，那么，四个营正好分别配置在衢州—玉山—上饶—弋阳这条线上。他们又把这几处地面的条件一查，发现这一带有几处现用和报废了的飞机场，都可供地空导弹部队使用，阵地安排在这些地方，既不多占民地，又便于保密。情报、通信保障也都是现成的，铁路、公路交通也很方便。

根据这些分析，刘亚楼和成钧定下了移师江南在上饶一带机动设伏的决心。9月30日，空军司令部以刘亚楼、吴法宪、成钧、张廷发的名义向总参谋部作战部呈送了这个新的作战建议。

国庆节后，刘亚楼在上海接到了贺龙、聂荣臻、叶剑英三位老总和罗瑞卿总参谋长批准了这个作战方案的通知。

刘亚楼连夜通知聂凤智偕同蔡永到上海来面谈。

刘亚楼交代聂凤智："部队到南京后，统一由你们负责，管好管坏都是你们的事。"

刘亚楼的话说得轻松，聂凤智心里却明白这话的分量。这是一副万斤沉重的担子啊！聂凤智使劲吧嗒了几口烟，烟雾喷得老高。他嗜烟如命，抽烟抽得满嘴牙齿发黑，手指熏得焦黄。刘亚楼却是只喝酒，不抽烟，便号召干部戒烟，许多烟民在他面前都只好强忍硬熬抗烟瘾，聂凤智却从来不顾这些，照抽不误。刘亚楼面对这位战将也无可奈何，只好让他吞云吐雾弄得满屋子烟味，刘亚楼甚至还塞给他两盒特制的熊猫牌香烟，这是刘亚楼在参加中央工作会议时上海市委赠的。他藏在身旁，专为"救济"聂凤智这样的烟民之用。

"由你们去一个副司令员搞个集群指挥所，专门干这个事，这个集群总指挥由你们出。"

聂凤智同蔡永交换了一下意见，回答说："这件事由蔡永同志负责

吧！我们再派南京军区空军副参谋长周正勋给他当个助手。还要选个政工干部，空军第五军政委韦祖珍如何？"聂凤智是个装着几分糊涂的大明白人。昨天刘亚楼电话中要他连夜来上海时曾点名让蔡永一道来，他心里已经猜到了八九分，刚才他哼哈着不说话，其实正在等着刘亚楼的这一句呢。这会儿，刘亚楼的话刚一出口，他就把心里盘算好的人马一下子端了出来。他知道刘亚楼在用兵点将上从来要求很严，是一点都含糊不得的。

刘亚楼点点头，同意了聂凤智的安排，转过头便对蔡永说："蔡永同志，再把张伯华、张建华派给你当助手。这都是我们自己培养出来的专家啊。"

"好，好，好。"蔡永一口气说了三个好字表示欢迎。

张伯华、张建华两人都是1957年组建地空导弹部队的老人，对萨姆-2、部队行军、作战、训练、管理这一大套，两人已经抓了七年，搞得滚瓜烂熟了。这会儿张伯华是第三训练基地主任，张建华是参谋长。

组织集群班子的事一敲定下来，刘亚楼便交代蔡永抓紧去勘察阵地，安排部队进驻，抓好战斗准备，开设指挥所，沟通通信联络，甚至部队的车运、保密、卸车、驻地、搞好军民军政关系等都不厌其烦地一一交代。这位参谋出身的大司令员，对司令部机关的内勤外勤事务，谈起来津津有味，妙语连珠，叫人听得入迷。

谈话结束后，还是那位穿便服的青年人——刘亚楼的一位秘书，把聂凤智和蔡永送上黑色轿车，送出了锦江饭店。

刘亚楼在上海是重点保密人物。

聂凤智在汽车里神情极其严肃地对蔡永说："这次军委下这么大的决心，将几个导弹营集中到我们南京地区来，要我们消灭空白点，再搞不好，确实不好交代，我们的任务重，压力大啊！"他看着蔡永，沉吟了一会儿。他知道蔡永来指挥五四三部队有一定困难，便给蔡永点破："组织指挥这种部队，根本问题是准备工作，扎实抓好各项战备工作的落实。依靠空军第三训练基地的同志，同他们搞好关系。"

两人分手时商定：由聂凤智向南京军区首长汇报，蔡永立即偕周正勋等一干人赶赴上饶。

二、红土地上的亲人

过了七天，蔡永又一次来到锦江饭店，找刘亚楼汇报，随他一道的有南京军区空军副参谋长周正勋。

刘亚楼初次见到周正勋，便对聂凤智精心挑选出来的这位高级参谋格外留心观察，他的两只眼睛老盯在这位文静中透着精明干练的上校脸上。

周正勋从容地坐到沙发上，把文件包摆正，等着蔡永让他发话。

蔡永说明来意，便让周正勋汇报集群指挥所拟制的作战方案。周正勋面对这位上将，开始了他的汇报。他知道刘亚楼最讨厌和尚念经式的看着稿子讲话，便把自己的汇报提纲撂在一边，不紧不慢，一句一句地往下讲。他本来就用不着看稿子念的，情况都在他心里，那提纲还是他亲手规划出来的呢。

周正勋简明扼要地讲了讲"对敌情判断"之后，便把话题直接切入到他们拟订的作战预案上来。

他从文件包中取出一幅标注得堪称精美的地图，铺在刘亚楼面前的长茶几上。

四个导弹营的集群阵地横跨在浙赣两省的四个县里。东起衢县，西到弋阳，中间夹着江山城和上饶市。整个集群阵地横宽184公里，略成梯形配备。

刘亚楼戴上老花镜，俯下身来，细细查看地图。

"这是第一个方案。"蔡永从旁说明，"根据U-2历次的航线资料分析，它进来时走东面的多。"他在衢县和江山之间点画了一下，"回去时走西边的时候多。"他说的西边便是上饶和弋阳一带。刘亚楼伸开大拇指和中指当做卡尺,在几个营之间量了量,他的眉头紧皱了一下。周正勋揣摸到了他的心思,便说:"这个方案主要是打回窜之敌的,正面宽一些,各营的间隔偏大一点,但是对上饶的第二营作战有利。"

周正勋又取出第二幅图来。

"第二个方案主要是打进袭之敌的,横宽为162公里,营与营的间隔比较符合战术要求。"

刘亚楼的眼光在两个方案上面转了几遍,最后把目光停在第一幅图上,问周正勋:"第一个方案为什么各营之间间隔这么大?"

周正勋回答说:"在室内作业时,间隔原本是符合战术要求的,后来到实地一看,地形条件、道路都不行,受到了限制。"

刘亚楼对这一带地形本是熟悉的,这是当年中央红军出出进进的地带,是方志敏创建的红色区域。浙赣交界处的红土丘陵地形复杂,沟坎特多,那些岩石似的板块地上更不适合选作阵地。他站起身,在房里踱了几个方步,转过身来,站住,自个儿对起话来:"两个方案,一个以打进来为主,一个以打出去为主。"突然他猛一挥手:"我倾向打回窜,就按衢州—江山—上饶—弋阳展开部署。"这位战场上的猛将决心下得斩钉截铁。稍后,他又缓和了口气,望着周正勋的脸说:"回窜的敌人比较麻痹。我们过去几次作战,都是打进来的,这回改换一下,打回窜。可能起到出其不意的效果。"

他把作战方案敲定下来了。忽然,刘亚楼又想起了什么,便又戴上老花镜,俯下身子,伸出他的"卡尺",在各个营的阵地同城市间的距离上量着,一面问道:"这距离是多少?"

"一般都在60到80公里之间。"

"哦,你们也知道这个啦?"

刘亚楼的脸上绽开了得意的笑容。

这是他同成钧还有空军司令部作战班子前不久才琢磨出来的一个秘

密。他们发现那U-2每飞过城市上空时,总在离城市60到80公里的远近绕飞。起先他们弄不明白它的用意,后来终于琢磨出来:这是美国佬摸清了萨姆-2火力的有效范围只有20公里。我方的阵地都选在城外。它的航线如果贴近城市,容易落在萨姆-2的火力范围之内;若在60公里之外绕飞,萨姆-2就打不着它,所以它要离城市远点。也不是越远越好,因为它在高空摄影时,相机的横幅左右两侧也不能超过150公里。它的航线选在离城60到80公里的距离上,就既飞在我导弹的火力范围之外,又不妨碍它的高空侦察照相。

以其人之道还治其人之身。成钧同他的作战班子,针对U-2的这个活动特点,每次选择阵地"押宝"时,总是押在60到80公里的点上。这就是成钧同他的作战班子最近几次"押宝"总是押得很准的一个秘诀。

蔡永的集群指挥所很快在上饶市设立起来。这多亏了南京军区司令员许世友上将和江西省省长方志纯的鼎力扶持。许世友说话一字千钧:"全力支持,要什么给什么,只要给我把U-2揍下来。"长距离通信网络是集群指挥所最挠头的一大难题,有了许世友的这个话,只用了六天时间,全部沟通,达到了以有线通信为主的保密要求。身为一省之长的方志纯,带着省公安厅厅长从南昌赶到上饶,坐镇指挥。地(专)县、军分区、人民武装部三大系统,上上下下,纷起响应,交通、驻地、物资供应,应有尽有。至于最要紧的军事保密,也达到了最好的保障。老苏区人民的后代,永葆着当年拥红的传统作风,当四个导弹营从千万里之外隐秘地进入预设阵地时,那些打着地质勘探队旗号、身着地质队蓝布工作服的导弹兵们,便被拥裹在红土地上、不是亲人胜似亲人的温暖怀抱

许世友

之中。第三营深夜到达弋阳火车站时，弋阳县县委书记亲自为部队站岗放哨带路，完全是当年老红军时期的作风。

第二营是10月25日夜间从北京车运南下的，这是他们二下江南。一营人在闷罐车里苦熬苦闷了四个昼夜，到达上饶市郊的阵地时，已经是29日22点，比从西安来的第一、三、四营晚了一大截。部队刚进入新阵地三条岗，岳振华便接到了集群指挥所的命令："各营务于11月1日零点担负战备任务。"岳振华一算，咂了咂舌头，包括今晚的两个小时在内，留给他布置阵地的时间只剩下50来个小时啦！这个时限，比哪一次都紧都急啊！

战场上的竞赛，原本就不是站在同一条起跑线上的。

他没有迟疑，没有抱怨，更没有时间叹息，岳振华紧咬牙关，下了一道命令：战备压倒一切！连夜展开兵器，连夜准备导弹，连夜制定作战预案，连夜设立指挥所……一切的一切，凡属战斗准备的事都优先，都连夜安排停当，至于吃饭喝水睡觉之事，对不起，没时间，靠边站吧！

三、阵地

也是10月29日这一天，成钧带领张伯华、贺芳齐从北京赶到了上饶。

他们没乘第二营的专列，没搭民航班机，都扮作地方机关公差外出干部的模样，混迹在普通的旅客之中，神不知鬼不觉地来到了宋朝时代的信州古城。

成钧一到上饶，只同江西省省长方志纯匆匆见了一面，便忙着去检查部队的战备情形。

他检查了集群指挥所和作战预案、通向四面八方的有线电话网络以及安全保卫保密工作等。

第二天，他来到了第二营的阵地。

第二营的阵地设在上饶东南三条岗李家洼村。红土丘陵上长满了大片大片的油茶树。郁郁葱葱的油茶林对阵地起着极好的隐蔽作用，这同去年9月在向塘的那处阵地很有点相似，但遮蔽角度达8度，比向塘的又大多了。成钧问岳振华："行咯？"岳振华说："不妨。"成钧放了心。他见发射连的兵器已经展开，技术保障连的导弹已经对接、测试、充气完毕，只待随时往发射阵地输送。指挥所的帐篷、标图板已经安排停当，那压着新地图的指挥桌还摆在地上，正等待战士们从汽车上把桌架搬过来。电源车已经发电，坐标车、指令车、显示车、发射控制车都忙着通电检查。制导连连长、指导员脱光了上衣，带领战士们正突击安装那又高又重的制导雷达天线。整个阵地上，没有喧哗喊叫，没有呵斥咒骂，没有闲人，也没有乱跑乱蹿的，完全是一派有条有理、忙而不乱的火热气派，像一部高速运转的机器。成钧对这支部队的训练素质从心眼里感到满意。

成钧随后去检查部队驻地。

他来到了李家洼村口的稻场上。在这里他看到了一大堆乱七八糟的行李。大摞大摞的背包上净是油污和尘土，帐篷捆扎得像一束束柴火，横七竖八地躺在地上，连烧饭喝水的行军锅，也冷清寂寞地在靠边站着。总而言之，这吃饭睡觉的事，没人问，没人管。人都被岳振华抓去搞大突击去了。

成钧从村口转到了阵地背后。他去检查环绕发射阵地的那条刚刚突击修成的简易公路。在公路边的一处油茶林下，有几个战士正和衣倒在青草窝里，睡得格外香甜。站在成钧身旁的连长，又羞又恼，脸都快成了红布，他气呼呼地冲上前去，想吆喝这几个丢人现眼的瞌睡虫。成钧一把将他拽住："你让他们好好睡一会儿嘛！太累啦。"他给连长讲了过去自己当旅长行军骑在马上打瞌睡从马背上摔下来的故事，连长被他逗得笑了起来。临别时，他叮嘱连长："打完仗，你让全连人大睡三天吧！"

成钧把所有一切都看过之后，才问集群总指挥蔡永："有什么问题？"

蔡永回答："当前最主要的是统一近战歼敌的作战思想。"

"大家通不通？"

"普遍有些担心，一怕技术不过硬，来不及发射；二怕放空炮。"

蔡永讲的还是那个压缩开制导雷达天线距离的老问题，真要命！

"把几个营长，营政委召集来开个会吧。"

"好！"

蔡永巴望着的就是成钧能亲自抓抓这个棘手的问题，在这个关键问题上，帮他个大忙。因为成钧和同来的张伯华、张建华是地空导弹部队的高级指挥专家，成钧在指挥作战上那种实事求是的科学态度、严谨踏实的工作作风是闻名全空军的，他在地空导弹部队的指战员中享有很高的威信。在这个关键时刻，真要抓好这个统一思想的大事，确实非他莫属。其实，成钧如此风尘仆仆地赶到上饶来，火急火燎到处转悠，也正是为了把这个令人棘手的问题抓住，解决好。

第二天，集群指挥所的作战会议在上饶市人大的会议室里召开。

在会上，成钧宣布了成立集群指挥所的命令：蔡永为司令员，政治委员是韦祖珍，张伯华为副司令员，贺芳齐为副政治委员，周正勋和张建华同为参谋长。会议的中心是讨论"近快战法"的问题。

同西安会议的气氛大不相同，那个会是冷场面多，热场面少，这个会上的气氛却是热气腾腾的。

"歼敌必须近战，近战歼敌是毛泽东的军事思想，是克敌制胜的法宝……"

"近快打法要求我们必须做到分秒必争，各项战勤保障必须万无一失，尤其是8秒钟的过硬技术，必须练到家……"

在这些基本点上，可以说是人同此心，心同此理，众口一词的。

可是，对集群指挥所提出的把开制导雷达天线的距离压缩到36到38

公里这个最敏感的焦点问题上,却又回到赵钱孙李各有所喜上去了。

成钧对参加会议的每一个指挥员,都称得上是知根知底的。他知道他们的肠子有几道弯弯,知道他们每个人的胆子有多大,也知道他们有哪几手过硬的功夫以及他们的弱点在哪里。这些人从陆军调进五四三部队时,都是他亲自挑选的。这些年来,他同这些人在战场上、操场上、会场上、课堂里、帐篷里有过促膝交谈,有过激烈争辩,有过情感交流,也有过许多笑谈和豪饮。他同他们是真正同呼吸共命运的战友。对集群指挥所规定的36到38公里开制导雷达天线的问题,他知道各个营指挥员心里都藏有自己的一本账。在这个问题上,有的人心里最敏感最担心的是:打一发萨姆-2,等于摔掉一架米格飞机。用三架米格-15的代价去换一架U-2,打下来了,当然值得,打砸了呢,那就糟透了啊!最叫人头痛的是,过去用6到8分钟做完的一系列发射动作,这会儿要求在8秒内完成。8秒,只是一眨眼的工夫,你打开制导雷达天线,还没来得及抓住目标,或者还没来得及跟踪,或者还没来得及发出射击命令,那U-2却早飞得不见踪影了,那咋办?三架米格飞机就让你白白地扔啦?对国家,对人民,对部队……这风险有多大呀!这些人都是好样的,在陆军时个个都是敢打敢冲的硬汉,在战斗紧急关头,让他们豁出性命冲锋陷阵,他们是不会眨一眨眼皮的。可是,这会儿,在如此昂贵的现代化尖端武器面前,他们却不敢冒这个大风险!

成钧的眼光深沉地落到了岳振华的脸上,他要看看这位两战两捷、屡立战功、真正具有实战经验的英雄,该如何亮相?

岳振华竟偷偷地把脸扭到一边,故意避开了他的目光。

成钧嘴角上又绽放出了那缕略含幽默的微笑。他分明见着了岳振华藏在胸中的那颗心。

岳振华无疑是一位最热衷搞"近快战法"的人,这压缩制导雷达开天线距离的创见,这萨姆-2操作程序的改变,这36到38公里数据的取得,这8秒工夫的练成,哪一桩,哪一件,哪一招,不是出自这个北方

大汉的精心裁剪!"近快战法"这柄霜锋飒飒的宝剑,不正是这位英雄同他的作战班子用心血铸造出来的吗?就在这次南下途中,在闷罐车厢组成的专列里,在汗气喷人的阵地上,他还咀嚼出了一首诗来:

再下江南浙赣边,荒原野岭搭营盘。
近快战法操胜券,歼灭U-2只等闲。

但是,此时此刻,在这个场合,岳振华的心境却处在一种尴尬的状况中。他知道自己在同行中是一个既受尊重又遭嫉妒的人。他的"近快战法"在某些同行的心目中是打上了大问号的,他甚至已经被悄悄地戴上了"风头思想"、"个人英雄主义"的大帽子,对这些,他并不气恼,但他也不愿争论。他知道这一切都不是在这个会场上用言语所能解决得了的,这也不是唇枪舌剑的地方,他唯一渴望、期待的是在战场上,在同敌人真枪实弹的较量中去一争高低。

成钧看透了岳振华的心思,便不再等待。他直起身腰,用并不激昂慷慨却十分坚定沉稳的声调,说出这样的一番话来:"从集群指挥所到各个营,从兵器、阵地到人员,从领导干部到战士,所有的准备工作都做到基本上可以打的程度了。

"这一次,U-2来了,只要在作战的预案范围之内,你们大胆地打!错了,由我负责!如果误了战机,你们要负责。打仗,哪有只准打胜的!只要经得起检验,没有打好,只找教训,不追究责任。

"近战歼敌,这是最关键的一着。只有近战,才能歼敌。地空导弹部队的近战,就是压缩开天线的距离。近战究竟近到什么程度?我看,主攻营在36到38公里,这距离不能变;佯动营一般在45到50公里,可以根据具体情况灵活运用。这次作战,你们四个营在一起,有主攻的、助攻的,也有佯动的,大家一定要树立起整体作战思想,不管哪个营打下敌机,大家都有功。"

战争史上,不知有多少统帅、将军、英雄豪杰,在硝烟弥漫、弹雨纷飞的战场上,做过铿锵有力、撼人心魄的演说,留下了许多震古烁今的精粹名言。成钧的这番讲话,既不精粹,也不撼人心魄,是那样的质朴无华、缺少激情和魅力,但他抛出了一片真情,迸射出了深沉的挚爱,这是从他心灵深处流淌出来的。他的心同营指战员们的心是相通的,他熟悉这些指战员心中的甘苦。他凛若冰霜地严格要求他的部属,在战斗中,他自己却毅然决然地承担起战斗的最大风险。他给森严的军事权威注入了真挚的战友情谊。他因此赢得了部属心灵的共鸣,激发起部属向危险搏击的胆量。

四、天上掉下个"黑猫小姐"

第二天,作战会议还在进行,敌机U-2却找上门来了。

早晨上7点04分,东海岸边的警戒雷达发现台湾北部淡水海面有大型飞机一架,高度6000米,向东北方向飞行。接着南京军区空军指挥所给上饶通报"今天有U-2活动"。

7点25分,敌机位于温州东南250公里处,高度上升到了1.7万米,直飞大陆。

又过了19分钟,情报站报告:U-2一架,从温州湾入陆,飞行高度2.05万米。

莫道君行早,更有早行人。

在上饶的集群指挥所里,成钧同蔡永、张伯华、贺芳齐、周正勋、张建华一起,坐在指挥桌前面,沉静地注视着大标图板上U-2的航迹。

政治委员韦祖珍正在作战会议上进行战斗动员。

这架U-2的飞行员叫叶常棣。叶常棣被俘后供述:11月1日凌晨4点整,他接到命令到桃园四中队任务提示室接受任务。在场的有中队长刘序中校,大队作战长周凤初少校和六大队队长刘德明上校。由中队长下达简令,简令完毕即做飞行准备。7点起飞,以36度航向出航。往北方向爬高,自温州湾进入大陆。此次任务编号351,要求无线电静默,高度保持2.1万米。

在任务提示时,中队长曾说潼关有共军飞弹基地。下达简令时没有美国人在场。但每周有美国萨墨斯上尉或李斯上尉从台北来四中队策划U-2的活动。

叶常棣驾着U-2从温州湾上空进入大陆后,便将无线电罗盘调至1440千周,对准延安广播电台飞行。他心里好笑,美国军官规定,U-2起飞后,无线电必须静默,不准联络,也不准地面呼叫,却让共军的广播电台来为他导航。还有大陆的大城市、机场、大的湖泊、长江、黄河都成了他航线的检查点。就凭着这座延安广播电台和这些大好河山的景物,他驾着飞机在2万米的高空平稳地往北飞行。在叶常棣的心目中,这些城市、山川、湖泊只不过是个航线的检查点而已,它们不是"祖国",在他的意识里没有"祖国"这个概念。

这位国民党少校飞行员,1960年第一次驾RFl01A飞机(以下简称RF-101)侦察大陆,1961年入窜大陆侦察九次,两次受到蒋介石集体、点名接见,两年均被选为"克难英雄"。1963年2月,他被派往美国接受驾驶U-2的训练。今年8到10月两次深入大陆侦察,获得"飞虎"奖章一枚。蒋经国多次邀他到家中赴宴。就在10月份,蒋介石还接见了他。这一长串的荣耀,陶醉得这位31岁的少校飞行员的心比头上的青天还高,比东海上的红霞还亮……

此时此刻,成钧同集群指挥所的领导成员正在为叶常棣的命运做精心的安排。他们对照以往U-2进袭的航线推测,这次U-2进入的航线很可能从衢县东北侧飞过去。这里离衢州—江山之间的阵地相当远。他们又考虑到第一、四营营长、政治委员都在集群指挥所开会,不可能马上赶回自己的阵地指挥。因此他们没有给有第一、四营下达击落敌机的命令。

8点整，敌U-2果然从龙游、汤溪之间飞过，距离第四营在衢州的阵地35公里。它飞在萨姆-2的有效火力圈以外。

成钧高大魁梧的身影在指挥桌前立定，伸出他的手指，亮起他那"仙人指路"的老手势，口气平缓地发出了第一道命令："不理他，让他飞去，准备打回窜。"

成钧料定，这U-2是到酒泉、兰州一带去侦察照相的。有去必有回！从这里飞酒泉，再从酒泉回到这里，至少得六个来小时，让部队抓紧这段时间，把战备工作搞得好上加好，岂不更有把握！他决定趁这"黑猫小姐"回来时再下手收拾。

这本来是集群指挥所第一个作战方案中预先定下来的，不过，事到临头，真要一锤定音时，成钧又不得不再加考虑了。11月7日，刘亚楼、吴法宪、成钧、张廷发在向总参谋部汇报的《上饶战斗情况报告》中有如下一段：

> 在敌机入窜的当天，部队有些战斗准备工作还没有完成，当敌机进入时，打的条件还不够成熟，但敌机从入窜到返航还有五六个小时，是千方百计抓紧在这五六个小时内进行紧急准备，力争返航时投入战斗，还是采取伪装隐蔽，等待下次敌机再来？争取打，则时间仓促，有几分冒险；如果不打，等下次敌机再来，则还得等一个多月的时间，而且我之秘密可能暴露。

正是对这个利害得失的权衡，成钧最后毅然决定："准备打回窜！"

他让岳振华、杜宪照当天中午12点前赶回三条岗和弋阳的阵地，抓紧做好打回窜的准备。

叶常棣的飞机平安无事地飞过了衢州、武汉、郑州，沿陇海铁路直向潼关飞去。

飞机刚过三门峡水库，叶常棣便立刻提高了警觉。时不时望一望座舱右面那块报警板上的黄灯和红灯。电子专家曾告诉他，飞行中，黄灯亮时表示地面没有飞弹，只管放心大胆地向前飞；如果红灯亮了，那就说明地面有飞弹！如果那报警板的小荧光屏上出现了亮点，小扬声器里发出了嘀嘀嘀的响声，那就是说地面的飞弹发射来了！要赶快将飞机压大坡度，实行向外侧机动飞行，这样便可以避开飞弹的打击。

原来座舱上新安装的这两块小板，就是美国人发明的预警装置，又叫第十二系统。这系统是专门用来侦听萨姆-2制导雷达天线的工作频率的。它对地面上别的雷达发射出的电磁波并不反应，可是，只要萨姆-2制导雷达天线的电磁波一照射到飞机上，这警报系统立即反应——红灯亮，警报器发出急促的叫声。

叶常棣驾着U-2平安无事地飞过了潼关，看来这里并没有共军的飞弹。

他还是小心谨慎地向北飞，注视着那警报装置。

他终于平安无事地飞到了额济纳旗，飞到了酒泉，又从酒泉飞到了兰州……

一路上警报板上的红灯都没亮，扬声器始终保持沉默。

他又一次平安无事地达到了航线的终点——兰州，又一次平安无事地完成了对大西北原子弹基地的侦察照相任务。

他让飞机调过头来，沿着陇海铁路线，开始向南飞行。他看看座舱里的时钟，正是上午11点，他盘算着，再有四个小时就回到台湾了！

他今年在这条航路上已经来回了两趟，这是第三回了。对这条航线上的检查点——铁路、河流、西安、郑州、武汉、长江——他都非常熟悉……

岳振华赶回营部，一看表，差5分钟就12点了。他肚子饿得咕咕叫，却没工夫吃饭。他急忙把作战班子叫来，三言两语，把练习了上百次的作战预案再重复了一遍，然后各就各位，抓紧温习协同，只等那"黑猫小姐"……

远方雷达发现早上北去的那架U-2现在又从北方飞回来了。这一回，它不再走衢州那边，却直愣愣朝上饶飞来。

1990年，当年的集群指挥所司令员蔡永将军写了一篇《上饶伏击战》，对当日指挥作战的情景进行了翔实具体的记述。现抄录其中几节如下：

13时40分，雷达报出：U-2距上饶500公里。我命令：各营指挥员进入一等。52分，距离350公里时，又命令部队进入一等，兵器装备的伪装暂不去掉。

为防止敌机发现我制导雷达的信号，根据张伯华同志的建议，56分时，命令各营不要开机检查导弹的回答信号。

14时，第三营（弋阳）目标指示雷达发现敌机，接着第四、一、二营也先后发现了目标，04分，我命令：各营解除伪装，立即做好射击准备。11分，当敌机距上饶150公里时，经成副司令员同意，正式向部队下达了作战命令：第二营负责消灭敌机，开天线距离压缩到37公里内。其他各营做好开天线伴动的准备和射击准备。

第二营在敌机距离90公里时，三发导弹接电准备；70公里时，营长岳振华根据集群指挥所指挥员的命令向部队下达了射击命令：前置法，导弹三发，28公里消灭敌机。并令松-9雷达开机。松-9在61公里处发现目标，随即向制导雷达指示了目标，60公里时，接通发射同步，部队紧张而有秩序地把战斗准备情况，不断报到了集群指挥所。

我们从指挥所标图桌上看到敌机直飞上饶，距离越来越近，大家都流露出欣慰和急切的心情。成副司令员看了看航线后，对我们在场的几位领导同志说："告诉部队，要沉着，不要紧张。"

姜还是老的辣。战斗进行到这节骨眼上，最难得、最宝贵的就是指挥员这种老辣的沉稳。

第二营这次用了个新办法——用松-9代替制导雷达求测射击诸元，使制导雷达天线的开机距离压缩到了最小的限度之内。松-9本来是高射炮上用作瞄准时求测射击诸元方位、高低、远近角度的炮瞄雷达。岳振华是高射炮团团长出身，他熟悉这个兵器。六七月间他同他的战友们在北京试验"近快战法"时，提出把这种炮瞄雷达技术移植到萨姆-2的制导雷达上来，把原来在120公里打开制导雷达天线捕捉目标求测射击诸元的功能一古脑儿交由松-9来完成，而制导雷达天线开机后就只做"稳定跟踪"和"射击操作"，这样便能够把开真天线的距离压缩××到××公里的最小限度之内了。他们在城固机场试验"近快战法"时，把这个引用松-9新办法反反复复地演练了150次之多，把这个新办法操作得完全娴熟了，才上报到空军机关。刘亚楼和成钧，还有空军作战部、高射炮兵部和空军技术研究部经过严格慎重的检查之后，正式批准在部队使用。

岳振华接到成钧"要沉着，不要紧张"的命令时，正是紧张得一塌糊涂的时刻。松-9发现目标后，立即向制导雷达指示了目标，制导雷达依次求测了射击诸元。目标飞到60公里时，岳振华已经命令"接通发射架同步"。按照射击程序，下一步便是打开制导雷达天线捕捉目标，然后便是"稳定跟踪"，"发射导弹"。可是，就在这节骨眼上，松-9突然报告：丢失目标！

制导雷达失去了松-9的目标指示，已经无法进行"静默跟踪"了，后面那"发射导弹"的一击，更没有戏啦。咋办？

如果是另外一位指挥员，他可能命令制导雷达天线开机。如果打开天线发现了目标，不是照样可以发射导弹嘛！

如果打开天线被敌人发现了呢？

不！岳振华不肯走这步棋，不肯走这条冒大风险的路。岳振华记住了刘亚楼6月间在上海对他说的那句话："打胜了，你负责！打败了，也是你负责！横竖你都对党负责就是咯。"岳振华心上揣着这个底，揣着这颗定心丸，他便什么顾虑都抛个精光，他一门心思要的，只是打下这架U-2。他坚持此时决不打开制导雷达天线，避免暴露自己的目标。他要让那U-2继续陷在第一营（衢州）、三营（弋阳）的雷达电磁波之间，要让那U-2继续处于扑朔迷离之中，继续处在炒豆子的状态之中，他要使刘亚楼和成钧设下的"隐真示假，诱敌深入"的计策一举成功。他果断地命令："改用513雷达，求测射击诸元。"

营指挥所作战参谋陈晖亭，一个年轻的上尉，一个机智灵活的小伙子，根据U-2航速推测了敌机应该到达的位置——××公里处。岳振华一看，果断地发出命令："开天线。"

制导雷达天线打开了，目标显示车上的三个跟踪显示器却没有发现敌机。

失败的恶浪，凌空直下，向岳振华扑来。

从半生征战中磨砺出来的那种处险不惊的沉稳支撑着岳振华，他像个惯于在风浪中搏击的老艄公，沉着脸，眼中射出刀锋似的光芒，目测心算着航路捷径的延长线，在荧光屏上下左右仔仔细细地搜寻着。

在高低角显示器水平线右下的边沿上，有颗比针头大一点的亮点在晃动。

"就是它！"岳振华指住这个晃动的亮点猛喝。

引导技师和操纵员，轻打手轮，以密切的协同动作和熟练的操纵技术，操纵着雷达天线和导弹发射架同步转向了这个晃动的亮点。

正在这时，指挥所传来报告："发现目标，航路捷径5公里！"

航路捷径5公里——一个比较理想的射击角度啊！

引导技师和操纵员继续操纵着雷达天线……

敌机U-2的目标被捕获了！

于是，他们加快了操纵速度，进行快速引导，快速转入自动跟踪……岳振华从荧光屏上看出，敌机进到了××公里的距离，他猛挥起一个刀砍斧劈的手势……

顺着这个手势，三发导弹立即飞向了天空！

在上饶集群指挥所里。

成钧、蔡永、韦祖珍、张伯华，每一颗参战人员的心都淹泡在第二营丢失目标的危机困苦里面。

当第二营指挥所的"上报参谋"从电话中报告"制导雷达天线开机"时，人们一时还没有反应过来，接着大伙又听到一声"发射"的报告，这时，人们透过窗户玻璃，望见一发、两发、三发导弹拖着长长的火焰，像三条金红色的长龙，从东南方向直冲云霄。

在东南方向的云霄里，叶常棣驾着U-2在2.05万米的高空飞行。

他已经望见了大海，望见了海岸线，他正为此行完成任务而高兴，准备让飞机出海下滑。就在这一瞬间，他座舱右侧那块小板的红灯亮了，小小的荧光屏上，正前方出现了一个亮点和一条窄窄的亮线，右边20度处又有一个亮点和亮线出现！他顿然悟出，有两发飞弹已经锁住了他的飞机，紧接着，耳机里响起了嘀嘀嘀的警号，声音很响，很急！

开始，他犹豫了一下，接着，本能驱使他伸手去转动驾驶仪上的转弯装置，给飞机压了20度的坡度，飞机转弯了。他继续压坡度，飞机转到了30度左右……这时，他只觉脑袋里轰地一下，飞机剧烈地震动起来……

三发导弹，间隔6秒，先后飞上了高空。第一发和第三发飞越目标后自毁，第二发在26公里处同叶常棣的飞机遭遇。导弹破片从机翼根部将飞机拦腰切断，叶常棣被弹射座椅抛出机舱，降落伞自动打开。叶常棣在昏迷状态中,晃晃悠悠地在空中飘落约40秒钟,最后降落在距飞机残骸约两公里的大树上。

正在田间劳动的一群民兵围拥上来,抓获了叶常棣……

五、三部曲奏进中南海

空军高射炮兵部处长文绥上校,一得到第二营打胜仗的消息,立刻带领参谋田在津赶去上饶。

在上饶城东北27公里远近的地方,散布着U-2的残骸。飞机已四分五裂,机身和机尾断成了两截,机翼尾翼也各散一方,轮胎、仪表、电线……散的到处都是。民兵在山冈、田野、大路口上站岗放哨,看守着飞机残骸,保护现场。从远近四面八方跑来看热闹的人群围成了一个圈。

文绥和田在津好不容易才找着了飞机的座舱。他们进座舱一看,幸好,仪表板、驾驶仪都还算完整。他们趴到了飞机腹底去看去摸,在本来光秃秃的地方,却摸出来一个小金属盒子。金属盒有香烟盒大小,盒里装着一部小巧玲珑的电器,新装的导线,新铆的螺丝钉,从这些可以看出,这是新近才安上的一部电子装置。文绥、田在津都是搞电子的行家,他们边看边猜这小小的金属盒,大约就是3·28战斗后文绥猜测过的"能发现我导弹的那个玩意儿"。

1964年6月,徐深吉(左一)和刘亚楼(左二)、岳振华(右二)、叶飞(右一)在福建观察U-2残骸

为了保密，为了不让叶常棣摸到我们的底细，他们没有去问叶常棣，只把这玩意儿捧着含着似的带回了北京。经过专家们的鉴定，终于弄清楚这玩意儿名叫预警装置，美国佬叫它第十二系统，是在第六系统后新增加的一个电子系统。

第十二系统有视觉和听觉两方面的告警装置：视觉系统，通过红绿灯和显示仪来实现。只要被我制导雷达天线照射，在飞机距离导弹阵地60公里之外，绿灯亮，告诉飞行员，你已被飞弹跟踪；在飞机距我导弹阵地60公里以内，红灯亮，告诉飞行员，危险，赶快机动摆脱。显示器只有小圆镜那么大，中心辐射一条亮线，亮线指的方向就是地空导弹阵地的方向。听觉告警，通过耳机实现。距离60公里外是低频的钝响，距离60公里以内是高频的尖叫。

第十二系统有一个电子通道，只有当萨姆-2制导雷达射频频率、脉冲重复频率和天线扫描频率三个特征信号一起通过电子通道，它便确定是萨姆-2制导雷达，它便发出告警信号。岳振华他们用松-9代替制导雷达天线照射跟踪求测射击诸元，U-2毫无反应，缘故就在这里。

显然，这是南昌战斗后，美国佬使出的一个新招。正是这个预警装置使我们的地空导弹部队接二连三失去战机，使我们三个营在渭河滩里空守了三个月，最后还让U-2逛了花园。就是这个玩意儿，困扰得空军机关和部队多少人闹失眠闹头痛，苦苦摸索了大半年！这玩意儿困扰了地空导弹部队大半年，却迫使空军创造出了个"近快战法"。这也叫祸福相倚，失败是成功之母吧。

第二营的胜利消息传到了总参谋部，聂荣臻元帅发话："这次作战是战术、技术相结合的，要好好总结一下经验。把敌机那一套照相搞出来，看看是怎样搞的，有没有看到那一套东西。"

国防科委副主任张爱萍提出了要求："U-2到二十基地活动这么长的时间，一定照了相，所以要特别保存好胶卷。有关二十基地的一段，弄好后交科委，由他们负责研究，看看到底照了什么东西，伪装是否发现，敌机的照相到底是什么样的状况。"

两位孵化原子弹的首脑，都在千万里之外殷切关注着同一个问题。

张爱萍要看的胶卷，冲洗、放大、拼接整理出来之后，很快被送到了国防科委。二十基地在美国高空摄像机里是副啥模样，可谓一目了然。"肺腑而能语，医生色如土。"这个能言的肺腑，当然令二十基地的同志们看得惊心，同时也使他们在基地建筑外面的伪装受到了一次严峻的考验，让他们彻底看清楚了：哪些伪装是成功的，哪些地方还要改进，怎样做才能使美国总统和五角大楼的将军们得到一个完全满意的假目标。

张爱萍

刘亚楼和成钧亲自抓"近快战法"的总结，落实聂荣臻元帅"好好总结一下经验"的指示。

机关人员在总结这次"近快战法"的经验时查出，从岳振华定下射击决心到发射导弹，前后共约3分11秒，从制导雷达开机到发射导弹，只花了6秒钟时间。这就是后来在导弹部队中广为流传的佳话"关键的3分钟，过硬的6秒钟"。这就是当年"近快战法"的精髓。33年后岳振华谈起"过硬的6秒钟"如是说，当年射击决心（口令）的三句话15个字，喊出来要四五秒，为了解决"过硬的6秒钟"，他当时只打手势，给眼神，不说话。

这是一种高度娴熟了的协同动作！只有当一个作战集体在关键性动作的协同上，练到了炉火纯青的地步，达到了心心相印、声气相通的程度，像钢琴家的演奏进入了心醉神迷的意境那样，才会有这等妙不可言的佳作。

祝捷大会后，刘亚楼从上饶返回北京。在飞机上，空军作战部将他

们拟就的一份《上饶战斗获得胜利的情况报告》草稿送到刘亚楼面前，让他审查、修改，定稿后上报。这一天，刘亚楼同许世友、方志纯等一干人开怀痛饮了一场。上了飞机，那亢奋、激情和豪兴还分明留在他的眼睛里和脸颊上。当他把这份报告捏在手里，翻来覆去地看了几遍后，就拈起他用惯了的那支粗硬的红蓝铅笔，大删大改了一番。他的硬笔书法不佳，字迹又粗又大又乱，几张稿纸被他划得花里胡哨。到后来，他文思泉涌，就拿过秘书递上的白纸，酣畅淋漓地"划"了个痛快。

多年跟随刘亚楼左右搞文件的几个同志背后议论，刘亚楼亲笔写的文章"不怎的"，他改的文稿却有许多是堪称佳作的，像下面摘引的几段，就是他在飞机上的神来之笔：

……五四三部队实施机动作战，开始于1962年6月，起初是以营为单位，单独设伏，今年3月28日和6月6日（兰州）虽然两次都押准了航线，而敌机又都在我开制导雷达以后，进入我有效发射距离之前机动摆脱了。因而判断敌机可能装有收听我制导雷达信号的装置……这就使得我们的一切工作必须从敌机有这种装备出发做准备。为了对付敌机的机动摆脱，从今年七八月开始采取了几个营集团部署的作战方法，但开始还只能是把几个营部署在一起，尚未形成完整的统一指挥体系，像主攻伴攻相结合等一套打法。今年9月25日敌U-2在西安我三个营设伏阵地上钻空子，才又进一步研究了在这次战斗中使用的组成作战集团的方法，即建立统一的集群指挥所，确定了四个营统一的作战方案，制定了各营相互配合，主攻与伴攻相结合，以及用松-9雷达代替制导雷达求射击诸元，把制导雷达的开机距离压缩到最小限度等作战方法……

为了使敌机在发现制导雷达后难以机动摆脱，就必须压缩我制导雷达开机距离，而压缩了开机距离就意味着减少了开机后的操作时间，这就必须打破过去的一套操作程序，采取新的打法，并落实到练出一套近距离快速动作上来……这一套动作最过硬的阶段：是从距离敌36到38公里的范围内允许操纵的时间上只有8秒钟，就是说要在敌人飞行两公里距离内，8秒钟时间解决问题。

可以这样来概括我军五四三部队作战方法大体发展过程：1959年北京附近的战斗是完全按照苏联人教的方法和苏军的作战规则打的，1962年的南昌战斗是一半一半（一部分方法仍是按照苏联的，另一部分方法则是我们自己创造的）。而这次战斗可以说是按照我们自己的方法打的。为了实现这种打法，导弹和雷达的性能都已经达到了最低的边缘，允许操作的时间也达到了最小限度，这一切，都再次生动地证明，只要充分发挥人的因素作用，则无论情况再复杂艰难，敌人再狡猾阴险，都一定能对付，都一定能取得胜利。

《上饶战斗获得胜利的情况报告》上送总参谋部作战部一个月后，军委办公厅保密局将一只特大牛皮纸信封装着这份《上饶战斗获得胜利的情况报告》寄回了空军"刘亚楼同志亲收"。刘亚楼拆开一看，《上饶战斗获得胜利的情况报告》扉页上赫然写着几个潇洒的毛笔字：很好。毛泽东×月×日。

刘亚楼把空军导弹兵作战方法发展的三部曲奏进了中南海，奏到了毛泽东面前，得到了毛泽东的高度赞赏。

原先准备卖的一剂后悔药，最后竟演变成了胜利的三部曲。

第四章　毛泽东一言九鼎

一、总预演

8月的骄阳，炙烤得戈壁冒烟。

飞机从跑道上滑过，碎石跑道上卷起滚滚灼人的热浪。

此刻的马兰机场，火爆得比骄阳和气浪还要烫人。

每天，从清晨到午夜，大型军用运输机穿梭来往，进进出出。一批批高等级机密的贵重仪器、设备被包装在各种形状的大木箱里，由飞机从青海、甘肃、陕西、宁夏、上海、北京、沈阳、天津的国防工厂秘密运来，在机场警卫人员森严的警戒中匆匆卸下，又被匆匆装上大卡车，盖上篷布，拉进罗布泊核试验的各个效应点去，藏进了修造得坚固隐蔽的工号或者观测点里。

罗布泊核爆炸中心那座钢铁塔架已经高高耸立起来，塔尖拂掠着云天。环绕这庞然大物的四周，方圆几十公里的地面，一个摆放效应物的场区正在迅速膨胀。最先运到的效应物有飞机、大炮、坦克、军舰、高射炮、导弹发射架、雷达、油车、油罐、油库、军械弹药库、各种各样的军用器材仓库、有线和无线通信设备、万国牌的汽车、长春汽车厂新出产的大解放、各种型号各种用途的车辆、各种油料、各种军需物资……它们都被整整齐齐地摆放在远近不同的沙丘、岗岭、高地和洼地之间，隐藏在各种钢筋混凝土的掩体或战壕之中，像在等待着一位大将军的检阅，也像一队队待命发起冲击的铁甲骑兵。

同这些军事装备和武器并排摆列的，有新近突击完工的一小段铁路和一处小火车站，有仿造的城市居民楼、百货商店，有桥梁、涵洞、隧道，有钢筋混凝土堡垒、战壕、单人掩体，有人防工事，有厚重深邃的地下指挥所，还有一台从大连机车制造厂拉来的火车头。火车头先被拆卸开，用大卡车运进罗布泊，又重新装配起来。火车头摆在一个高高突起的沙岗上，等待着与原子弹爆发出来的冲击波较量。

在离罗布泊效应场200多公里的吐鲁番火车站上，大批的效应物正堆积如山地等待装运。从吐鲁番到马兰再到开屏的公路上，载重大卡车串联成一支浩浩荡荡的纵队，正在向核效应场进发。

一大批担负核试验任务的飞机——伊尔式、里–2、直升机和国产的安–2，到了马兰机场。原来还算宽敞的停机坪，被这些大小高低宽窄不等的飞机挤满了。后到的小型飞机，只好停放到戈壁上去。场站里本来就显得简陋狭小的营房，更被早先到来的空勤人员和机关干部占据一空。后续来的，只好在空地上搭设帐篷安身。再后来的，连适合搭设帐篷的地方也找不着了，便只好选那干燥的沙地去挖地窖、搭窝棚，猫起腰来钻地洞。帐篷、地窖、窝棚里，白天热得让人脱光衣服还嫌热叫闷，汗气逼得人恶心；夜里刮起戈壁风来，飞沙尘土往里面直灌。第二天早晨一看，人人都成了黄沙包裹的怪物。人人都喊干渴得喉咙冒烟，可是一端起水来又喝不下去。戈壁滩的水，又咸、又涩、又苦，喝到肚

当年就住在这样的帐篷里干着惊天动地的大事

里就拉稀。这些从大江南北,从关中平原来的空勤、地勤、后勤和机关工作人员,生平头一次饱尝了这沙漠戈壁的滋味。

8月25日,成钧在马兰机场召集空军参试单位的领导干部开会时宣布:在核试验委员会下面成立一个空军驻马兰地区临时党委会,统一领导在马兰的空军参试部队。党委班子由12人组成。

成钧宣布的另一件大事是从当日起,空军参试部队全部进入正式核爆前的各项预演。预演分两个阶段进行:第一阶段七天,搞"单元演习"。各行各业各种人员反复操练自己在核试验中分担的具体任务;第二阶段两天,搞"综合预演"。全体人员参加核试验指挥部统一组织指挥的"零"后总预演,要求达到高度密切协同,圆满完成各自的参试任务。这个"零"前总预演完成后,各参试单位再进行两天的预想预防和补充练习。要真正做到"确有把握而后动手","不打无准备之仗"。

总预演是个精神冲击波,一切骄阳、苦热、咸水、风沙、拉稀的事,统统被冲扫得精光。人们吃饭、喝水、走路、睡觉、做梦都在念叨着这个总预演。

经过九天八夜的总预演，空运原子弹的伊尔-14机组，装运着一颗模拟原子弹在马兰到乌鲁木齐的航线上来回往返六次，进行防震、保温、防潮、防倾斜……的十防演习，筛选出了原子弹在空运中保温防震的最佳飞行高度和最好的起飞时机。工程机务人员和空勤机组把向飞机上装卸原子弹的空地一条龙操练到了滚瓜烂熟、万无一失的地步。

经过九天八夜的总预演，担负空中取样的郭洪礼机组把"零"前由马兰机场升空待命；"零"后进入蘑菇云取样；取样后飞到吐鲁番机场降落；降落后将样品交给另一架待命的飞机，火速送到北京化验，"接力赛"操练到了环环紧扣、分秒不误的程度。

经过九天八夜的总预演，气象站对罗布泊450公里范围内一周、三天、一天、早、午、晚时间，高空、中空、低空，阴、晴、雨雾天气变化的预报准确率，达到了接近百分之百的程度。

经过九天八夜的总预演，雷达情报站将马兰、辛格尔、开屏、洋平里、铁干里克和罗布泊地区高、中、低空的目标已经能够及时发现并且熟练地掌握。

"宝剑锋从磨砺出，梅花香自苦寒来。"待到9月1日全场综合演习结束后，总指挥张爱萍上将对空军参试的准备工作给了四个字："很好，满意。"

但是，经过九天八夜的总预演，郭洪礼机组烟云取样的三个关键性问题还没有解决：取样的飞机到底应该在"零"后多少分钟才进入烟云？是"零"后30分、40分、50分，还是1小时？第一次进入烟云时飞机应该保持多大高度？是9000米、8000米、7000米，或者还可以更低一些？还有，飞机第一次穿云的部位应在哪里？是穿顶、穿腰或穿尾？这本来是靠科学实验才能解决的问题，不是凭模拟、预演的手段所能回答的。这个穿云取样的时机、高度和部位既决定着取样效果的大小和质量的高低，也关系到机上人员和飞机的安全。原子弹爆炸的瞬间，蘑菇云里有几千万度的高温，钢铁都可以在顷刻间汽化。飞机进入时机过早，可能造成机毁人亡的惨剧。但是核爆炸释放出来的微粒子浓度是依蜕化规律迅速递减的,飞机取样时机过晚了,飞行高度过高了,取得的粒子数量不足,便失去了科学研究的价值。而这个"零"后飞机取样的时机、高度和部位的准确数据却是美、苏、英、法核试验中最为机密的资料,封锁得比铁桶还严。中国要在核大国面前拥有自己的发言权、自卫权,必须依靠自己从死亡之神——核烟云中去夺取这个机密。

怎样才能从核死神嘴中夺得这个机密?成了科学技术专家同空军部队指挥人员之间多次论证却无法达成共识的一大难题。一位当年参加过在20多天里进行了十场论证会的中校副处长王有亮讲了下面这个故事:

  有次,某位科学家在会上坚决主张依据他的计算,飞机在"零"后××分钟进入,飞行高度××××,可以保障完成任务。空军方面请这位科学家出示可靠的证据。这位科学家便拿出一份美国的画报来。画报上有四架F-84型飞机编队穿云取样的照片。空军同志认为画报上的图片,既没有进入时机,也看不出穿云的高度,是不可以当成科学证据的。双方争执不决,只得请钱学森前来定夺。

  钱学森从北京赶到开屏,他没作最后定夺,只给大家讲了自己的一段往事:"我在美国从事科学研究,美国给了我优厚的物质待遇,让我过上了舒适的生活,提供的实验设备和研究条件都是一流的,可他们只是利用我的科学理论和研究成果,像核武器研制之类涉及国家高等机密和有关高层次决策性的问题,那是不让我们这些中国科学家沾边的。在美国人眼里,外国学者只能是二等公民。你要想进入这个决策层,过问这些涉及国家机密的事情,也可以,但是你得先宣誓效忠美国政府,永远不回国。所以我不知道这样的资料……"

在20多天的论证会上,张爱萍同成钧每次都三缄其口,只听不说,直到最后,张爱萍同成钧商量后,才来了个"木槌打鼓,一槌定音":取样飞机在"零"后30分钟穿云,高度8000米。第一次穿云后,由机上科技人员根据安装在机上的剂量探测仪指示的伦琴数据和爆心的高度,决定飞机再次进入的高度和穿云部位……

张爱萍和成钧不是科学家,但是,他们能够创造性地运用"慎重初战"的军事原则,他们能够娴熟地使用"稳步前进"的指导思想,对核试验具有通观全局的战略眼光,方使他们明智地采用了"相机"的谋略。

飞机烟云取样的难关,将在这个谋略下被突破,在这个谋略指导下郭洪礼机组将从黑色烟云——死亡之神的嘴里拔出第一颗牙来。

二、毛泽东一言九鼎——早响

9月16日清晨,核试验总指挥张爱萍上将偕同二机部部长刘西尧,在马兰机场登上一架专机,向北京飞去。

中午过后,飞机降落在南苑机场。这里是供党政军要人出进的内部机场。

一辆红旗轿车把张爱萍和刘西尧悄悄地拉进了城内。

夜晚,长安街上的华灯,像一条璀璨的明珠玉带,给天安门广场增添了恢弘壮阔的景色。

广场西面的人民大会堂,在繁星闪烁的天幕下巍然矗立。

人民大会堂南面的江苏厅里,色彩柔和的翠绿色地毯,华贵的红木家具,精美绝伦的苏绣屏风,在紫纱宫灯焕发出的光彩下面,融汇出一派温馨典雅的江南秀气。

周恩来每逢提起自己的身世时总爱说:"祖籍绍兴,长在淮安,江浙人也。"大约是他的这个乡土情结,他主持召开的中央专委会议,作出的许多核试验决策，多是在这个江苏厅里进行的。

16日晚上，讨论首次原子弹爆炸试验的中央专委会议，也是在这里进行的。

张爱萍和刘西尧分别向中央专委作了首次原子弹试验的准备情况和正式试验安排的汇报。

所有在北京的中央专委委员和有关部门的负责人，都出席听取了这个汇报。

从罗布泊基地上送出来的信息是"万事俱备，只欠东风"。只要中央专委和毛泽东主席一声令下，罗布泊里那102米高铁塔上的原子弹，瞬间就能发出石破天惊的核巨响。

从罗布泊天空吹过来两股冷风，却是令人不寒而栗的！

1964年7月17日，美国把一对科罗纳间谍卫星发射到距地球1万公里的椭圆形轨道上。这两颗重量各约150公斤的卫星彼此间隔180度，绕地球运行。罗布泊核试验的进展情形，便非常清晰地进入了白宫。

那位曾在1959年6月背信弃义、粗暴地撕毁了援华合同的"老大哥"，更是不悦于听到那一声惊天动地的巨响。他们在新疆接壤的边境线上设置了大量测试设备，并开启了天空中旋转的联盟号侦察卫星上的电子装置，频繁地掠过罗布泊这片广袤而神秘的荒原。

周恩来胸中还藏着一个令人焦灼难安的秘密，有迹象显示：某个超级大国图谋阻止中国掌握原子弹，有破坏核设置的动向！

罗布泊，这片几乎被世界遗忘了的荒漠，转眼间成了美苏等核大国特别关注的焦点。

罗布泊，中国第一颗原子弹诞生的摇篮，面临着被毁灭的大灾难！

中国首次核试验选择怎样的时机，成了中央专委特别认真研究、反复考虑的问题。

中央专委经过研究，提出了两个可供选择的方案：一是早试，一是晚试。先抓紧三线研制基地的建设，择机再试。

中央专委最后议定：进行首次核试验的时机，待报请中央政治局常委和毛泽东最后决定。但无论早试还是晚试，准备工作都不能有丝毫的松懈。二机部、国防科委继续积极稳妥地做好各方面的准备工作。

周恩来回到中南海，在毛泽东的书房里，向毛泽东、刘少奇汇报了首次核试验的准备情况和中央专委对正式试验选定的两个方案。

胸中藏着世界风云的毛泽东，以伟大战略家的眼光，对中国首次核试验进行了精辟的分析，他指出："原子弹是吓人的，不一定用。既然是吓人的，就早响。"

9月27日，在马兰核试验基地。张爱萍、刘西尧向核试验委员会传达了中央专委和周总理的指示，随即根据气象预报，向周恩来报告了试验时间选定在10月15到20日之间。

几天后，毛泽东、周恩来同意了这一建议。

10月11日，周恩来又一次召开了中央专委会议，研究了爆炸原子弹的宣传工作和有关国际问题，提出了相应的措施和办法，并且立即报告毛泽东，得到毛泽东的同意。

深夜，中南海西花厅总理办公室里灯火通明，周恩来彻夜未眠。他将中华人民共和国政府关于首次核试验的声明、新闻公报、致各国政府首脑的电报等文稿，一份份，一行行，逐字逐句地审阅、修改，定稿后，在文稿上工工整整地写上"送主席、少奇……审阅指示。恩来×日×时"字样。

共和国的总理就是这样的在为中国第一颗原子弹的呱呱坠地而默默地辛劳着。

深夜，机场上空骤然响起了空袭警报。预告着某个核大国的中程导弹即将向罗布泊袭来。他们要把我国的核自卫反威慑的力量扼杀在摇篮之中。

机场司令部的警报长号凄厉地叫了三声！

全机场的各个部队按应急方案,立即疏散。

三声警报过后,飞行员们跑进机场,跨进座舱,飞机滑上碎石跑道,飞上夜空,按照紧急疏散方案,转移到了外地机场。

机关干部和各保障人员带上应急的文件和工具向马兰北面的后龙口深沟里转移。

这一切都是在黑夜中、在没有灯光照明的条件下迅速而有秩序地进行的。

翌日凌晨,机场司令部的上空又一次传出了警号,警号宣告"紧急疏散演习"已经结束……

紧急疏散的部队回来后,成钧集合部队讲话:"我们并不对别人搞突然袭击,但是我们决不允许别人对我们的突然袭击得逞。"

三、千钧雷霆一触即发

邓稼先

罗布泊迎来了盛大的节日,10月16日,中国第一颗原子弹从这里爆响,响声震彻世界。

早在七天前,也就是10月9日,核试验委员会根据中央军委气象局的预测,再次确认10月15到20日的气象是试验的最佳气象条件。毛泽东主席亲自批准了这个时限,并且指示:宜早不宜迟。

10月12日,周恩来总理召集在京的核物理专家彭桓武、王淦昌、邓稼先、郭永怀诸人详细询问了核武器的准备情况,接着又命他们迅速赶到罗布泊去。张爱萍派专机把他们从北京接到马兰,同聚集在核试验基地的100多位科学家一道,对中国的第一爆进行最后的技术把关。10月14日18点，核试验委员会的专家们经过严格周密的论证，最后确定10月16日15点为爆炸的"零"时，并报经周总理批准。

16日凌晨。

朝曦初露，夜雾开始消散。罗布泊核效应场上一片寂静。

昨夜这里人潮涌动、喧声四起的场面已经消失，只留下一眼望不到尽头的效应物安静地躺在大漠戈壁之上。靠近爆塔一圈的飞机、大炮、坦克、军舰等虽然都面临几个小时后即将灰飞烟灭的命运，此刻它们却显出一副安详、宁静的神态。在安详、宁静中也透露出几分傲对苍穹的悲壮，似乎在倾吐它们最后一曲心声——为了共和国的尊严和强大，它们乐于作出这样的奉献。

在效应场外围的那些骡子、大马、骆驼、毛驴，经过长途跋涉和昨天晚上通宵达旦的折腾之后，此刻正疲惫地趴在清冷的晨风中打盹。它们是农业部特地选送来的，有的被拴在木桩上面，躯体没有一点遮拦；有的被吊在特制的木架上，木架迎向爆塔中心的那面，木架前面挂着一幅白布，白布将它们的身体遮掩起来。那些耐得住沙漠中的饥渴和干燥的骆驼，一个个伏在地上悠闲自在地兀自咀嚼着。在这群牲畜后面，是粮食部送来的南方的大米、北方的小麦、陕北的谷子、东北的高粱、山西的山药蛋，还有芝麻、花生、大豆、菜籽等众多的油料作物。这些粮食和油料作物，有些放在苇席围成的圆囤里面，有的存在标准化的粮库之中，还有的就是采用农民老大爷的土办法——用瓦缸、大瓮、坛坛罐罐盛着，封存在地窖或者窑洞里面。最叫人眼馋的是商业部运来的那一摊一摊的蔬菜、水果、糕点、饼干、罐头和五颜六色的布料、鞋袜以及日用百货。这些参加核试验的货物，从北京由飞机运到马兰，趁天色未黑前，便在效应场最后面摆放起来。那些只有凭票证才能购得的青、灰、蓝"老三色"和姑娘们一见就眉开眼笑的大花布，竟会在这荒无人烟的戈壁滩上像开展览会似的张扬起来。那一筐筐清香飘溢的苹果、鸭梨、水灵灵的黄瓜、大白菜、西红柿、辣椒、茄子……一应菜市上少见的新鲜蔬菜，加上烟、酒、糖果，在这里全都露面了。还有那些瓷的，陶的，搪瓷的，塑料的桶、盆、壶、碗等日用器皿，也都琳琅满目地摆满一地。这些稀罕的食品百货，同卫生部送来参试的猴子、老鼠、小白兔为邻，都将参加演出同一幕覆灭的惨剧。

在世界各国的核试验场上，小动物如猴子、狗、老鼠、小白兔葬身核火，自是题中应有之义，但是让牲畜、粮食、食品、百货参加核试验却是中国一家的题中独有之义。这个一家独有之义，其源盖出自于周恩来总理的一腔衷肠。他说，有一天，核霸们把原子弹扔到我们头上，像北京、上海这样的大城市都遭受了核袭击，老百姓吃的穿的用的东西都要受到核污染，对这件大事，我们也要有所准备嘛！

此刻这些东西将被核火毁灭掉，可是它们的被毁灭，却正是为的给人民的生命和生活带来安全啊！

核试验总部的临时指挥所设在开屏的一处地下室里。

清晨，一派凝重肃穆的气氛笼罩着整个地下指挥所，总指挥张爱萍坐在指挥桌前。陪伴他坐成一圈的是核指挥部的成员：刘西尧、成钧、张蕴钰、张震寰、李觉等。张爱萍同他的伙伴们一样，昨夜也是通宵达旦难以入眠。他的眼泡显得有些浮肿，但眼睛里闪动着亢奋。他竭力使自己的神情保持镇定，不过他心底深处激动的波澜，还是从他的脸色、眼角、眉梢间流露出来。他面前展着一张核爆"零"时前后的《协同动作表》，全场各参试部队、单位、部门、首长人员何时何地进行何种活动的安排，条分缕析，清楚明白地写在这张表上。这张《协同动作表》是他和他的指挥班子，各大单位、部门的首长和参谋们倾注下满腔心血、智慧、焦灼和忧愁才编制出来的。在这一行行白纸黑字背后，是成千上万颗炽热的心在千百次的苦操苦练中才凝结磨合成的。这一长串文字，不过只是提示他在紧急状态下保持镇静防止发生疏漏错讹的一些记忆符号，而那记忆的灵魂却是在多少夜深人静辗转反侧中才孕育出来的啊!

这样一张从沸腾的热血中炼制出来的《协同动作表》,现在却需要一颗冷静、坚毅而敏锐的头脑来推动完成。一场现代化高科技的核试验,是一项真正庞大复杂的系统工程。这位曾经在东海前线组织指挥了新中国成立后第一次陆海空联合作战——一江山岛登陆战的将军,而今,在大西北的沙漠里又来实施指挥这项国防尖端科学试验的系统工程了!

在这张《协同动作表》旁边,安放着一部非常醒目的深红色电话机。电话机沉默着,张爱萍知道这深红色电话机的那端,正坐着共和国的总理周恩来、国家科委主任聂荣臻和中央军委副主席贺龙元帅。他同周恩来、贺龙、聂荣臻之间的是二机部、国防科委组成的联合办公室的人员。联合办公室的主持人刘杰,这会儿也同自己一样,把自己的心已经贴在了这部深红色的电话机上。

人称"张四号"的基地副司令员张瑛,踮起脚,走到张爱萍跟前,指住《协同动作表》上前面的几项,低声细语地报告:"这些都按计划完成了。"张爱萍亮起锐利的目光,在表上审视了一会儿,抬起头来看了看墙上的大挂钟,又对了对自己的手表,同围坐在一圈的指挥班子成员交换了一下眼色,才平静地说了一句:"那么,好,开始吧!"

他这一声不露威严的命令,使副总指挥张震寰、核试验基地

1984年2月,李觉(右)参加核工业部在广东省深圳举办核技术展览会留影

司令员张蕴钰两位将军一齐从座位上立起身来，冲出地下指挥所，跳上汽车，向罗布泊靶场急驶而去。他们要去实地检查试验场上的清场工作，不能让一个人留在场上。

墙上的大挂钟指向了10点。张爱萍望望坐在对面的李觉，李觉立刻领会了他的眼神，跨出了地下指挥所。

李觉将军今天专门负责到爆塔顶上去检查给原子弹安装的起爆雷管，还要亲手合上让原子弹起爆的电闸。这爆塔上的千钧霹雳，全操纵在他的股掌之间。

在慈爱民和彭子强同志合写的《中国第一响》中，记叙了李觉将军对这段动人心魄经历的回忆：上午10点，李觉和核试验基地司令员张蕴钰、科学家陈能宽三人，分乘两辆军用吉普车，从主控站驶向原子弹爆塔，他们陪同四个安装手去给原子弹安装起爆雷管并接通电源。吉普车在渺无人迹的大漠上疾驶，腾起一股黄色的烟尘。

车上，每个人的脸色都那么严峻。"不要紧张，小鬼，就像你平时演习时的那样动作。"张蕴钰对身边的安装手王云起说。

"有司令员在，我的心跳得不那么厉害了。"

"对，我和李院长就是给你们保驾的。"张蕴钰指了指前面的吉普车，风趣地说。

话都是平常话，但在这特定的场合下，显得格外有人情味。

吊篮载着李觉、张蕴钰和安装手徐徐上升，顷刻之间，他们登上了102米的高塔。安装手们按照已经预演过百十遍的规定程序动作，机械而又熟练地把起爆雷管一个个置入原子弹外壳的雷管孔中，又把连接每一个雷管的电源导线抻直捋齐，整个原子弹像是缀满了密密麻麻的蛛网。

在高塔顶端，李觉的视线又回到了金属小屋内。这个精致的全封闭式的小屋外呈黑色，里面漆成了橙黄色，屋内保持着恒温。原子弹这个重达3吨的庞然大物，就悄然安卧在电镀的钢铁架座上，一点也不理睬人们紧张兴奋的心情。趁着安装手们操作的机会，李觉仔细地端详着原子弹：它的外形是一个直径约1米多的银灰色大圆球，铝镁合金外壳上裸露着十个拳头大小的圆孔，是用于放置起爆雷管的。覆盖在金属外壳之下的是厚厚的优质黄色炸药TNT，置于核心部位的才是原子弹的主体——核裂变材料。此时它像一个腼腆羞涩的新娘那样文静而安详。但李觉心里明白，再过几个小时，它就将像神话中挣脱魔瓶的魔鬼一样，瞬间释放出相当于2.2万吨TNT炸药的能量，以几千个大气压和几千万度的高温，将这里的一切包括这座高耸入云的铁塔都汽化掉。李觉下意识地摸了摸口袋，那里面装着一把钥匙，是控制爆塔上一切电源电闸的总钥匙。为了防止万分之一的意外，塔下的电闸已经铅封，任何人不得开启，而操纵"魔鬼"的钥匙就掌握在他的手里。

李觉全神贯注地监视着安装手的每一个动作，尽管他们镇定自若，熟练的操作动作就像早已输入电脑的指令程序一样准确，但李觉仍不敢稍有疏忽，因为中央已经给核试验委员会下达了命令："这次试验，只许成功，不许失败。"

"雷管安装完毕！"安装手报告后，李觉沉稳地点了点头。他按照操作规程，从头到尾把所有的电线接头、雷管插销检查一遍，对连接弹体的所有线路进行了导通测试。直到他确信万无一失时，才收回停留在银灰色大圆球的目光。

时钟已指向14点05分，爆炸"零"时已迫在眉睫，李觉抬眼瞥见金属小门上贴着的操作规程，便命人将其揭下。"留下来作个纪念吧，说不定将来它能进历史博物馆哩！"他深知几十分钟后，这里的一切都不复存在了。他最后看了金属小屋一眼，便跨进吊篮，迅速下到地面。塔架下已经空空荡荡，除了遗弃的金属垃圾外，别无他物，工作人员也基本撤离，只剩下张蕴钰、朱光亚、陈能宽等人在焦急地等待着他。看到李觉比规定的时间晚下来一分多钟，性急的张蕴钰忍不住说："老李，还磨蹭什么？"李觉看了看表，解释说："晚一分钟不要紧，我得保证它响啊!"他边说边从口袋里掏出钥匙,打开塔架下连接原子弹导线的电闸箱,小心翼翼地合上了闸刀。只听哧的一声,一簇蓝色的火苗稍纵即逝,李觉一惊,本能地抬眼仰望铁塔顶端,只见那个3吨重的庞然大物纹丝不动,高卧在空中。但李觉心中明白,原子弹已接通电源,真可谓"千钧雷霆,一触即发"了。

李觉再次锁上电闸箱。抬腕看表,此刻离爆炸"零"时只剩半个多小时,他招呼在场的最后一批工作人员登上吉普车,迅速驶离塔架。快到核试验总指挥部了,他看到刘西尧还在路口向爆区张望,便停下车告诉他:"塔架上的人员已全部撤离,我是最后一个。"

"好,我们一起走!"

张蕴钰、刘西尧、李觉一行人回到总指挥部时,只见开屏前面那座小高地上已经密密麻麻地挤满了人,都是赶来观看原子弹爆炸的。每个人身上都穿着灰白色的防化服,戴着防化帽,脚上穿着长筒胶靴,是男是女是老是少都一个模样,分辨不出了。那遮挡光辐射波的太阳镜,有的人已经戴上,有的人还捏在手里。高挂在电线杆上的高音喇叭里,正播放出指挥所的紧急通告:"原子弹快要起爆啦,赶快把眼镜戴好!听见爆音时,一定闭上眼睛……"

古老的中华大地上,旷古未闻的一声巨吼,就要从这里爆响!

四、"采蘑菇"的人们

马兰机场。

时钟刚指向2点,机长郭洪礼便把担负烟云取样的伊尔-12滑到了起飞线上,等待塔台指挥员给他"起飞"的命令。

今天,郭洪礼觉得他的"老伙计"15503号飞机操纵起来分外得心应手,连发动机的声音也像是在演奏悦耳的乐曲。

在九天八夜的总预演中,他斗胆地提了个建议——让他的飞机在

"零"前半小时升空,原子弹爆炸时,他在天山顶上待命。这比待在机场等待"零"后升空要强得多,绝不用担心"零"后起飞时发生意外的情况。他的这个建议,经过飞行指挥员和领航干部们的精确计算,经过总指挥部专家和高级参谋们的评估,最后得到了张爱萍总指挥的批准。

郭洪礼从驾驶舱里侧过脸去,朝机舱里那三位技术人员望了一眼,两男一女,他们是从核武器研究院派来

驾机穿越蘑菇云的郭洪礼

对空中取样进行现场观测的。前一次领着这架飞机赴某国防工厂去改装的,也是这三人。他们在机腹下面安上了一个烟云取样筒,又在机舱里安了台剂量测量仪。取样筒同剂量仪之间用一根导管沟通。飞机进入烟云取样时,蘑菇云中的核辐射微粒子被吸附在取样筒内的过滤网上面。把过滤网上的微粒子取下来化验,便可获得极为宝贵的核数据资料。在空中取样过程中,这三人通过对机舱里剂量仪的观察,可以读出已经获得的剂量数值××微伦琴,通过无线电话把这些数值报告给地面指挥员和科学家。供地面指挥员根据这些数值作出取样是否达到目标、飞机是否退出的决定。他们还给机上每个人身上安装了微型探测器,在驾驶舱和机舱里也分别安装了几处探头,把空气中含有的核辐射剂量探测出来,判定某个人和飞机某个部位"吃"的剂量是否已经超过了规定的安全系数。最高指挥员根据这些来作出是否继续飞行的决定。通过前一段飞机改装和九天八夜的总预演,郭洪礼同这三人不但在空中协同中达到了水乳交融的地步,而且使他对这三位青年知识分子产生了诚挚的友情。这些从高等学府中精挑细选出来的优秀青年,在山寒水瘦的大西北,默默地奉献出了自己最美好的青春年华。他们同另外许多科技人

员,在研制核武器的新长征中,披荆斩棘、破险攻关,煎熬了多少个艰难困顿的日日夜夜,送走了多少个寒暑春秋。他们不但终年重复着设计、绘图、计算、测量……这样一些枯燥刻板的平凡工作,而且同社会、同亲人,都长期处在一种精神上完全隔离的状态中——同妻子、同丈夫也不能谈及自己从事的工作情况。他们这种平凡而又不平凡的经历,他们在日常生活中饱尝的辛酸苦涩,激起了郭洪礼对他们的一片深情。这会儿,这支核大军中的三名战士,正同他一道去闯那黑色死神——蘑菇云的鬼门关,要从这个死神嘴里拔出几颗大牙来。这使郭洪礼觉得,就如同老红军在长征路上,几名战士同乘一只木筏去强渡江河,去抢夺铁索桥一样,一种生死相依的战斗情谊油然而生。

塔台上传过来"起飞"的命令,郭洪礼一推油门,使"老伙计"15503号飞机飞离了跑道,飞上了天空,向正北面乌鲁木齐方向飞去……

飞机在塔里木湖上空开始转弯,只转了两舵,飞机便转到了天山雪岭的云彩中间。

罗布泊,那刺破了云天的钢铁爆塔,那布满了效应物的核试验场,这一下,全落进了他的眼底。他转动无线电罗盘,对准了开屏指挥所的电台。

"零"前一分钟,地面指挥所传来了命令:"飞机背向爆心飞行!关闭遮光窗帘!"

郭洪礼正把飞机航向调正过来,这时耳机里响起了一位青年女性清脆响亮的声音:"9、8、7、6、5……"

倒计时!他急忙侧过脸来,朝那"埃菲尔式铁塔"的顶端望了一眼。

铁塔顶端是一片晴朗澄澈的碧空。

突然,一簇强烈刺眼的红色光芒,从塔顶上迸射出来。红色的光芒直冲云霄,令人目眩神骇!

啊!光辐射!郭洪礼生平头一次瞥见了这簇可怕的光芒。他眼疾手快,一抬手,把驾驶舱玻璃窗户上的一大幅黑布(暗舱罩)拉下来,扣严实了。同时，对机上人员发出了一声最严厉的命令："戴上防护镜！"

他把扣在自己飞行帽上的特备防护眼镜取下，戴好了。原先光明豁亮的驾驶舱，一下子变暗了，只有仪表板的荧光灯在发出蓝荧荧的光亮。

一阵热风从飞机侧后扑了过来，他感觉自己的脸上、手上、胸脯上都有一阵微微的热风拂过。

光辐射过去了！他本能地睁开了眼睛。

他把暗舱罩推回到原来的位置。

座舱里重又光明豁亮起来。

地面指挥所又传过来命令："飞机转向爆心飞行！准备穿云！"

郭洪礼连忙把飞机转过来……

这时，他看见一个大火球正从罗布泊上空升起！

火球很大，鲜红透亮，金光四射，像早晨从大海上腾起的那轮红日。

天空和大地被映照得格外辉煌。

一见到这刺眼的光焰，郭洪礼便下意识地握紧了手中的驾驶杆，让脚掌轻踏在方向舵上。身上每一处神经都绷紧起来。他要稳住自己的飞机，去迎接那即将到来的一记最猛烈的冲击波。

一个令人心惊胆裂的焦雷从云端狠砸下来。

雷声震动得飞机乱摇乱晃，像掉进了一个激流的旋涡里。郭洪礼于是使出浑身力气踩稳了方向舵，咬紧牙关把飞机稳住。

飞机越过了湍流，机身复归于平稳。他那蹦跳到了嗓子眼儿的心，终于落了下去。

啊！冲击波！冲击波就这个样子！这比想象中的那个，要好对付些……

飞机在7000米的高空上，继续平稳地飞行……

耳机里忽然传来了地面指挥员的声音："011，你有什么感觉？"

011是郭洪礼的飞行代号。

"011回答：感觉良好。"

"再说一遍。"

"011感觉良好,请首长放心。"

郭洪礼十分感动,他分明感觉到,这是张爱萍总指挥和成钧副司令员在通过地面领航员来询问他的消息。

"明白,放心。"无线电又归于沉默。

郭洪礼长出了一口气。

他现在从高空俯瞰着罗布泊。

罗布泊上空的大火球,开始变得暗淡起来。

一团晶莹皎洁、纯白如玉的白色烟云,正在火球下蒸腾而起。这该是"埃菲尔式铁塔"的化身吧!

白色烟云很快变成了一朵大蘑菇云。圆而厚重的蘑菇帽盖下,伸长着一只粗大矮胖的蘑菇腿。

火球终于消散了,蘑菇云却在急剧地上升,上升,上升……

蘑菇腿的下部蹿出一股浑浊浓烈的黑霾,原先雪白肥胖的蘑菇云腿,越伸越细,越变越黑。

原子弹爆炸的瞬间,几千个气压和几千万度高温从爆心冲向地面。地面的一切沙石、钢铁和空气顷刻汽化成了一股白烟。罗布泊里上千吨饱含盐碱的泥土化成了一团浑浊浓重的黑色烟云。

蘑菇云升到了万米高空,高空风把一个规规整整的蘑菇摧折得凝滞、扁平,终于变成了一个诡形怪状的黑色烟柱,顶着天,立着地,矗立在旷古荒凉的罗布泊头顶。

郭洪礼的耳机里,又传来了地面指挥员的呼叫:"011,我是孔雀,我是孔雀。"

孔雀是地面指挥所的代号。

"孔雀,孔雀,011明白。"

"准备'采蘑菇',准备'采蘑菇'。"

郭洪礼望了一眼座舱里的时钟,此刻,正是"零"后30分钟!规定的穿云时间到了。

"孔雀，011明白，马上去'采蘑菇'。"

陆空联络中的许多暗语，往往妙趣横生。这一次，他们把进入烟云取样竟叫做"采蘑菇"。

郭洪礼加大油门，抬起机头，让飞机爬得再高一点。女领航长张莲芳把飞机航向调整到了烟云的上方，好让飞机第一次顺风穿云，减轻核粒子对飞机沾染的剂量。

机舱里两男一女，顿时忙碌起来。现在到了他们大显身手的时刻！

飞机升到了8000米高度，对准了烟云顶层。地面指挥员突然提高嗓门叫道："011，101问你，101问你。"

101是张爱萍的代号。

郭洪礼精神一振。他挺挺胸脯，放开嗓门："孔雀，孔雀，101问什么？问什么？"

"011，高空风，高空风。"

女领航长张莲芳连忙回答："我是013，013。回答：1万米，风向东北，风力四，风速三。"

"101问，可以工作吗？"

"011回答，011回答：可以'采蘑菇'。"

"101同意'采蘑菇'，同意'采蘑菇'。"

郭洪礼迅速调正了飞机，降低了高度，瞄准蘑菇云被高空风摧折得稀疏了的缝隙，斜刺穿梭过去。

开屏指挥所里，人声鼎沸。

手举望远镜的人们在高喊："看见啦，看见啦。""快进云了！"那些没有望远镜只凭肉眼观看的却急得乱叫："看不见呀……"

小土丘上架着一台炮兵观察用的高倍望远镜，望远镜四周围着一圈人。张爱萍上将正全神贯注地在那里观察15503号飞机穿云。负责对空联络的地面领航员手捧无线电话筒，侍立在上将身旁。

罗布泊里,每颗心都情系蓝天、情系15503号飞机。

15503号飞机,穿进了蘑菇云。

地面的人们再也看不见飞机了。

张爱萍给地面领航员挥了个手势。

地面领航员捧起话筒:"011,011,你现在的位置?"

"孔雀,孔雀,我现在蘑菇东面。"

"你的感觉怎样,感觉怎样?"

"没有感觉,没有感觉,只是脚有点凉,有点凉。"

"是凉吗?再说一遍。"

"是凉,凉,膝盖以下都觉得凉,不太重。"

张爱萍同指挥班子成员,还有一群科学家,一个个都感到惊异。

飞机在"零"后30分钟进入烟云,怎么会有凉的感觉呢?

"可能是进入烟云时间过晚吧……"一位科学家给大家提了个醒。

晚了,就会有凉的感觉吗?张爱萍沉吟了一会儿,急忙命令地面领航员:"快!问他们,采到了多少伦琴?"

张爱萍的问话,发送到了空中。空中却一片沉默。

这是随机取样的三位技术人员才能回答的问题。机内通话的程序周折又繁琐。张爱萍同指挥所的将军和科学家们只好耐住性子干等了。

好不容易,空中的回答才来了:"采到的样品很少,没有达到标准。"

第一次穿云取样没有成功。

一位科学家发出了一声慨叹:"进入时间晚了!高度又偏高啊!"

张爱萍神情冷静,十分注意地听下了这声慨叹。他静默了一会儿,同成钧交换了一下眼色,便果断命令地面领航员:"要他降低高度1000米,第二次穿云。"

天空,蘑菇云的黑脸可怕地紧绷着。

仿佛过了许久许久,才听见黑蘑菇云中传出来一阵飞机的呜喑声。

地面上的几千张脸立刻翘了起来。极目云天,每张通红的脸都在用心寻找那瓮声瓮气的飞机。

郭洪礼驾着他的"老伙计"15503号飞机，钻破了黑蘑菇云，重新出现在开屏指挥所的上空。

飞机在矫健平稳地飞行。

这一回，谁也用不着望远镜了。所有人的眼睛都望见了那吊装在机腹下的烟云取样筒。

郭洪礼的声音又在地面领航员的话筒中响起："孔雀，孔雀，一切正常，一切正常。"

从声音中听得出来，他的精神是极其亢奋的。

张爱萍跨前一步，指着领航员："对他说很好！抓到的东西，你清楚不？"

飞机飞过了开屏，又从马兰绕回来，这时，才听见郭洪礼的声音："孔雀，011请求，再去一次，再去一次。"

张爱萍劈手夺过话筒，放开嗓门大喊："好！很好！祝你们胜利……"

郭洪礼的飞机再次盘旋、下滑，又降低高度1000米，再一次对准乌黑浑浊的黑蘑菇，微翘起机头，斜斜地穿了进去……

郭洪礼选取的这个标准也是最佳的穿云角度。他在中国核试验史料中，留下了第一幅穿云取样图。

郭洪礼第三次穿破黑蘑菇云飞临开屏指挥所上空时，他把飞机高度降到了4000米。地面上的人们可以清楚地看到他的机舱。

地面上，每一个人都欢呼着、蹦跳着，猛挥起手臂迎接这在死神身上穿了三个大窟窿的银白色战鹰。

郭洪礼的声音又一次在无线电话筒中传出，他用抑制不住的喜悦向张爱萍报告："'采蘑菇'的任务已经完成！"

张爱萍举起话筒，豪情满怀地向翱翔在晴空中的15503号飞机高声喊道："郭洪礼同志，我祝贺你们机组立下了特等功！"

15503号飞机在开屏指挥所上空歪了歪机翼，向大地致了个深深的敬礼，然后调转机头，向着吐鲁番机场飘然远去，只在天边留下一个渐渐变小了的银白色小点。

当银白色小点也在云缝中隐没了时，罗布泊地面效应场区里便刮起了一阵摩托化部队的旋风——十个效应大队的侦察取样分队展开了对原子弹爆心区的多路突击。

爆心区里，原先那层层叠叠的武器、装备、房屋、车辆、牲畜、粮仓、布匹、蔬菜——此刻都灰飞烟灭，化作了一堆堆废铁、尸首和焦炭尘埃。死一样的沉寂笼罩着茫茫戈壁。在这死寂的戈壁之中，在这些废铁、尸首和焦炭尘埃上面，正飘浮着、粘附着无穷无尽的核射线和核污染物。把这些核射线和核污染物尽早尽快地收集起来，就地进行化验，得出那转瞬即逝的科学数据，正是这次核试验将要向祖国、向人民献上的"金苹果"，也正是共和国总理殷切希望的"全面丰收"之一。

成百辆轻骑摩托，像昔日战场上冲锋陷阵的骑兵，从地底突然冒腾出来，排成紧密的冲锋队形，向效应场中心区狂奔突进。

紧随在轻骑摩托之后的，是吉普车、大卡车组成的车队。

轻骑摩托、吉普车、大卡车组成的纵列，从效应场四周蜂拥而入，在效应场的大棋盘格里纵横驰骋。车队纵列冲破戈壁里凄迷的雾霭，卷起黄沙滚滚的道道烟尘。浑身裹着乳白色橡胶服的防化学分队的指挥员们，铮铮挺立在敞篷车头，挥动出各种手势，指挥防化兵战士在满是狼藉的效应物堆中进行科学测量。防化兵们有的威武地操纵着手中的仪器去探测，有的从容地记录着采集得来的数据……他们，正是他们，在为未来核战争中的大兵团部队探索着安全挺进的通道。

呼应着防化学摩托纵队和车列纵队在场区内的突击，罗布泊外层的高射炮群响起了急骤的射击声。炮弹在黑蘑菇云中炸出朵朵金红色的火花，炮声中飞出一串串白色、红色、黄色的小型降落伞，降落伞从蘑菇云中飘飘坠落下来，吊在伞下面的取样筒在空中晃悠。那模样真像一支跳伞队在进行精彩的跳伞表演。

伞射取样正进行得热烈红火，一大群直升机群从多方位、多层次飞向了罗布泊的天空。有的直奔爆心进行剂量航测，有的绕着蘑菇云悠闲自若地进行摄影，有的去追踪烟云的轨迹进行热线侦察……

罗布泊西面的群山,烘托着西沉的落日,落日的金辉染红了群山。群山和落日都在深情而惆怅地凝视着罗布泊的核爆炸场。

核爆炸场上是一片毁灭的景象。但是,毁灭正铸造着我们民族的伟大和坚强。我们从这里获得了能够同核霸主抗衡的力量和胆气。

1964年10月16日,周恩来宣布我国第一颗原子弹爆炸成功

1962年,周恩来总理在北京人民大会堂曾预言:原子弹是人类创造出来的,人类最终也一定会把原子弹消灭掉的。

我们今天拥有了原子弹,正是为了明天能够把原子弹埋葬掉。

在开屏和马兰,在庆贺我国首次原子弹爆炸成功的宴会上,核试验总指挥张爱萍将军三杯茅台酒下肚,一腔豪情涌上,于是濡墨蘸笔,在一张洁白的宣纸上挥洒写下《清平乐·春雷颂》:

东风起舞,壮志千军鼓。苦斗百年今复主,英雄矢志伏虎。　　霞光喷射云空,腾起万丈长龙。春雷震惊寰宇,人间天上欢隆。

第五章　冒出个"小元宝"

一、"近快战法"失灵了

地空导弹兵第二营从北京紧急出动。

由平板车、闷罐车、货车,"代客"和硬卧编成的第一组合专列,总共32节车皮,大白天急速行驶在张家口到包头转兰州的铁路线上。同往日铁路行军的情形大不一样,在两日两夜的车运途中,除了在银川站补了一次开水、上了一批干粮外,沿途车站一律不许停靠,更不能像往日那样一日三餐都能下车到各军事供用站吃顿热饭。一个营300来号人,只能整天整夜地装在闷罐车里发酵。

在硬卧车厢里躺着地空导弹兵第二营营长何方,他正沉沉地酣睡着。那车厢内外的嘈杂喧哗,那汽笛的骤急长鸣,那车厢在坡道上的颠簸碰撞,对他的瞌睡全都起不了干扰破坏的作用。这个36岁的营长指挥员，因这场紧急出动已经累得精疲力尽了。

何方在地空导弹营蹲了四年多，由他组织指挥的机动转移，少说也不下40次。这机动转移时的撤离阵地、拆装兵器、编组专列、装车卸车的一整套工作，对他来说，早已是轻车熟路，小菜一碟了。无奈，这一回任务来得太急，准备工作的时限太紧，原本要两三天才能办得了的事情，这一次竟限定在一昼夜完成。副营长张广振又在十天前去了兰州，同成钧副司令员一道选阵地去了，他就更少了一个帮手。当他把这个重装备的机械化营弄上了火车，拖着沉甸甸的双腿迈进这硬卧车厢时，他的脑袋一挨着枕头，便打起呼噜来了。

何方是今年5月才来第二营的。当时地空导弹兵第一、二、三营都集中在内蒙古土默特旗设伏。老营长岳振华去师里任副师长兼参谋长的命令公布之日，便是他何方从第一营副营长升任第二营营长之时。他同岳振华在土默特旗办完了交接手续，岳振华正要去师里走马上任，刘亚楼却一个电话找岳振华去北京谈话。刘亚楼告诉岳振华，第二营马上要去福建漳州打RF-101，这家伙飞得低，速度极快，空军从来没打过，那里又是海防前线，斗争情况复杂。"你留下来，打完这一仗再去师里工作吧。"岳振华随第二营到了漳州，一应行军、战斗准备、阵地部署之事，全交给了何方，他就只管坐进指挥车里下决心，发布射击口令。他真幸运，在这里RF-101没碰着，却把蒋介石的U-2"空中飞虎英雄"李南屏一举击落了。

9·25战斗后，刘亚楼对那个在我方雷达网里七进七出的U-2飞行员印象特深，他便设法去摸台湾U-2飞行员的情况。他得到一个消息：自从国民党的U-2飞行员知道共军有了飞弹以后，多数人对到大陆出任务都谈虎色变，这些飞行员的太太更是一听到丈夫出任务便胆战心惊，背地里啼哭起来，唯独有个叫李南屏的"空中飞虎英雄"，竟在人前夸口："我偏不怕共军的飞弹，我敢到他的飞弹阵地上空去闯！"刘亚楼心里记住了这个李南屏。在同岳振华谈话时，他便特别交代："你若是能把李南屏打下来，那就太好啦！"没料想，这一回岳振华打下来的，正是这个李南屏。当然，这是后来才查出来的。当日飞机掉在漳州城外7公里的红板村，飞行员没跳伞，就死在座舱里面了。经过机务人员检查后发现，飞行员座椅底下的弹射炮弹里的火药被掏空了，座椅才弹射不出来。这分明是美国人做的手脚。台湾的几架U-2都是美国人直接维护的，国民党的机务人员压根儿就沾不上边。这弹射炮弹里面火药被掏光的事，显然是美国人存心不让飞行员跳伞才做出来的。这个被美国人害死在座舱里的飞行员，身上没搜出任何证件，也就无法知道他的真实姓名。只有他戴的戒指上刻有一个女人的名字。空军机关的人向以前被俘的国民党飞行员一打听，才弄明白这个女人的名字原来是李南屏的妻子。岳振华打下了李南屏，刘亚楼自然格外欢喜。

周恩来（左三）、叶剑英（左一）听取地空导弹兵第二营作战情况汇报

　　老营长岳振华满载着四战四捷的殊荣离开了第二营，新营长何方却还没有指挥过一场战斗。一个没有战功，不是战斗英雄的人来指挥一支屡建战功的英雄部队，这种军事威望上的超常反差，对任何一位指挥员来说都是一种巨大的心理负担，何方自然也不例外。当时五四三部队干部中流传着一个笑话说，漳州李南屏那架U-2本来是属于何方的，只因上帝对岳振华情有独钟，所以让岳振华把何方手里的胜利捡跑了。何方

对这件事情倒很坦然，他唯一巴望的是能尽快抓到一个战机，尽快捞住一架U-2。

事隔一秋，何方的这个指望终于来了。

前天，空军政治委员吴法宪把三个地空导弹部队营长、政治委员找去，当面宣布："我国第一颗原子弹试验就要开始了。这一炸，U-2一定要来，你们三个营紧急出动，去保卫原子弹的试验。原子弹爆炸的'零'时是个最高等级的机密，为了不过早地暴露目标，所以你们几个营的出动时机，只能安排得靠后一些……"

何方从吴法宪那里得到了这个绝大的好消息，只觉得浑身长劲，脚底生风。

第二营的专列刚刚抵达兰州，原子弹在罗布泊就爆响了。

在兰州市指挥作战的独立第四师师长张伯华，政治委员贺芳齐命令何方："部队立即进入阵地。"

第二营的阵地选定在皋兰山上的上堡村。

皋兰山上有处垭口，是兰州通往临洮的必经之地。垭口上有个十来户人家的小穷村，叫上堡。何方从地图上看，此处海拔不过2300米，可到实地一察看，却是个"蜀道之难难于上青天"的险地。皋兰山北坡的地势陡得叫人惊心。那条盘山而上的土公路就像是挂在悬崖峭壁之上。阵地射界虽然开阔，可要把那又长又重又笨的制导雷达天线、发射架和许多娇气贵重的特种车辆弄到山顶上，确实是个叫人头痛恼火的大难题。当年有辆坦克从半山腰里滑落下去，那钢铁疙瘩在这悬崖绝壁上翻了一连串筋斗，最后落在陡险垂深的乱石沟里，人车都断了气！

何方心里有点疑惑，为什么把阵地换到了这里？张广振早先告诉他，成钧选定的一处阵地名叫一包岔呀！不过，何方这会儿没工夫去深想这改换地点的事，他最要紧的是忙着把部队弄上山去。

他把营里有指挥经验的干部集合起来，加上师里来支援的人员，一个一个地安排在弯弯曲曲的公路上面，每人分工负责指挥一小截弯道上

的行车安全,他竟把这些人"改行"成了"交通警察"。他还请空军机关下来的处级干部、师里领导和科以上干部都站在各个险要口上把关。他又挑出几个最有经验的老司机来,开着高大笨重的牵引车,在连长、排长的陪乘下,一辆一辆地往山头挪,一段一段地朝高处移。待到这几辆开路先锋爬上了顶,摸清摸透了一路的情况之后,他才大胆放手地让全营的车辆,稳当、安全地爬上了高耸入云的皋兰山,开进了像巴掌大的阵地——上堡村,使山上山下每一颗悬着的心都踏实了下来。

罗布泊原子弹的爆响,确实惊动了白宫主人和台湾蒋"总统"的心,他们的U-2,果然接二连三地朝大西北飞来了。

第二营的阵地部署完毕,部队刚进入战斗值班状态,10月31日,一架U-2从兰州东面一包岔飞来。一包岔本是第二营的阵地,后来第二营改到了上堡村,所以这地方成了个空白点,算这架U-2命大,它一路顺风地向罗布泊飞去。

过了20多天,11月23日,又有一架U-2从台湾飞来,飞到武汉上空后,突然折返归去。后来才知道是飞机出了故障。

11月26日,第三架U-2由福建连江入陆,往大西北飞来。这一回,飞机不偏不倚,直愣着对准了兰州市这个大目标,对准了皋兰山上第二营的阵地上堡村。

第二营阵地上,一切都已准备得周全妥帖了——513雷达和松-9稳稳地抓住了目标,导弹及时通上了电,发射架已接同步。何方看得十分清楚——U-2距离阵地50公里时,航路捷径为4公里。这是一个比较理想的射击角度。何方心里一阵喜欢,立即定下了射击决心:"前置法,导弹三发,32公里开天线,31公里发射导弹。"他这个开天线的距离,比岳振华在上饶压的距离还要近点!

当目标到达预定距离时,何方下达了射击口令。他发现第一发导弹起飞后截获角良好,飞行正常,他便立即下令第二发导弹射击!

就在这一瞬间,那个在荧光屏上原本端端正正的大"枣核"亮点却来了个大变形——"枣核"的蓖梳波突然向两端翘了起来，而"枣核"的中心却出了个空缺，原来"枣核"眨眼便变幻成了一个"小元宝"，并且是个漏了底的"小元宝"。

何方大吃一惊——来了什么鬼气？不过，他心不慌，手不软，紧接着发射了第三发导弹。

第一发导弹飞上了高空。

荧光屏上显示出来，导弹的亮点径直奔目标飞去。

接连两响，第二、第三发导弹又先后飞出。

荧光屏上，两个亮点正追在第一发导弹的后面迅速飞升。

何方的心猛撞着胸口。他觉得这心就要从嗓子里蹦出来了！他睁大眼睛，想看清楚那导弹击中U-2的壮观景象。

但是……他分明看见，第一发导弹的亮点从"小元宝"的中心穿越过去，那"大元宝"却并没迸发出爆炸的光团来。

第二、三发导弹的亮点，也步了第一发导弹的后尘。

导弹在遥远的天空传出了自毁的爆炸声音。

何方的心同"小元宝"一齐从荧光屏上滑落下去……

他心里明白——敌机没打中，跑了！

他心里完全糊涂了——为什么这"近快战法"会不灵了？为什么导弹从目标中心穿过时会出来一个"小元宝"？

他向师指挥所报告："消耗导弹三发，敌机未击落。"这是他多么不想使用的语言，是令他多么痛苦的语言，但是，他不能不说。他竭力使自己镇静地说出来。

师长张伯华回话："何方，看清了没有？怎么搞的？"

何方回答："看清了！三发导弹都命中，就是没打着，没说的。"

张伯华师长命令："立即把兵器功能检查一下，保持现场不动，等着上级工作组来检查。"

这是何方眼前唯一要做、唯一能做的事情。

由总参谋部和空军联合组成的一个工作组，第二天中午从北京飞到了兰州。空军副司令员成钧是工作组组长，总参谋部作战部的一位副部长任副组长。单从这工作组的阵容和行动的迅速，可以看得出来，中央军委、总参谋部、空军对这次战斗的失利，态度是非比寻常的严肃。

工作组一下飞机，就直奔上堡村。他们检查了阵地，检查了兵器，检查了作战预案、各种文书、作战标图、电话记录和阵中日记。最后才走进临时搭设的一个帐篷，听取直接作战人员的口头汇报。参加汇报的总共不下四五十人。

何方像个患了重病的人，心情沉重，他强打起精神，走到主席台前："这次战斗失利的责任全由我一个人承担！部队的战斗操作、协同动作、兵器状况、情报通信保证都是好的。射击条件也好，可就是没打下敌机！第二营是一支英雄部队，在前任营长的指挥下，取得四战四捷的胜利，轮到我……我指挥，却打了……败仗！我辜负了上级首长对我的期望，我对不起第二营，我有罪！我愿意深刻检讨自己……"

成钧一脸严肃，咚地立起身来，制止何方发言："现在不是要你检讨的时候。我要你把战斗中发生的一切真实情况，向总参×副部长和工作组讲清楚，要把失败的真正原因找出来……"

按照成钧的要求，何方指着挂在帐篷中央那张放大了的作战标图，还有十多幅枣核形目标变幻成"小元宝"的雷达波形和图像，把战斗经过一五一十地讲了一遍。

何方讲的情况都是真实的。因为空军司令部当时正好有三位参谋在第二营检查工作。昨天从何方坐进指挥椅上的那一刻起，就有一位大尉参谋杨玉田紧挨在他的身后，何方在指挥中的每一个细小动作，杨玉田参谋都看得一清二楚。另外两位参谋，一位是北京军区空军的参谋叫张至树的蹲在指挥所里，观察了战斗的全过程，远方、近方的敌情变化，导弹升空后的情形，他都是亲眼目睹的。还有一位叫周忠本的在松-9车上观察了全部工作状况。这三位参谋都当众汇报了他们亲眼目睹的战斗

第五章 冒出个"小元宝"

情形，证明何方说的同当时的实际情况是相符合的。

成钧紧绷着脸，面色苍白，不喝水，不插话，只一心一意地听着汇报。总参谋部那位大校副部长，也是嘴巴闭得很紧，一言不发。

汇报会在一片沉闷、压抑的气氛中结束。

吃过晚饭，成钧让工作组随师长、政治委员下山去兰州市里大军区招待所休息，他自己却坚持留在山上过夜。

成钧由营政治委员赵彬陪同在阵地上又绕了一圈，回到帐篷里他又把作战班子里的引导技师和三个操纵员逐个找来谈话，对昨天荧光屏上出现的那个"小元宝"，硬是要打破沙锅问到底。

下半夜，何方起床查哨，他从远处望了望成钧单独住的帐篷。帐篷里已经寂静无声，只有一盏暗淡的黄色小灯还在亮着。

这是成钧的老习惯，遇到烦心费劲的事，他就爱在夜深人静时，独自守着一盏孤灯在那里琢磨心事。

何方知道，每次五四三部队要外出机动设伏时，成钧总是领着参战营的副营长先期到达预设伏的地方，仔仔细细地去寻找理想的设伏阵地。他寻找阵地有一套固定的工作程序，先进行室内作业——在墙上挂起大地图，请熟悉当地情况的作战参谋、科长、处长、副司令员来讲解各处的地形、地貌、地物以及交通、通信、民情、风俗。从这样的"纸上谈兵"中找出几个预选的阵地来，然后再不辞辛苦、不顾疲劳地一处一处地去实地勘察，经过这样一番蒸、煮、烹、炸精工细作之后，才拍板定案。在这些日子里，成钧遇到大麻烦时，总是这样"孤灯挑尽未成眠"，一个人在那里推敲他腹中的方案，分解他心中郁结的疑难。

皋兰山的11月，已是冬天。在清洌的霜风中，何方悄悄地走到了成钧的帐篷外面，却又站住了。他不肯去惊扰成钧，只怅然地望着帐篷里那盏昏暗的孤灯发痴发呆。他心想，这位征战万里，年过半百，两鬓已经斑白，抱着一身病痛的老将军，竟在这霜风飒飒、草枯蓬断的大西北高寒山上熬夜，竟在战斗失利的忧愁风雨中忍受折磨……

"这一切,都怪我把仗打砸了……"两行热泪从何方的眼里夺眶而出。

二、检讨会捡回个大宝贝

空军独立第四师在兰州召开了上堡战斗检讨会,除了驻在兰州附近的第二、三营营连干部和引导技师、指挥车操纵员外,远在内蒙古萨拉齐的第一营营长汪林和有关人员也来参加了。

在会上,成钧对三个营长都指名道姓地批了一顿:"上饶、漳州战斗后,日子不好过啊!四个月来没打过一个好仗。你们三个老营没一个打好了的嘛!第一营,汪林,在广西宁明,那么难得的好机会,没把美国佬揍下来!第三营,杜宪照,在遂溪,平时兵器维护不好,打仗时出毛病,用不上,贻误战机!何方,你们这个英雄营,战斗力多么强的部队,这回,在上堡,打得这样糟……我们怎样去向党中央、向军委检讨,怎样向人民交代?"

何方的脑子嗡的一声,挨批得成了一窝糟。上堡打砸了,账是我何方的,挨批挨剋,挨什么,都应该,我认了!可怎么又拉扯着,把第一、三营在宁明和遂溪的事也端了出来?

成钧并不是个性情鲁莽、脾气暴躁的人,平素说话、办事、批评人,总是含蓄、冷静、温和的,总是一是一,二是二,实事求是的,人们都说他有儒将之风。可今天,他一反常态!分明是为检讨上堡失利来的,却又把第一、三营早已处理过了的问题裹到一块来啦!从上堡扯到宁明、遂溪,算新账,又掺和着老账,有这个必要吗?

何方偷偷瞟了汪林一眼,只见汪林那张脸早成了汗淋淋的西红柿。

宁明那一仗,压得这位三八式的老营长抬不起头,翻不了身啊!

何方在第一营当副营长时,一直和汪林在一块搭伙。他知道汪林工作非常勤奋,治军很严,待人诚恳热情,军事素质也不差,作战训练都有一套。第一营部队比第二营还老,是中国最早成立的第一个导弹营,是苏联人一个带一个教出来的。吃亏的是它不如第二营走运，几次打下U-2的好事，全落到了第二营头上。汪林连做梦都在想打U-2的事，可事到临头，还是落得脑袋上碰出个大包来！

何方知道，成钧对汪林一向都很关心，很爱护的。他对第一、二营的表扬批评，总是做到一视同仁，不偏爱第二营，不苛责第一营，有些事对第二营甚至还要严厉一点。第一营在宁明失利后，8月底至9月初，从广西撤回北京，去杨村机场休整。汪林一路上思想包袱沉重，热火攻心，弄得两只眼睛红肿得成了血红的桃子，只好戴上墨镜，一来遮光，二来遮羞。那天，他同政治委员李奎戴着墨镜，低着脑袋，怀着一颗"羞见江东父老"的心，走近了杨村机场大门。突然，他们发现成钧穿着端庄笔挺的将军制服，容光焕发、春风满面地站在大路口上迎接他们归来。汪林同李奎慌了手脚，急忙摘下墨镜，跑步上前，满脸通红地向成钧敬礼。成钧双手攥住汪林的手，高声叫道："快把眼镜戴上！大热天，别让太阳晒坏了眼睛。"汪林激动得泪流满面，成钧宽慰汪林："这有什么呢！这次没打好，下次打好就是喽。兵可挫而气不可挫，气可挫而志不可挫嘛！"这是一代名将罗炳辉的一句名言。抗日战争时期，罗炳辉是新四军第二师师长，成钧和汪林都是罗炳辉的部下，两人对罗炳辉师长都深怀敬重。今天成钧用一代名将的名言来勉励汪林正确对待宁明的失利。

宁明战斗是1964年8月间的事。

1964年8月，美国制造了震惊世界的北部湾事件，并以这个作借口，向越南北方发起了大规模的空袭，同时，还先后派出高空侦察机和战术战斗机侵入中越边境地区，对我国进行挑衅。我国政府和人民坚决支持越南人民的抗美救国斗争。在这个大背景下，地空导弹部队开赴广西宁明地区机动设伏，打击美国佬的U-2。

8月9日9点，美国空军一架U-2由越南南方的边和机场起飞，沿着中越边境由西向东进行侦察。

这架由美国飞行员驾驶的间谍飞机，正好闯进了第一营在宁明的阵地上空。

汪林指挥第一营部队迅速投入战斗。

论条件，这次战斗的机会真是棒极啦。上级对敌情的判断完全正确，把阵地摆在宁明地区这一"宝"押得很准。部队求战情绪挺高，情报保障良好，通信联络畅通……总之，打胜仗应该具备的条件，全都有了。

令人非常遗憾的是，汪林下令接连发射了三发导弹，全没击中敌机。

宁明失利，令空军司令员刘亚楼大动肝火。

本来，历史上没有百战百胜的将军，世界上没有只胜不败的军队。胜败乃兵家常事。第一营一次战斗的失利，犯不上空军司令员大动肝火。可是，第一营这次的失利失得不是时候。当天，8月9日正午，首都天安门广场上，正在举行10万人的示威游行，抗议美帝国主义的侵略行径，支援越南人民的正义斗争。如果空军把这架本来可以打下来的U-2打了下来，肯定会大扬我国的国威军威，大长中国人民斗争的正气，给美帝国主义狠狠的一记耳光，那该有多好！岂不是一件锦上添花的大美事？可是……

正在刘亚楼心烦意乱、冒烟冒火的时刻，有人给他反映，这次第一营战斗失利，是由于制导雷达天线车上加装了个照射天线造成的。勇武果断却性情暴烈的刘亚楼，一听这话，没等查明事情的真相，便下了一道命令，把这个照射天线拆下来！

照射天线被雷厉风行地从兵器上拆了下来，被打进了冷宫。

过了一天，8月10日，由空军高射炮兵指挥部副司令员杨文安率领的工作组乘坐一架小型飞机赶到了宁明，他们来检查战斗失利的真相。

工作组成员文绶处长，带着参谋肖丙元、王笃敬登上指挥车检查机器。肖丙元发现天线收发车方位角发射装置内一个继电器弹簧压力不足，导弹起飞受到震动，继电器接触点脱离，高压中断，导弹失去指令控制。电工们称这种故障叫跳高压。导弹打飞了是跳高压造成的，这与兵器上安装照射天线无关。

造成战斗失利的真正原因水落石出了，但是照射天线依旧被打在冷宫里。这桩公案，当时便被淡化处理，不再提了。就是在这次上堡战斗失利的检讨会上，成钧也只提及宁明失利这件事，并没提到照射天线的问题。

但是，照射天线是个精灵，你不去找她，她偏来找你。她是从成钧的一席话里跳出来的。

成钧在会上对营长们说："这几仗没打好，对上级、对党中央、对军委、对总部首长，天大的责任，我一个人包了，没有你们的事！空军党委分工我管五四三部队和国土防空的事嘛！空军党委决定，对你们不追究责任。可是，我把话说清楚，不追究你们的责任，不等于你们没有责任。你们是有责任的！是你的责任，你跑也跑不掉的。现在，你们的责任，就是把战斗失利的真正原因找出来，把改进的办法找出来……做不到这一条，不收兵！"

成钧的这番话，说得很重，大伙都感到了沉重的压力。成钧的那颗心，大伙也都感触到了，那是滚烫滚烫的。他那个收兵和不收兵的条件，大伙更是不敢含糊。

北京军区空军技术处参谋张至树去看望成钧，他是成钧在防空攻陆两用军（简称防空军）时的兼职文化教员，辅导过成钧数学、物理知识，两人平素情感颇深。闲谈中成钧知道张至树也参加了上堡战斗的全过程，便问他对这次战斗失利的真正原因有什么看法。张至树说，原因就在荧光屏上那枣核形箅梳波突然变成了"小元宝"上面。成钧问枣核形箅梳波变成了"小元宝"是什么缘故？张至树说可能是这架U-2上新安装了个叫回答式干扰机的装置。这东西的实物，他没见过，只是从进口的外国科技杂志书报上读到过。成钧从这次闲谈中受到了启发，便把空军司令部研究电子战的技术干部王笃敬、肖丙元、田在津叫到兰州，让他们几个人共同弄清回答式干扰机是个啥玩意儿。几个人一看一问

一查，到底把这回答式干扰机的一般工作原理、机制和功能初步弄明白了。

回答式干扰机的工作原理同先前那预警装置正好相反。预警装置的原理是接收到萨姆-2的信号后，便向飞行员发出告警信号，让飞行员迅速采取规避动作，脱离导弹的攻击，它属消极被动型的。回答式干扰机是在飞行员接到预警装置发出的告警信号后，立即打开干扰机，由干扰机发出一个假信号，沿着我制导雷达天线电磁波束反馈回来，在荧光屏上显示出一个假目标——"小元宝"来，让你的导弹瞄准这个假目标射击。你瞄得越准，就打得越偏，这属于积极主动型。

闹腾了半天，到底闹出了这么个新玩意儿——回答式干扰机来。何方在上堡栽了一跤，就是栽在这个鬼东西手里。

成钧问田在津："对付这干扰机有什么法子？"

田在津回答："上次四机部（全称第四机械工业部）王铮老将军叫人突击搞出来的那个照射天线——反电子预警2号，可以使这种回答式干扰机不起作用。"

成钧问这是什么道理。田在津告诉他，照射天线能使敌人的预警装置收不到我们制导雷达天线的信号，他的飞行员得不到告警信号，就不会去打开他的干扰机嘛！

啊，照射天线，绕来绕去，又绕到了这个照射天线上面！

上饶战斗后，空军高射炮兵部处长文绶同参谋田在津坐飞机赶到前线，从U-2残骸中找出了那个预警装置。田在津回到北京后，约同参谋肖丙元等人对这宝贝玩意儿开膛剖肚，来了个庖丁解牛式的剖析，彻底弄清了这东西的机制，他们便针锋相对地设计出了一个反电子预警装置来。不久，田在津、肖丙元等人又在第一个反电子预警装置的基础上，加以改进，构想出一个更新更好的方案。这个新方案的技术复杂，工艺要求高，只有四机部某工厂才能做。在四机部部长王铮老将军的全力支持下，四机部某工厂科技人员和工人奋力拼搏、合力攻坚，本来规定三个月才交的货，只用了56天便制出了样机。样机装在第三营的兵器上进行试验，效果良好。空军便决定把第一套照射天线装配在第一营的兵器上面，并正式命名为反电子预警2号，而把先前那个定名为反电子预警1号。1964年8月9日，第一营的兵器上安装着反电子预警2号——照射天线到广西宁明设伏，在战斗中由于收发车天线出现跳高压事故，造成战斗失利，被拆除下来，使这个照射天线落了个"出师未捷身先死"的下场。上堡失利后，王笃敬、田在津、张至树、肖丙元查明敌人U-2上安了回答式干扰机的情况，连带着又把这个蒙冤受屈被打进了冷宫的照射天线扯了出来。

该来的，总是要来的！

上堡战斗检讨会"收兵"后，成钧决定亲自验证一下照射天线是不是妨碍导弹发射的问题。

他让田在津把打入了冷宫的照射天线取来，重新安装在第三营的兵器上，让杜宪照带一发导弹进入青海湖边的一处阵地待命。

成钧同张伯华、贺芳齐、岳振华，还有王笃敬、田在津、张至树、肖丙元等一干人，来到青海湖，观看安装了照射天线的导弹发射。

12月的青海湖，湛蓝碧靛的湖水凝敛得如同一个琉璃世界，绵延几百里的祁连山覆满了白雪，高入云霄的日月山冻成了一座险峻的冰峰。没有风，浸凉的寒气却逼得人牙齿直打战。

成钧披着一件高寒区战士特殊享受的老羊皮大衣，戴一顶蓬松的牦牛皮帽，脚上蹬着一双翻毛大头军靴，站在湖边一处寒气逼人的小高地上。他心脏有病，不适应青海高原缺氧的气候。他便一面吸着保健医生带来的氧气，一面聚精会神地眺望着青海湖的上空。

青海湖上空，万里无云，天空显得格外高远辽阔。山上隐隐约约滚动的寒流，回荡在峰峦起伏的冰山雪岭之间。这情景令人想起唐代诗人王昌龄的边塞诗来：

青海长云暗雪山，孤城遥望玉门关。
黄沙百战穿金甲，不破楼兰终不还。

古人和今人，诗人和将军，在边塞生活中蕴涵着的豪放的悲壮情怀，原是百代相通的啊！

成钧身后不远处，便是第三营的营指挥所。

9点35分，营指挥所的无线电里传来了一个声音："伊尔–28，一架，9点34分起飞……"

成钧冻得铁青的脸上绽开一丝笑容。

这是酒泉机场指挥员的报告。成钧命令这架轰炸机拖带一具专供萨姆–2实弹打靶用的靶标机，从酒泉向青海湖上飞来。

杜宪照指挥部队"进入一等"，又命令近程雷达注意搜索，接着便是"导弹通电"，"发射同步"……一营人俨然如临大敌。

成钧指派空军司令部来的参谋杨玉田、张至树、周忠本和独立第四师的干部，严密监督着这个营的每一个部门和每一个战斗动作，看看它还贻误战机不？

"来啦，来啦！"站在营指挥帐篷外面的观察员们忽然呼叫起来。

从祁连山雪岭的云缝里，冒出一架喷气轰炸机的小黑影，还有嗡嗡的发动机的声音。

轰炸机越过祁连山后，稍稍降低了一点高度。

飞机临近了湖面上空。这时，人们便看见那飞机尾后一根纤细闪光的绳索，紧拉硬拽着一架模型玩具似的小飞机。这模型玩具似的小飞机，便是专供萨姆–2实弹打靶之用的靶标机。

银光熠亮的伊尔–28轻型轰炸机，对准青海湖心的小岛，向湖东面的乌拉尔后山飞去。飞机在空中平稳、从容地飞着……模型玩具似的小飞机也服服帖帖地跟随着前进。

蓦地一下，轰炸机机翼在空中摇晃了摇晃，机身微微颤抖了一下，随着便发出嘣的一声车响。

轰炸机轻松地向上爬高了些。那模型玩具似的靶标机,却在空中飘摆着,同轰炸机脱离开来。

靶标机同母机拉开了距离,越离越远……

砰的一声,一团鲜红的火焰,从第三营的发射阵地上腾空而起。

火焰拉成了一条赤亮的火龙,火龙扑向那正在飘摆的靶标机。

萨姆-2在高空发出一声爆响。

靶标机同导弹拥抱在一起,腾空化作了一团星光飞溅的火花。

田在津飞跑到成钧面前报告:"导弹击中目标。发射车一切正常。"

成钧大笑起来,他长长地吁了一口气:"行啦!"

一度打入了冷宫的照射天线,重新回到了自己的战斗岗位。

上堡战斗失利的检讨会,捡回了这个大宝贝。

成钧离开兰州时,特地跑到第二营去看望了这支英雄部队。"只有胜不骄,败不馁,跌倒了爬起来再跑,经得起摔打的部队,才算是真正的英雄部队。三过硬,四过硬,这一条过硬了,才算是真正的英雄。"面对这支足迹踏遍了大半个中国、打得国民党U-2飞行员闻风丧胆的300精兵,成钧抛下了这几句话。这其实也是他自己戎马生涯的写照,是从他心灵深处飞出来的一片真情。四过硬就是政治思想、作战指挥、战斗操作、兵器保障四个方面都过得硬。这是漳州战斗胜利后成钧对第二营的最高评价,也是对地空导弹部队建设经验的一个概括。

对何方,他只做了这样的交代:"根据我们的初步检查,看来你这回好像是碰上了人家电子技术的干扰。是不是这样,暂时不说,我还要看看。你尽管大胆放手地干吧!错了,能改就行。"

他没有给何方一个铁定的结论,倒给他留了个小小的尾巴。

三、萨拉齐的雪莲花

火车刚到包头车站停下，汪林便急忙跨出车厢，向出口处奔去。张广振、第一连连长同作战班子里的四大主力，紧追在他身后。

一辆嘎斯69把他们一行人拉出了市区，拉上了土默特旗的公路，向萨拉齐疾驰而去。

塞北的原野，已是一片茫茫白雪。灰惨惨的浓云，紧压在大草原上空，苍天和大地间的距离被压缩得靠近起来。从阴山群峰间刮出的寒风，把草原上的积雪卷起，抛向空中，腾起一团团白雪的旋涡。村野小镇萨拉奇匍匐在翻腾滚动的白雪旋涡中间。

离萨拉齐小镇几里远的地方，一片空荡荡的原野上出现了地空导弹兵第一营的帐篷群落。20世纪60年代，中国空军的导弹兵机动作战时，整年整月都生活在这种特制的防寒帐篷里面。在漫天皆白的旷野里，第一营的帐篷群落，像是生长在大草原的一蓬蓬雪莲花。

汪林双脚刚踏进帐篷，便通知全营的指挥干部、技师、操纵手们赶快到营部来。他心急火燎地要抓紧研究反敌人回答式干扰机的办法。

在兰州开会时，他让制导连长刘显威领着引导技师和指挥车的三个操纵员，找到第二营的同行们，把敌人回答式干扰机留下来的波瓣描绘下来，还询问了战斗过程中一些画不下来的情况。此刻，他把这十来幅波瓣图形悬挂在营部帐篷里面。小小的营部帐篷居然打扮得像个彩旗招展的俱乐部。他让制导连长、技师、操纵员对每一幅挂图上的波形、图像，它们在战斗过程中的变幻情况，它们对制导雷达天线造成的干扰程度，一一讲解清楚。这些解说，简直像幼儿园的阿姨给娃娃们讲科幻故事一样，让满帐篷的眼光全盯牢在这些海外奇谈式的挂图上面。

"对敌人新使出来的这一招，就要看我们能不能找出对付的办法了。

这直接关系到我们下一次战斗的成败胜负啊!"汪林的声调滞重、干涩,使人听得出他胸中在隐隐作痛。只要一提起"成败胜负"这几个字,他的神经就似乎特别敏感。宁明那一仗,留给他心灵的创痛太重、太深了!

"空军成钧副司令员在兰州会上讲过一句话:'既然没有不能干扰的雷达,也就没有不能反干扰的干扰机。'"峰回路转,汪林突然把话锋转到了成钧的这句话上。

成钧的这句话,是在同田在津对话时说出来的。当田在津向成钧解释回答式干扰机对我们制导雷达所起的干扰作用时,讲了一句"没有不能干扰的雷达",成钧把田在津的话接过来,像文人对楹联似的续成了后面这一句。他两个,一个上尉参谋,一个中将副司令员;一个讲的是现代电子科学知识,一个讲的是军事辩证法思想。他俩凑成的这一对联句,对汪林产生了重大的影响,汪林说:"这句话,对我很有启发。我们现在就是要从技术和战术两个方面来动脑筋,来对敌人的回答式干扰机进行反干扰……"

营政治委员李奎走出帐篷,冒着漫天飞舞的鹅毛大雪,钻进每一座帐篷里去找党员、团员谈话。在第一营的作战班排里,除了党员、团员,剩不下几个群众了。

"……这一回,豁出身上掉几斤肉,也得把这个技术关攻下来……不能再搞一次宁明啦……"

李奎同汪林患着同一种"心绞痛"症。汪林一提起"成败胜负"几个字就神经敏感,李奎一碰到"宁明"这地名,心里便焦麻火辣得难受。平日里,两人都是"绕道走",尽量避开这叫人头痛、叫人恼火、叫人悔恨的冤家对头似的字眼。可这几个冤家却偏爱在你绕不过去的地方拦头挡住你的去路。李奎深知汪林同自己是同病相怜的一对,汪林心灵上的创伤也就是他自己隐藏得很深的一块心病。他明白,这种创伤不是随着时光的流逝可以冲淡的,也不是战友、亲人间的肺腑之言所能抚慰平复得了的。能医治这创伤的灵药只有一味，那就是新的战斗胜利。在天寒地冻的塞外原野里跋涉，李奎猫起身腰钻进深掩在冰雪中的帐篷里去，他同党员、团员们推心置腹地交谈，用自己燃烧着的心灵去点燃战士胸中的烈火，为的其实只是一件事——跟汪林同心协力去打好下一个翻身仗。他同周围同志闲谈时，嘴巴上常常流淌出一个笑话："我们是同坐在一条船上的啊！打了翻身仗，大家抱在一块，喝酒；打不好，翻了船，大家也抱在一起，喝水！"

营部帐篷里的紧急会议开完之后，回答式干扰机这精灵简直疯了一样折磨着第一营人的心。不但每一座帐篷里、每个岗哨上，白天走路、夜晚睡前的闲聊中，总把这"妖精"挂在嘴上，就连天上偶尔飞过的麻雀，雪地里蹦跳疾跑的野兔，也都成了大伙吆喝追赶的"干扰机"。清晨，战士们挥起铁锹铲雪时，总要先在晶莹洁白的雪上画几道干扰波的波形，午夜战士们收哨回来睡觉前，也要拿树枝木棍借着火炉的光焰在地面画几个干扰波的图像。

汪林同他的作战班子制导连长刘显威、第二排排长苏焕成、引导师张夫达和三个操纵员，整日整宿地泡在一起。在冰冻得成了冷库似的防寒帐篷里，他们一边啃着结满了冰碴的窝窝头，一边想着那浑身鬼气的"小元宝"。

在显示车人员住的帐篷里，汪林发现每个人的床头也贴着这种奇形怪状的"小元宝"。甚至帐篷中央的火炉壁、炉旁的空地上，也满是这些波形和图像。他询问了显示车上的每一个人，发现大伙儿不但记清了回答式干扰波的形状和特点，甚至还找出了这些干扰波信号滞后于U–2真实目标信号的一个大弱点，显示车技师正引导大伙儿兴味盎然地在研究利用这个弱点去抓住U–2真实目标的方法。

晚上，汪林接到了田在津从北京打来的电话。田在津告诉他，成钧在青海湖亲自检验了照射天线。空军党委决定恢复使用这个电子系统，并且正式命名为反电子预警2号。成钧交代把第一套照射天线依旧装在第一营的兵器上，要求第一营保证在下一回作战中用好它……照射天线由田在津护送，明天早上由北京动身。

汪林乐得跑出帐篷，站在漫天雪地里大笑……

田在津护送照射天线到了萨拉齐，汪林捧起这宝贝细细端详了一会，两眼湿润，却一句话没说。

照射天线重新安装好了，一试，这天线发出的电波，果然能使制导雷达天线的电波每秒15周±10摄氏度的扫描被隐蔽起来，使制导天线既抓住了目标，又迷惑了敌人，造成敌人的错觉，也使萨姆-2达到隐蔽突然、攻敌不备的目的。

正在大伙儿为照射天线的"特异"功能感到欢欣鼓舞的时刻，显示车上的技师却来报告："制导雷达的波瓣变窄了！"

汪林只哎哟了一声，便同田在津一道钻进了显示车里。

制导雷达的波瓣变窄，这可不是闹着玩的。波瓣变窄就会给显示车捕捉目标和发现目标造成极大的困难，甚至造成战斗失利的严重后果！这样的事，对于第一营来说，那就是雪上加霜。

汪林同田在津在显示车、制导雷达、松-9、警-11雷达（以下简称警-11）车上，反反复复地折腾了不知多少个回合。他们废寝忘食地琢磨着这些雷达发射出来的种种电波，电波一圈又一圈地投向了他们的胸间，环绕着他们的大脑旋转。……波波波，像海上的波浪一般，起起伏伏，汹涌不已，他们的心就在这电子海洋的波浪间浮沉。

不知经过了多少回由希望到失望，又由失望到新希望到再失望到再希望的循环往复，不知熬过了多少遍由分析到综合，又由综合到分析到再综合再分析的摸索追求，终于，他们发现了三种不同程式雷达之间和谐协同的奥秘。他们掌握了各种电波产生误差的规律，于是一个三种雷达密切协同动作的方案诞生了。一个保证在战斗中打开制导雷达天线便能一下子抓住目标的操作程序，流出了他们的胸间，流到了第一营的训练计划上，流进了警-11、松-9、制导雷达战士们的心田……

第一营在积雪没径的阵地上，开展了雷达的协同训练。经过多次反复苦练，三部雷达操纵手的动作配合达到了密切和谐的程度，窄波造成的困难被彻底排除。

由新技术引发出来的新的训练，也发生在敌我之间。

第一营10月初进驻萨拉齐阵地后，U-2曾利用黑夜两次飞到西北腹地侦察。空军情报部门通报：罗布泊原子弹试验爆炸后，美蒋在U-2上新增加了红外线侦察仪器，这种红外线装置使U-2高空摄影机在夜间拍下的照片，甚至比在白昼拍的还要强些。白天拍的原子弹工厂，只能拍下工厂的外貌；夜间红外线照相，却可以拍到工厂中放出的散热物体，能得到昼间照相得不到的资料，透过专门的检视仪器，可以清晰地判读出这些散热物体来。

道高一尺，魔高一丈。电子战的大潮，一波未平，一波又起，一浪高过一浪。

汪林作出了一个果敢的决定：全营在零下20摄氏度的严寒里，突击进行夜间训练。

暮色苍茫，北风呼啸。

第一营的战士们从沉甸甸的防寒帐篷中冲出来，身上披着老羊皮防寒大衣，在雪地里奋力奔跑。风把他们的老羊皮防寒大衣的衣襟撩开，一队队扑上阵地的战士，像月黑风高的天上飞掠的大鸟。

阵地上，响起了第一部柴油发电机的轰鸣声，接着，响起了第二、三部柴油发电机起动的声音。发电机是阵地的心脏，随着这心脏激昂的搏动，整个阵地便呈现出一派生机勃勃的气象。

汪林站在天线收发车上，沉静地望着操纵员在进行夜间水平规正和标定的演练。操纵员背后立着他的排长，排长一手亮起一只小小的手电筒，灯光照在水平仪上。另一只手里攥着秒表，像是运动场上的裁判员。

在簌簌的寒风中，操纵员快速地褪下了戴得严严实实的长筒手套，露出那双粗糙僵硬的手来,那肿得像胡萝卜的指头上,布满了一道道鲜红的血口子。操纵员两眼瞅住圆形水平仪中心的一个个漂浮晃漾的水平气泡,双手既稳又轻地挪动着水平仪,把最中心的那个大一点的水银气泡严丝合缝卡在一个刻度上面。

"停。"排长轻喝了一声,声音中洋溢着欢喜。

汪林点了点头,对操纵员娴熟老辣的技艺,表示了他的赞许。

汪林转过身来,朝发射阵地远望过去。

发射阵地沉浸在一阵镇静而忙碌之中。

每个发射架前,都停靠着一辆导弹装填车,装填车上尖细长喙的导弹正向发射架上填进。发射架两侧排列着队形严整的装填兵,他们一个个甩掉了老羊皮防寒大衣,脱去了翻毛皮防寒手套,赤裸着的一双双大手,紧紧地粘贴在粗大的钢铁架上,操练着发射架夜间标定和水平规正规定的动作。坐在发射架尾后的操纵员把犀利如剑的导弹,悄然地指向了夜色茫茫的苍穹……

汪林觉得自己的血管里有火在燃烧——可这是零下20摄氏度的寒冬!那发射架的钢铁上面已经冰冻得能把人的手粘住,能叫人感受到钻心透骨的疼痛!他们用不畏寒冬的行动,用沸腾的热血和赤诚的忠心来高奏《义勇军进行曲》的最强音:"用我们的血肉,筑成我们新的长城!"

四、寒夜高空的游猎

过了新年元旦,日历翻到了1965年。

朔风从阴山峰峦的垭口里奔突出来,在大草原上打旋。这里正是塞外边陲的严冬季节。

躺在营部的防寒帐篷里,汪林睡不着。

帐篷里还安放着三张行军帆布床。营政治委员公差外出,那张床空着。另外两张床上睡着副营长苏彦林和一个担负给火炉添煤的通信员。两人都从白天的劳累中进入了甜甜的梦乡。

夜里,草原上刮起了大风,吹得防寒帐篷啪嗒啪嗒地震响。

由解放军总后勤部工厂特制的防寒帐篷,到了这塞外寒区便全不顶事了。草绿色帆布的外层上早结上了薄薄的冰凌,冰凌被朔风扇呼得碎裂开来,碎裂了的缝里又被雪花和冰珠沾满了。于是这帐篷的外层便成了一副缀满冰花的"雪甲"。"雪甲"抵挡不住狂风的侵袭,那钢针似的风透过马毛和棉絮结成的保温层钻进了被窝。汪林把身子紧紧地拥裹在棉被军毯和老羊皮防寒大衣里面,可那穿着绒布衫裤的身体还是觉得像一丝不挂地被抛在冰窟窿里面。那朔风还夹着草原上的尘沙,扑打着"雪甲","雪甲"发出了战栗的喑噎,像海浪在冲击沙滩,沙滩被踩蹭得发出断断续续的呻吟一样。帐篷剧烈地摇晃着,那土腥味特浓的沙尘便把帐篷里本来污浊难闻的空气搅和得更叫人呼吸艰难、头脑胀痛了。汪林拿过枕边的长毛皮帽戴上,把帽翅拉直,系好带子,保护住自己的耳朵和脸颊。他又摸出一个大口罩,把嘴巴和鼻孔遮住,还不时转动自己的胸背,让被吹得冰透了的一侧转过来向着火炉烤烤。他尝够了这种"火烤胸前暖,风吹背后寒"的滋味。

掐指算来,他这一营人,在萨拉齐这地方,一待就是大半年啦!日子过得真快,可这日子过得太不顺心。1964年3月,是内蒙古大草原草绿花红、羊群放野的时节,他们到这里设伏。当时成钧给大伙儿分析过斗争形势:美蒋U–2入窜大西北,对原子工厂和核试验基地照相,这是一定的。它要来,只有三条路,一是从台湾直窜西北;二是从南朝鲜起飞,经东北、华北入窜西北;三是从越南的砚港、西贡,或者泰国的曼谷、清迈,经中缅边境入窜。正是从这个分析出发,成钧认定这包头外围是块极有希望的设伏之地。春天,他把三个营集中到这里来"押宝",押在黄河河套里,等候那高空的来客。但是,一直等了几个月,敌机根本不来。8月间,第二营从这里出发去福建漳州,一举打下了蒋介石的"空中飞虎英雄"李南屏,部队立了大功,得了"英雄营"的光荣称号。第二营受到毛主席和党中央领导同志的接见。尔后,轮到第一营上阵,也从这里机动出发到了广西宁明。第一营300多号人,在毒热潮湿的热带丛林地里,总算熬到了一次难得的战机。可是,事与愿违,打了个糟糕透顶的败仗。10月间,罗布泊原子弹爆炸的前三天,三个营一齐出动,第二、三营去了兰州。第二营在上堡,脑袋上碰了个大包,而第一营却又回到萨拉齐,空等到了今天。在新的一年里,第一营的日子该怎么过?

汪林心里明白,这处阵地是成钧特别看中的,是轻易挪动不了的。第一营三番五次出去了又回来,这都是成钧的主意。尽管成钧的打算一次次落空,他却全不在乎,老是对第一营说:"耐心点嘛。"耐心,耐心,他这个营在这里从去年耐到了今年,今年还要耐下去吗?

午夜过后,风势渐渐减弱。浑身冻得僵硬发抖的汪林从帆布行军床上翻身下地,穿好衣服,撩开帐篷,提过一把铁锹,从齐腿深浅的积雪里铲出一条路来,出去查哨。

在寒星的映射下,他恍恍惚惚地发觉帐篷群变形了。

他趋近一看,大喊起来:"不好!"

一阵警号,一片哨声,沉睡中的一营人从冰雪寒风中惊醒过来。

夜晚的狂风暴雪,把一座座端端正正的帐篷都快要压歪压陷压坍了!狂风暴雪,对第一营在萨拉齐的生存构成了严重的威胁;对第一营在萨拉齐的设伏造成了极大的干扰。

在密集的手电光束里,每一座帐篷都成了战士们为保卫自己生存而冲锋陷阵的堡垒。他们手中挥舞的铁锹和大笤帚,成了粉碎风雪干扰的"照射天线"和"水平规正"的武器。在暗夜中飞落的雪花溅落在战士们的身上,一个个成了雪人。

营部广播室里播出了歌剧《江姐》,激越昂扬的歌声在寒风里飞扬:

……千里冰霜脚下踩……三九严寒何所惧，一片丹心向阳开……

云开日出，暴风雪已经过去。

美蒋的U-2终于从千里之外的云天飞来了。

1月10日下午1点，一个电话从北京打到了萨拉齐："有情况。17点30分前做好战斗准备。"

长途电话，军事机密，点到为止。其余的，尽在不言中。

这个点到为止的星星之火，点燃了战士们胸中的燎原烈焰。

夜战中最重要的兵器检查、油机发动和保暖加温，通信线路的调试……所有战斗准备项目，统统在空军限定的时刻之前百分之百地完成了。

十年磨一剑，现在是及锋而试的时候了。

天色刚刚擦黑，第一营指挥所收到了6041批敌情通报："U-2飞机，一架，高度2万米，时速750公里，从东海向青岛直飞……"

敌机从济南和北京之间穿过……

敌机进入山西，从山阴南面奔内蒙古托克托前进。

托克托直线前飞，便到了包头……

U-2距离第一营阵地640公里时，营指挥所便提前准备"进入一等"。

汪林又一次坐进了他指挥战斗的座椅上。

U-2距离第一营阵地350公里时，汪林命令部队"进入一等"。

天色已经变得黑沉沉。大草原凝固在寒冷的寂静里。

一营人在严寒里等待战斗。

在保存下来的作战标图上，我们看到，从晋西北的山阴到内蒙古托克托之间，标有一条蓝色的U-2飞行航迹，航迹两侧插着一块块长方形的标记，像现代高速公路两侧的路标。这些长方形的路标上，标记着敌机U-2一步一步飞向天国的路程。现在摘抄几段如下：

距离253公里，营警-11雷达发现目标。距离210公里，部队一等好。

距离129公里，制导雷达第三次功能检查。

距离66公里，松-9雷达发现目标。

距离57公里，营指挥员汪林定下射击决心：前置法，导弹三发。

距离44公里，航路捷径12公里，营指挥员汪林命令：打开制导雷达天线，当即发现目标。

距离34公里，航路捷径12公里，遭遇线24公里，营指挥员汪林命令：按2、3、1顺序，发射导弹。

三发导弹发射的结果，第一、二发命中目标，第三发飞越目标自毁。

这些军事文书，非常精确、简明，却有点平淡枯燥，像一具美人遗留下来的骨骼，完全失去了丰腴的体态。只有当日生俘的U-2飞行员张立义的供词，对这次遭遇飞弹攻击的叙说才稍稍流出一些色彩。

张立义，36岁，原籍南京，国民党空军第六大队第三十五中队少校飞行员。1949年随家人逃往台湾。在国民党空军总共飞行了3700多小时，算得上空中的老油子了。他先后飞过F-47、F-84、F-86、T-33等型飞机，任过飞行分队长、大队作战官。1964年2月，他被选调赴美国空军4080联队接受U-2飞行训练，四个月后返台。在U-2上执行过五次入大陆侦察照相的任务。仅在1964年10到12月间便三次到大陆侦察，受到了蒋介石的两次接见，并被评为本年度的"克难英雄"。罗布泊原子弹爆炸后的第二天，10月31日，从兰州东边一包岔上空飞过的那架U-2就是由他驾驶的。那一回他那架飞机上没有装干扰机，可惜的是何方的第二营不在一包岔，也算他命大。1965年1月9日下午，他正在桃园飞行俱乐部里玩高尔夫球，队长找到了他，说："有任务"。他问："是现在?"队长说:"明天。你现在准备一下。"他随队长进入作战室,接受了入大陆进行夜间侦察照相的任务。按照美国顾问定下的规矩,飞行员受领任务后便不能再同外人接触,包括自己的家属在内,连电话也不许打。他在作战室外面的一间小房内独自休息了一晚,有个作战官不时来看看他的飞行准备状况。这一夜,他非常想念他的妻子家淇、三个孩子和岳父母。他同他们已经多日没见面了,春节眼看也快到了,他盼望今年春节能同他们团聚,过一个和和美美的团圆年。去年他去了美国,没有同他们一块过年,今年的春节他心想要一并补上。他已经安排好了春节回东港同家人过年的事,连给妻子和儿女的礼物都准备好了,而且全是在桃园飞行俱乐部服务台上挑选来的上等礼品。没想到偏偏在这个时候摊上了这个任务。他知道太太最担心的就是这件事。第三十五中队同事们的太太最担心丈夫到大陆去出任务。陈怀身、叶常棣、李南屏到大陆中了共军飞弹的事,太太们一提及就怕得要命,没一个不伤心叹气的。不过,他不愿去多想这方面的事。多年的军营生活使他养成了良好的习惯——临到熄灯时刻,他只要往床上一躺,灯一灭便能酣然睡到天亮。

第二天,1月10日19点,张立义驾驶U-2从桃园以北出航,贴着海面低空飞行,躲避大陆的雷达。飞机进入杭州湾上空时,天色已昏暗了下来。他严格遵守规定,保持无线电静默,但他心里感到一个人在夜间飞高空,太清冷孤独。驾驶着U-2到大陆去侦察,飞行员自己并不知道要飞到什么地方去,并不知道要干什么事,只是按照规定的航线飞,到时候看看表,对准方向、角度,保持好高度。一个有血有肉有情有性格的男子汉到这分上,真的成了个按按开关、旋转电钮的机器人了。一次长达七八个小时的飞行,尿都能把人憋死!

飞机在黑夜中飞行,在密封的座舱里,除了面前闪闪发亮的仪表和发动机单调的响声,他什么也看不见、听不见。他一看仪表,才发觉飞机已经进入了山东半岛上空。他得处处提防共军的飞弹了!尽管昨天作

第五章 冒出个"小元宝"

战官给他讲解航线时说过，这条航线上没有共军的飞弹，但他心里明白，那净是糊弄人的鬼话，哪一次U-2出任务时，当官的不是这样讲的？去年10月26日，飞到兰州上空吃了飞弹险些丢了老命的那位同事，回到台湾后，就拿这一条把柄，同中队长、大队指挥官大吵了一场："你们说，没飞弹，没飞弹的，这飞弹是从哪里来的？"那同事借着这事，吵着闹着，终于调出了第三十五中队，改飞民航机去了……他一面想着这些，一面便打开了第十二系统的开关。他看见仪表板上那盏橘黄色的小灯亮了，这是个安全的信号，地面没有飞弹，他便大胆地往前飞。他睁大眼睛，一刻不停地望着那第十二系统的红绿灯和荧光屏。在张立义心中，这个预警系统才是他唯一可亲可敬的保护神。他只要见到这红绿灯一亮，听见耳机里有嚓嚓的响声，就知道共军飞弹快要来了，他可以立即采取规避动作，摆脱飞弹的攻击。还有，只要共军的飞弹一来，那荧光屏上就会出现一个由圆心向外扩散的亮带，荧光屏上有几条亮带，便是表示地面有几部搜索和跟踪的雷达电波照射到了自己的飞机上。这个系统确实增强了他飞行安全的信心。张立义还知道，美国人还为他这架U-2新装了一个第十三系统。这个系统是专门用来干扰共军飞弹的。美国教官亲口告诉他，当这个系统接受到地面雷达的电波照射时，座舱内的指示灯便会一闪一闪地发亮。这时，他只要参照第十三系统发出的警告信号，伸手去扳动第十三系统的操纵电钮，第十三系统便会自动发出一个假的干扰信号，使共军飞弹不能击中目标，他便可以同时操纵飞机转弯逃脱。张立义对美国的先进科学技术一向佩服得五体投地，他相信今天这飞机上的两套系统，一定能使他从大陆上空安全地飞回去。他还知道有这种新系统的飞机，在台湾也只不过两架。一架就操纵在他的手里，他为此感到自豪。在这种自信中，他便开始给第十三系统通电加温。他要保持这宝贝系统始终处于良好状态。

U-2飞到了内蒙古地区上空，呼和浩特电台发出的信号格外清晰，张立义好不得意，共军这清晰有力的信号被他利用来为自己导航哩。他

看了一下表，再有一刻钟就可以完成红外线照相任务，就可以返航了。于是，他检查了一下飞行航线，方位、角度、高度一切正常，他立即打开了红外线照相机，开始进行U-2夜间红外线高空照相。

这个夜间红外线照相，张立义后来在供词中说："这架U-2上新增设了两种照相机，一是D-2型，在昼间用于特定目标的照相。一次通过目标收容宽度较窄，只有27公里，半径13.5公里，但它拍出的照片比原B-1型相机拍的照片清晰。这种相机在第三十五中队只在训练时试用过，还没有用于执行侦察任务。二是F-2型夜间用的红外线照相机，照相收容宽度半径为23.5公里，主要用于侦察原子工业。美国人说，夜间红外线照相是放射一种电波到地面，先聚光进行照相。照相是将许多光线照下来，然后用仪器判读，用肉眼是辨别不清楚的……"

在U-2进行夜间红外线照相时，张立义的头脑格外清醒。这个飞行素质极佳的飞行员，在这个重要关头非常冷静沉着。他机灵地操纵着自己的飞机，一面加大油门，取直线对准目标区全速飞去；一面不眨眼地望着第十二系统，注意、音响、荧光屏上有什么信号反应。

第十二系统始终沉默着。没有出现红绿灯的警告，耳机里也听不见那惊心动魄的嚓嚓声音。荧光屏上更不曾出现亮带。

张立义没有发觉，也没有想过，当然也不可能知道，此时此刻，他和他飞机上的第十二系统，已经被第一营制导雷达上的照射天线蒙住了眼睛，堵塞了耳朵。那红绿灯、耳机里的嚓嚓声和荧光屏上的亮带，都不可能再出现了。这个几度沉浮的照射天线，正是在这最吃紧的一刻大显神通，而它当日留在第一营萨拉齐作战标图上的，只是下面这一句话：

距离44公里，航路捷径12公里，打开制导雷达天线，当即发现目标。

1964年10月16日，第二营在上堡战斗中做不到的当即发现目标，第一营却在萨拉齐完全做到了，时间相隔只一个半月。

当第一营指挥员命令显示车打开制导雷达天线，"黑猫小姐"的身影立即出现在荧光屏的那一刹那间，张立义说："只见第十三系统的指示灯亮了一下，却并不见闪动。荧光屏上300度的方位上出现了一条很短且不很亮的亮带。"这时，张立义犹豫了一下，要不要伸手去扳动第十三系统的电钮？

他的犹豫只是一闪念，但就在这一闪念之间，他觉得飞机猛烈地震动了一下，接着驾驶舱外面闪起一道刺眼的红光，然后便是一个劈头盖脸的霹雳。

驾驶舱外闪电式的红光刺得他头脑里生出一个闪念——飞弹！

这个训练有素、驾驶技术高超的飞行员，伸手到座椅下，狠拉了一下弹射装置……

在一片震耳欲聋的轰响中，他觉得身子正朝一个无底的黑洞中沉了下去……

五、爬出死亡

张立义终于苏醒过来，他发现自己躺在雪窝里，很冷。他浑身上下筛糠似的颤抖不已，五脏六腑都像掉在冰窟窿里面。

他从U-2座舱20摄氏度的恒温中弹射出来，落进这零下20摄氏度的冰天雪地中。他从天上落到地下，从温带落进寒带，都只是一眨眼的事。他在心理上和生理上都承受不起如此强烈的反差，他陷在绝望与死亡的恐惧之中。

他赶忙把身边的降落伞扯过来，让身子紧裹在伞里面，似乎这降落伞能把他从绝望与死亡的恐惧中解救出来。

他很快便失望了。那恐惧丝毫没有减轻，那筛糠似的肢体反倒颤抖得更厉害起来。

他陷进了更深的绝望与死亡的恐惧之中。

在绝望与死亡恐惧的袭击下，他由迷糊到清醒。他记起了在美国受过的野外生存训练。他听见心里发出的一声呼喊："站起来！最要紧的是站起来跑步！使肢体在运动中暖和过来，免得被冻死！"

他从这一声心底的呼喊中，想立起身来。可是，当他刚转动一下腰肢，便发现自己的腰部和踝骨都钻心得疼痛。他负伤了！

他想到了爬。爬也是一种运动呀！

他爬了！

他不能用腰和脚来爬，只能用膝盖和大腿在雪地里一点一点地蹭。

他学那游泳的姿势向黑夜伸出胳膊，抠住面前的冰雪和泥草，使出浑身力气，让躯体一寸一寸地朝前面挪……

他要这样蹭着挪着，从这里爬出黑沉沉的雪野！从这里逃离死亡的深渊，爬到那生的彼岸！

他耗尽了身上的力气，蹭不动了，便停下来，舔舐几口冰雪，缓缓地喘了。他已经不再有疼痛的感觉了，他的四肢已经完全麻木和僵直。这时，他大脑中唯一焦渴盼望的是有人跑过来，将他逮住当俘虏！

当俘虏！对，这是唯一的生路！

张立义不怕当俘虏。他甚至渴望能早一点当上共军的俘虏。20世纪50年代，台湾空军第五联队的飞行员张乃军在福建上空作战中，飞机被击落，被俘后送到了北京。台湾空军总部宣布张乃军已经"壮烈成仁"，还正式举行了追悼大会。可是，半年后这个活着的张乃军"烈士"却被释放回了台湾。张立义15岁那年随家人从南京逃到台湾前，在南京城里他见过许多国民党官兵，都是在徐蚌会战的战场上被俘后，共军发给路费释放回来的。他还从家人亲友中听到过国军的将校级军官被俘后共军都不杀头，还优待的事例。这一连串活生生的事实，鼓起了他求生的勇气。他从雪地里挣扎着翘起头来，四处望望，他希望能见到一个来捉拿他的共军。

第五章　冒出个"小元宝"

黑糊糊、雾蒙蒙的旷野里，到处都有人在吆喝，还有不少飘动着的灯火，老远老远的地方，甚至还有汽车开动的轰响声……

人声、灯火、汽车的轰响声透过冰冷的风和黑沉沉的雾，一阵一阵地传到他耳朵边，每一次都激起他对生的渴望，不过，这一次次的渴望最后还是落了空。那些人声、灯火、汽车的轰响声都向着别的方向飘流，渐渐远去了，竟没有一次是朝他坠落的地方来的……

生的希望不朝他这边飘过来。

他只好向生的那边爬过去。

他再一次爬了起来，在雪地上爬出了一道长长的雪痕。

长长的雪痕很快便被飘洒下来的雪花淹没。

生与死，希望和失望，恐惧和渴求，这一切，都在无边无际的黑夜中发生又消失，消失又发生。

从黑夜的尽头，他忽然发现了一线刚刚升上地平线的红光。

红光下面，涌出了半个鲜亮的太阳。

太阳给他的身体注入了一丝暖意。不过，他觉得四周的风却更冷更削人脸了。

他抬起手臂，把腕上的夜光表凑近眼前。手表上蓝盈盈的字码告诉他，他已经在这片雪野里爬行了将近八个小时。

在他前面不远的地方，竟出现了几座低矮的小土屋。

土屋顶上冒着青色的炊烟。

他驱动起冻得麻木僵硬的肢体，朝着正在冒着炊烟的土屋爬去……

土屋顶上冒着炊烟的那户人家，是土默特旗沙海子公社生产队大队长董吉召的家。

董吉召昨天夜里带领民兵进入草原搜寻国民党跳伞的飞行员。他们忙活了个通宵，没发现目标。天快亮时，他便同民兵们一道回到大队部睡觉去了。

清晨，董吉召的妻子在锅灶下烧火做饭。

这时，她听见外屋的门吱呀一声被推开了。她还以为是丈夫回来了。她扭过身一看，吓了一跳，连声大叫："鬼，鬼……"

一个穿猩红色鬼怪衣服，脑袋上套着个大铁罐，铁罐上还鼓起两只像牛眼睛一样的东西在闪闪发光……这样的鬼怪正歪躺在她家门槛上，嘴里发出一种叽里咕噜的怪声……

她是个塞外草原上的农家妇女，从来没见过穿高空抗压服、戴高空头盔的飞行员，她的脑袋里，除了鬼怪，不知道有这般可怕的活人。她真的吓呆了！

她是个具有牧民彪悍气质的草原妇女。当她缓过气，定下神来，便拿起一把菜刀走近这怪物。她认清了，原来这是个冻得快咽气了的大活人。

草原人对待落难人宽厚赤诚同情的心理驱使她拿过一件老羊皮大衣，扔给了他："好好焐焐！"

那怪物望见灶洞里的火光，挪动着身子，想挨到灶洞口去烤火。

她狠声喝叫起来："别烤！冻伤了，不能烤的！"

她见他饿得快断气了，便指着饭桌："那里有吃的……自己拿吧。"

她抽身跑出了门外，找来了几个民兵。

民兵手里拎着绳索，一看，没有捆他，倒去找来了一头毛驴，把他驮在毛驴背上，送到了沙海子公社。

中午，当张立义在沙海子公社的火炕上，披着老羊皮大衣，戴着护耳翅帽，趴在炕桌上喝着鸡蛋汤时，台湾国民党空军司令员徐焕升驱车来到台北东港张立义的家中。

徐焕升向张立义的妻子家淇和全家人表示哀悼和慰问："空军少校张立义于10日夜间到大陆执行任务时，不幸殉职……"

六、最后的结论

1月11日清晨，空军文绶处长同参谋田在津、肖丙元、周忠本从北京乘飞机赶到前线。他们急着要找到那电子干扰机。

被两颗导弹击中的U-2，残骸散落在萨拉齐阵地东北19公里的雪地里，方圆有四五公里的范围。四个人在野地里寻找了一整天，翻遍了散落四周的飞机残片，都没找到他们着急要找的电子干扰机。

天擦黑时，他们碰上一个民兵，民兵说，他看见远处有个飞机翅膀，上面有个东西。

民兵领着他们找到了这个飘离得老远老远的飞机翅膀，它是U-2的左机翼。机翼底下真的挂着个副油箱似的东西，那东西被压在雪里。天色已黑，看不清楚。他们打开汽车的头灯，几个人一齐使出全力，才把一只残破了的机翼翻转过来，一看，却是个从来没见过的油箱不是油箱、水桶不是水桶的怪东西。

怪东西的蒙皮是玻璃钢做的，坠地时被撞出来个大裂口。周忠本用手电筒往裂口里一照，大喝起来："有炸弹，快躲开！"

这一喊非同小可，几个人扑地卧下。等了半晌，没动静。大伙壮起胆子，聚拢去细看。

玻璃钢蒙皮里面有个红色的圆柱体，上面标出英文"危险"的缩写字母。这分明是个自毁装置，里面装的是高能炸药TNT。紧连着红色圆柱体的是一个黑匣子，英文标出"第十三系统A"。田在津一见这黑匣子便欢喜得大叫："电子干扰机找到了！"

电子干扰机找到了，可他们不敢动手去拆。那红色圆柱体够吓人的，摆弄爆炸了，机（干扰机）毁人亡，那还了得！

文绶派人把这宝贝严密看管起来，连夜去向刚赶到第一营的空军副司令员成钧汇报。成钧欢喜得不行，当晚便派飞机去接陆军的工兵专家来帮忙。

陆军工程兵部队来了两位专家,空军驻包头附近的机场也派来了两位机务骨干。这些行家一看,只一顿手脚便利索地把电子吊舱同机翼分开,又将红色圆柱体里的炸药掏干净了。

导弹击中U-2的那一瞬间,高温弹片把机翼从根部削断,同时就削断了那根能引爆第十三系统的导管。电子干扰机幸免于自毁。

第十三系统火速运回了北京,空军会同七机部(全称第七机械工业部)、四机部的技术专家突击研究分析,只花了七天工夫便摸清了这套系统的内部机制,随后又把它修复好,装上飞机进行试验。

第十三系统修复试飞成功后,成钧赶到西安某地导弹学院,让学院把训练用的导弹阵地腾出来,命令何方带领第二营把兵器摆列在学院的这处阵地上。

成钧要何方按照当日上堡战斗的全过程,模拟演示一遍。

模拟演示开始时,成钧站在何方身后,审视着何方的每一个指挥动作。空军司令部参谋杨玉田、张至树和周忠本,也都按上堡战斗时自己站立的位置,进行观察。

装上了电子干扰机的空军飞机,按照预定航线向第二营阵地飞来。

营属警-11最先发现了目标——模拟中的敌机。

何方坐在指挥车上,按照作战指挥程序,一步一步地指挥作战。当他喊出"接通发射架同步"和"定下射击决心"之后,成钧命令何方:"下面,你要听我的命令了。"

何方便云山雾罩地坐着,动弹不得。

荧光屏上,一个枣核形篦梳波又出现了,航路捷径也同当日上堡战斗时一样。

就在这时,荧光屏上那枣核形目标突然发生了变化。那篦梳波的两端翘将起来,很快,枣核形篦梳波就扭曲成了一个"小元宝",一个漏空了底的"小元宝"。它是一个由敌人干扰机上发出的假目标。

"停。"成钧喝了一声,他命令何方把这个假目标锁定在荧光屏上。

他把空军司令部的三个参谋和何方指挥班子的成员全聚拢来,问道:"那天的情形,是不是同今天的一样?"

"完全一模一样。"

一缕微笑回到了成钧的嘴角上。他掏出香烟盒,打开,递给何方一支。

两个人抽着香烟,轻松走下了指挥车。

在指挥所里,成钧面对着站了半屋子的人群,和颜悦色地向何方宣布:"我一直以为,上堡那次失利,你何方在指挥上总是有点什么纰漏。今天,我肯定,那次战斗,你的指挥是正确的,没有差错。你们第二营当时确实碰上了不可抗拒的干扰。这是最后的结论。"

何方泪流满面地紧攥住成钧的大手,只吐出了一个"谢"字。

何方是无憾的——在上堡战斗中,他竭尽了自己的所能。他最后得到了一个公正的结论。

成钧呢?既是无憾的,又是有憾的——他给照射天线平了反,使它重新焕发了光彩。他坚持在萨拉齐的设伏,最后获得了成功。但是,他把第二营摆到上堡,是完全违背自己心愿的一大憾事。当初,他给第二

1965年1月12日,成钧(左)给在击落U-2作战有功人员进行颁奖

营选定的阵地是一包岔，后来，北京一位"大人物"派人来传达"建议"，把第二营摆在上堡。成钧据理力争"还是摆在一包岔好"。那位"大人物"派来的人执拗着"还是照×××的指示办好咯"。成钧最后只好按"指示"办了，结果却并不"好咯"。对这个并不"好咯"的"指示"，在后来的日子里，成钧没有同局外人吐露过，至于局内人，当然都是明白的。

后来人们一提到一包岔时，便禁不住叹口气："张立义本来应该掉在一包岔的！空军还可以多打一架U-2呢。"

第六章 两个太阳

一、21号机组

罗布泊第一颗原子弹爆响四个月之后,也就是1965年2月,空军独立第四团(以下简称独立第四团)迎来了一架从北京悄然而至的飞机。从飞机上走出来的是当时的空军政治委员吴法宪和副司令员成钧,还有同成钧在罗布泊搞第一颗原子弹塔爆试验的那个作战班子恽前程、姚士章等人。

同往日下部队不同,这一回吴法宪没有集合部队讲话,没有检查空地勤食堂和宿舍,也没有围绕收拾得干净整洁的营院转上一圈,一行人从一长排重型轰炸机杜-4跟前通过,匆匆地走进了当年为苏军顾问修建的一座招待所。

招待所里有当年供老大哥玩弹子的房间,如今改成了客厅兼小会议

吴法宪

室。吴法宪和成钧把团里两个喷气式轰-6（以下简称轰-6）机组的空地勤人员召集到这间小会议室里来。小会议室挤满了人。

成钧向吴法宪介绍："这是副团长李源一同志……这是四大队领航主任于福海……都是21号机组的。"

吴法宪同机组人员见过面，便向大伙郑重地宣布了党中央和中央军委的一个决定："今年上半年要用飞机投掷原子弹，以后还要空投氢弹。要使中国核技术的水平提高一步，我国要早日拥有可供作战使用的核武器，解放军要向现代化大迈进一步，以对付核大国的讹诈和威胁，保卫国家的安全和世界的和平……"

吴法宪接着又宣布了空军党委的决定：这次空投原子弹的任务交给李源一（领航员于福海）、徐文宏（领航员赵承业）两个轰-6机组执行，并且确定李源一机组为正式机组，徐文宏机组为预备机组。最后他要求大家："必须以最大的干劲、最高的标准、最严格的要求来完成这次试验任务，为中国人民争气，为中国人民解放军争光！"

这是一个惊天的秘密，是一个深藏于地下的惊雷！

去年10月，罗布泊爆响第一颗原子弹之后，美、英、苏的核科学家们认定，中国爆响的只不过是个核装置，并非能供作战使用的原子弹。中国要由核装置进到能制造可供作战使用的原子弹，起码还得五到十年的时间。这个"科学"的"评估"，这个五到十年的时间差，很令白宫和克里姆林宫的主人们得到了不小的宽慰，他们因此便再度沉迷到傲慢和自我安慰的美梦里了。他们的间谍卫星、高空侦察飞机以及先进的电子侦察技术和大批地面间谍人员，每时每刻都在搜集中国发展核工业、核武器的最新情报。他们的确搜集了不少重要的核技术情报和资料，可就是没侦察出中国人民胸中凝聚着的那个"奋发图强"、"自力更生"的春雷，以及这个春雷中正孕育着的一朵金色蘑菇云即将冉冉升起。

其实，早在第一颗原子弹塔爆试验前九个月，即1964年1月，统一领导发展建设中国核工业、核武器的中央专委便制定了一系列发展核武器包括原子弹、氢弹、核弹头导弹的计划。中共中央和毛泽东当月便批准了这个计划。二机部根据中央专委的这个计划，决定在1965年完成空投原子弹的研究、试验……这也就是吴法宪此次来独立第四团宣布新的核试验命令的由来。

但是吴法宪宣布的这个大秘密，对独立第四团副团长李源一、大队领航主任于福海和两个轰-6机组来说，都算不上什么特大新闻了。

因为去年10月，罗布泊原子弹爆响不久，空军作战部副部长恽前程突然从兰州飞到独立第四团，把李源一和于福海拉上飞机说："成钧副司令员在兰州找你们有事。"

李源一、于福海在兰州市内濒临黄河的一座大招待所里见到了成钧。成钧在这里参加了核试验品指挥张爱萍上将召开的一个会议。会议刚开完，成钧便从北京调来一架飞机送张爱萍回酒泉核试验总指挥部去。他让李源一和于福海同他一道搭乘这架飞机，到罗布泊去选一处空投原子弹的靶场。

空投原子弹的靶场有许多特别的要求：要让飞机从1万米的高空把3吨重的原子弹投在距靶标中心200米以内的上空爆炸，这是一件谈何容易的事情！要达到这一条，除了靠飞行员、领航员有高超的技术外，靶场选择得好不好也很重要。不但要求地面平坦开阔，还要能让飞机在空中容易发现目标，容易进行轰炸。高空风，地面风的风速、风向，靶场的能见度等都要理想。成钧认定这选靶场的事，一定要交给有经验的飞行人员自己来搞。这样，他就派恽前程去把李源一和于福海找来了。

恽前程领着李源一和于福海，坐着飞机在罗布泊上空绕了几圈，从最有利于投掷原子弹的角度出发来选择修建靶标的场址。空中选完后，又乘吉普车到实地再细细踏勘了一遍。最后他们在离第一次塔爆中心5公里远的地方选定了一个点。他们把这个点标在地图上，附上航线高度、四转弯半径、轰炸航路、净空条件、高空风和地面风的风速、风向等说明材料，当面去向成钧报告。

成钧拿起标好的地图，戴上老花镜，审视了好几遍，又向李源一和于福海提了一连串问题。听过两人作出明确肯定的回答后，他才点点头笑着说："这地方是你们自选的。既然你们满意，我当然也就跟着你们画圈了。"

选靶场的事就这么敲定了。停了一会儿，成钧忽然问于福海："你看这靶场到底要不要修个导航台？"

导航台像航海中的灯塔，是机场、靶场必备的设施。可是，在罗布泊修个导航台又确实是件大麻烦事。

李源一同于福海咬了咬耳朵，回答说："我俩意见，可以不要。"

"为什么？"

"用不着。"

"那你在空中凭什么来确定飞机的投弹进入点呢？"

"我可以利用东边的那个小湖。"

地图上，罗布泊东面偏北一点，有个蔚蓝色的小湖。于福海用铅笔在小湖上画出一条虚线，往西延伸开去，是核试验总指挥部所在地开屏；往东延伸开去，恰恰同未来的航线吻合。他在小湖上画个圆圈，作为投弹进入点。又从这个点上画条半弧形的虚线，作为飞机进入靶场上空的转弯点。

成钧眼睛眨也不眨地望着于福海精确而熟练的图上作业，然后又神情严肃地问李源一："你认为行吗？"

第六章 两个太阳

"行。"

"要不要再到空中去看看?"

"不要啦!前几次的飞行中,他都认真看过了,还让我也看了。"李源一替于福海打了保票。

"这就太好喽!"成钧大吸了一口烟,烟雾喷得老高,"你知道在这里修个导航台,该多费事啊!"

他吐掉了心中的烦恼。

靶场定位的事一完,成钧便交代李源一:"这指挥修靶标的事,就由你们团派人来搞,好吗?"

"行。"这山东大汉讲话干脆利索。

李源一后来指派团领航参谋杨刚宝协同核试验基地工兵团用20吨石灰修建出了一个直径为200米的圆形大靶标。

从这次选靶场的过程中,李源一和于福海心里已经明白:这回空投原子弹的任务,准会落到他们机组头上,这真叫人满心欢喜。不过两人都处处提防自己,别让欢喜挂在脸上。

成钧也从这次选择靶场的过程中,对李源一和于福海做了最直接的考察。他对这两个人的认识,已经不再停留在翻阅档案材料,听取机关部门的审查汇报和下级党委负责人的推荐上面,不再是一个个抽象概念的堆砌。

成钧这个做法,其实是从新四军江北总指挥司令张云逸大将身上学来的。1940年,成钧在新四军第五支队当团长。他是支队三个团长中年纪最轻、资格最浅的一个。那年冬天,日本鬼子快要发动大"扫荡"前夕,成钧突然接到江北指挥部张云逸发来的一封电报,调成钧去江北指挥部帮助工作,他的团长却没免职。成钧到了江北指挥部,见到了张云逸。张云逸大小没有派给他一个正式职务,参谋、助理、科长、处长,什么都不是,却要他管指挥部的一个特务营,司令部、政治部、后勤机关的行军、宿营、警卫、警戒的事,也一概归他负责帮助。当时正赶上日本鬼子对根据地大"扫荡",搜集情报,分析敌情,提出指挥部机关反"扫荡"行动方案的事全归他一人。他得每天去向张云逸和参谋长赖传珠当面报告,经过张云逸批准后,再由赖传珠交机关去执行。指挥部机关是鬼子"扫荡"的大目标。人员不多,行动起来该他照管的事却不少。一个没正式职务、没指挥权力的人,干这种帮助工作的事,既尴尬又为难,还得扎扎实实地去办好。张云逸把他这样折腾了三个月,忽然又叫他还是回团里去。他就是这样莫名其妙地离开了自己指挥的一个团,又莫名其妙地回来了。过了几个月,皖南事变发生,新四军改编成七个师,原先的支队改编成了旅。在军部发布的命令

张云逸

上,成钧被任命为新四军第二师第五旅旅长。到这时,他才明白,那一回是张云逸对他进行的特别考试。这一回,他也用张云逸的办法来考察他选用的飞行员和领航员了。

李源一和于福海回到团里没几天,成钧又派兰州军区空军作战处副处长王友亮来独立第四团,把两个机组的空勤人员带到青海一家原子弹工厂去接受训练。

核武器研究院的一位副院长和原子弹工厂的几位老专家亲自给机组人员讲课,领着大伙参观一个个车间,给他们讲解原子炸药、原子弹的构造原理和安全防护知识。还给他们看了刚刚研制出来的原子弹弹壳,一个晶莹如镜、圆圆滚滚的金属大球。这几位年过半百,在日、德、美、苏留学,冲破重重阻挠,有的甚至冒着生命危险才回来的专家,给他们讲解了原子弹的科学奥秘,好让他们将来成功地把原子弹从空中投

向地面。他们只恨自己科学文化基础知识太差，对老专家面授的大学问，只能不甚了了地懂得一点皮毛。不过，这些老专家们为祖国的强盛、为中国人民从受凌辱中崛起而在大西北高寒地区，在荒无人烟的深山沟里，长年累月、呕心沥血、默默奉献的精神，却使他们刻骨铭心。老专家们深受核霸们施压的遭遇，更使他们感慨不已。最后当他们走出这家工厂大门，回头看那些隐没在荒山秃岭之间的一处处工厂车间时，他们恍然明白，反映国家实力地位的现代先进科学技术，已经在祖国苦难的土地上顽强地扎下了深根，他们深切地感受到"奋发图强"、"自力更生"的精神在这里开出了民族奇葩。他们也发现自己好像从这里长大长高了许多。

在同恽前程分手时，他们才知道这次来这里学习是成钧报请张爱萍总指挥特别批准的。

二、"投到哪里算哪里"

1965年2月，独立第四团副团长李源一、副政治委员于复祥带领21、22号两个机组来到酒泉综合核试验基地进行空投原子弹训练。基地有个供大型飞机起降的机场，它的跑道长度和机场设施当时在亚洲都是堪称一流的。从此处机场到罗布泊核试验靶场航程900公里，是预定的空投空爆原子弹的起飞机场。

独立第四团在焉支山北面修了一处轰炸靶标，靶标的规格同于福海在罗布泊设计的一般模样。靶标半径100米的圆圈和中心的一个大十字，都是用白石灰铺成的。最外层的是四个方形框角，算是边界。这靶标修在地形开阔、净空条件良好的大戈壁里。古代这里是一片水草丰茂得能把牛羊遮没的绿野，如今只空余下这片枯槁干瘦了的大戈壁。

李源一、于福海同机组另外四个成员——第二飞行员刘景新、第二领航员张公祥、通信员孙兴福、射击员韩惠安，驾驶轰-6飞到靶标上

空，进行空投原子弹的模拟训练。

天空蓝得像大海，明丽的阳光在蔚蓝的波影里荡漾。大戈壁敞开宽阔豁达的胸怀，迎接着这高空的匆匆过客。

飞机循着航线飞行。

飞机距靶标50公里时，进入了轰炸航路。于福海从李源一手中接过自动驾驶仪，由他来掌握飞机的航向，修正侧风，进行瞄准。

于福海的眼眶贴在光学瞄准器的胶皮护圈上面，下望地面，寻找大戈壁里那个白石灰画出的靶标。

他让飞机顺着航路稳稳地飞行，心里默记着时间，他发现那白石灰圆圈从苍茫的大戈壁里浮现出来。

靶标找着了！从1万米的高空望下去，那直径200米的大圆圈竟成了一个比乒乓球还要小、比一枚硬币又稍大一点的白点。

飞机在稳稳地平直飞行，航路的距离在飞快地缩短，瞄准器里的放大镜把小白点迅速扩大起来，大到能看清那白点里的圆圈。圆圈显得像丝带编结成的一道花边。

要把3吨重的原子弹从1万米的高空投进这比乒乓球还小的白点里面，在光学瞄准器里它的误差不能超过1度，如果超过了1度，炸弹落到地面的偏差便是200多米！

那年33岁的于福海是独立第四师里的投弹尖子。当年建师时，空军从各轰炸航空兵部队中选拔来的净是尖子。他在独立第四团成了尖子，实际上也就是全空军轰炸航空兵中数得着的尖子了。在他近十年的军旅生涯中，从他手里掷下的大大小小炸弹少说也在850颗上下。他在同行中资格不算老，可是他的轰炸成绩却是一贯领先的。在训练中模拟炸过各种各样的目标，高空的、中空的、昼间的、夜间的、雪天的、雨天的，可是他从来没有对付过瞄准精度要求如此苛刻的目标。平时训练中，能在1万米高空把炸弹扔到目标200米左右就要得个5分，可空投原子弹如果得了这个成绩，那才刚够及格哩。按照空军提出的指标是要把炸弹扔在靶标100米以内。这样高的指标叫人听着咋舌。

如此高难度的要求,却是从周总理那里引发的。周总理说过,中国反对核讹诈和核威胁,不主张搞几百次核试验,因此,我们的核试验都要从军事、科学、技术的要求出发,做到"一次试验,全面丰收"。这个"一次试验,全面丰收"成了核试验基地最激动人心的口号,也成了李源一、于福海、徐文宏、赵承业身上承受的最大压力。因为罗布泊试验场区的靶标周围,每隔一定距离都设置了飞机、坦克、大炮、房屋、桥梁、火车和动植物来作效应物,来检验冲击波、光辐射、放射性污染的杀伤力和破坏力。只有让原子弹在靶标的大十字上空500米的高度上爆炸,才能使这些效应物获得比较理想的科学数据,才算最完美地实现了周总理"全面丰收"的要求。

一个月的训练时间眨眼便过去了,21号机组的六个人,一个个瘦了下来。不过,那墙上挂着的轰炸成绩显示图却出现了一条不断上升的红色曲线。

到月底,在最后一次的飞行中,于福海投了三颗训练弹,有一颗竟落在距靶心35米的地方!

这一下,炸出了一个特大新闻。

原先,兰州军区空军派驻鼎新机场的临时指挥部,给两个机组定下了个三步走的训练目标——第一步达到连续三次把炸弹投在300米以内。第二步投入200米靶标圈里。最后,第三步,全力突击100米的大关。当机组人员初次听到这个三步目标时,许多人背地里直摇头。这回,于福海的一颗炸弹落地,使得大伙的心像江船上的风帆,被风吹得满满地涨了起来。"实现三步目标,没问题。"

21号机组的成绩蹿上去了,22号徐文宏机组也紧追上来。

头一个月的训练,练出了个"比翼双飞"的好局面。

就在这大好风光里,大戈壁的季风却搞起怪来。从新疆山口地区吹过来的高空恶劣气流,翻过天山,越过长城,铺天盖地压在酒泉北面的大戈壁里。机组人员天天晚上挤在收音机前听天气预报，巴望能来几天好天气，可是，他们每次都只落得个叹气。

高空涌动的恶劣气流，把于福海卷进了一个苦恼的大旋涡里。

飞机在空中飞着飞着，便碰上一阵恶劣的气流涌过来，那本来就难以抓住的小白点，在瞄准器中便会变得忽上忽下、忽左忽右蹦跳起来。于福海耐住性子去抓它，想尽办法把瞄准镜中的十字标线压稳在靶标上，可那白色小点忽而闪现在眼前，忽而又逃得无影无踪。他的眼眶不知被瞄准镜磕了多少回，却总是没法把这跳来跳去的小白点抓住。

几个飞行日下来，轰炸成绩显示图上的曲线由上升折而向下，向下，直落下去……

李源一利用晚上时间开了个党小组会，分析机组形势。

形势是明摆着的，全机组一个声音："轰炸成绩下降，形势不好。"这是事实，无可辩解。可是在于福海听来，却实在不是滋味，他快要坐不住了。正赶在这时分，又有一个声音传来："投准了这颗原子弹光荣，投不准那就是犯罪，是人民的罪人。"

于福海胸口隐隐作痛，不过，他还是强咽了下去，装作镇静。通信主任孙兴福说了几句贴心窝子的话："这几次投得不好，主要是气流的影响。如果气流好，或者有办法战胜气流，我相信老于一定能投好的。"温言软语三冬暖，这话正说在于福海的心坎上，他那颗一直被压抑着的心，忽地冲动起来，便说："明天气流好，我保证投好。如果气流不好，没投好，证明我不行，没本事，我会自动提出……"

他的话没说完，意思大伙儿却都听明白了。

第二天飞行，李源一把飞机稳稳地飞到了轰炸航路上。于福海接过自动驾驶仪，向小白点目标飞去。

他进入了专心致志的瞄准阶段。他把眼睛贴紧在光学瞄准器上，一下子抓住了那正在飘动的小白点。小白点在瞄准镜里被一点点放大起来，他心头一阵欢喜，便伸手去按投弹按钮。忽然间，飞机冲进了气流的波峰，又掉落到了气流的波谷，再从波谷蹿了上来。他对这恶劣的气流还没完全反应过来，那两颗训练弹早已飞出了弹舱。

他看得清清楚楚，一颗落在离靶心2000多米的地方，另一颗干脆找不见弹着点了。这一下，他紧张得抖了起来，身子都凉了半截，他担心那炸弹落到地面施工部队的头上。在这阵心慌意乱之中，他又按动电钮，把一颗250公斤的爆破弹投了下去。爆破弹晃晃悠悠地落到地面。一报弹着点，偏离靶心足足690米，差点砸到了铁道兵正在修建的一座桥梁上。

李源一冒火了，冲着于福海大喝："你是怎么瞄的？到底是瞄准了没有？"于福海刚刚半句"是没瞄准……"李源一马上把话打断："明明知道瞄得不准，为什么还要投？像你这样投下去，非彻底砸锅不可……"

于福海同李源一的关系，眼看紧张得到了爆炸的边缘。

李源一是个性情敦厚温和的人，平日很少对人发火。他同于福海的关系更不一般。1958年去苏联改装杜-16轰炸机（以下简称杜-16，即后来的轰-6）以前，两人就同在一个师里。到了苏联后，两人更编在一个机组里。从苏联回来后，在七年的岁月里，两人更成了朝夕相处、形影不离的一对老搭档。在飞行中，这机长同第一领航员之间已经磨合到了知性知心的地步。那些年，同志间不讲交情，不兴私交，只讲工作关系，但像这样的工作关系确实是非同寻常。在于福海最近几次投弹成绩直线下降当中，尽管机组内外的风言风语不少，李源一却总是只同于福海平心静气地分析原因，交流看法，研究改进的办法，从来没说过半句带刺的话。于福海心情不好，烦躁，发自己的脾气，有时一个人坐在那里发呆，李源一却是憨厚坦然地给他个浅笑："不要有压力嘛！"其实，他自己的压力并不比于福海的小多少——他们这个正式机组是空军党委审查批准的，在国防科委和核试验总指挥张爱萍上将那里都是挂了号的。张爱萍和成钧对他们机组的成绩格外关心，每天都要求用电话直接报到北京去。上个月，训练成绩上得快，大家的日子都好过，没说的。

这一回，滑了下来，一直也上不去，还闹出这样的洋相来，这叫李源一怎好去向北京汇报！

李源一的这一火，烧出了一片密集的"边鼓"声：

"于福海技术上有问题吧……他总想能碰上好天，侥幸思想。"

"该增加预备机组的训练强度喽。"

"实在不行，就干脆把正式机组撤下来，用预备机组顶上去。"

有一回，团里一位负责人找于福海谈话，好心好意地开导他："大家给你提了那么多的好建议，你怎么一点也听不进去？你连一点进步也没有嘛！"于福海心里烦躁得不行，便顶撞起来："同志们是出了不少主意，可那不是他们的亲身体会呀！这种缺少理论和实践根据的意见，你叫我怎么能接受？轰炸成绩下降是因为高空气流难对付，这能是什么思想问题？"一场严肃的谈话，没谈出什么好结果，倒彻底暴露出了于福海那个内向执拗的倔脾气。

撤换正式机组的呼声不少，团副政治委员于复祥去找李源一交换意见，怎样对待群众的看法！这事被于福海听到了，他心里直打鼓。他想："如果就这样把我换下来，那真叫太委屈人了！我对这气流是没办法，预备机组上来，可能还不如我呢！"

李源一在同于复祥副政治委员交换意见中表示："坚决不撤换于福海。"两位领导统一了看法。于复祥在一次讲话中正式宣布了这个决定。

紧要关头的这一句稳住了人心。

驻在鼎新机场负责指导两个机组训练的兰州军区空军副司令员袁学凯少将同21号机组的全体人员集体谈心。这位在鄂豫皖战斗过的老红军，是个一根肠子通到底的直性子，他操着浓重的湖北口音，对大伙儿来了顿倾盆大雨："虽然有的弹投偏了，甚至投飞了，但我们应该看到他许多次投出的第一颗弹，都比上一个飞行日投得靠靶心近了，这就叫进步哇！哪怕一次只近两米，也要肯定我们训练是有成绩的……不能把问题都集中到于福海一个人身上嘛！飞行员有没有问题？高度、速度、飞机的空中姿态,都保持得很好了?我就发现进入轰炸航路后,标图板上的标线不稳定,这不是飞行员的问题吗?机务上呢,自动驾驶仪轻度偏航的老毛病,解决得怎么样了?瞄准具上陀螺仪摆动的情况还有没有?其他各种工作都要从自身方面细致地发现问题。我们就是要发挥集体主义的精神来克服眼前的困难,这就是我们的老传统、老作风哇!"

袁学凯的这场倾盆大雨,叫于福海听得心里热乎,原先的一肚子委屈顿时消失,反倒有点自愧自责起来了。

袁学凯的这场倾盆大雨,也把机组内的空气变得有几分清新、几分宁静了起来。

一天夜里,兰州军区空军副政治委员刘镇将军到于福海的宿舍来同他谈心。刘镇是个待人诚恳和蔼的老红军政治干部,于福海当着他的面,倾吐了自己胸中的全部烦恼和苦闷:"真投原子弹那天,要是碰上个坏气流,把这颗原子弹投砸了,我自己也就完了,一辈子的窝囊……"刘镇像老中医号脉一样,一下子按住了于福海思想上的这个脉搏,便开了腔:"……真正勇敢的战士,打仗冲锋的时候,只会想怎样才能消灭敌人。黄继光在战斗中用身体去堵敌人碉堡的枪眼时,他会想自己会怎么怎么的吗?你现在根本不应该考虑投不好自己会怎么样的问题,而是要下决心想办法去投好这颗原子弹……对同志们的各种反映,自己心中要有数,能装得进去,不管别人怎么说,自己总要有志气、有雄心,不要老想窝囊不窝囊的问题……原子弹投不准,就是把你于福海杀了,又能解决什么问题?但是,对革命的损失就太大了啊……"

刘镇的这席话,说得实在、真切,像一股甘甜的泉水,浸润着于福海的心。

转眼便是初夏,飞机到了换季和定检的时期,机组人员由酒泉基地返回了团部。

飞机在大机库里被拆卸开来,对机部件一个个地进行检查、清洗、修补、注油……

空勤人员集中起来，在团部进行毛主席著作学习，进行短期休整。

空勤宿舍庭院里，桐树长得越发枝高叶茂了，蓝紫色的桐花成团成串地缀满枝头。

于福海捧着《矛盾论》，坐在窗下沉思。

回到团里，他的紧张和烦躁在不知不觉中慢慢缓解下来。

他有一个好妻子，是一位端庄娴淑的朝鲜族姑娘。两个月前，他离开这里转场去鼎新机场时，妻子小金刚生下老二还没满月。他说声走就走了，把妻子生产生活中的一大堆困难都留给了她一个人。小金问他到哪里去。他回答："别问，有事。军事秘密。"妻子又伤心又气恼，噙着泪花望着他的大飞机向西边飞去。这一趟回来，在一家大工厂搞医务工作的妻子事先并不知道，直到傍晚时分于福海跨进家门时，妻子才惊愕地问了一声"回来啦"，便不再问他别后的情形。他搂住两个孩子亲不够，看不够。妻子却躲到一旁去了。

20世纪五六十年代的空勤家属在夫妻生活上都有一腔说不尽道不出的辛酸苦涩。妻子们用这腔辛酸苦涩来支持丈夫的飞行事业，对保卫祖国奉献出自己的一片爱心。

于福海喜欢玩球，排球、篮球、乒乓球，他都喜欢。回到团里，不飞了，他可以天天玩球，玩过球后，坐下来，便去读徐寅生那篇打乒乓球的著名文章。文章中那"人生能有几回搏"的呼喊和闯劲，拨动了于福海的心弦，触发了于福海豁出去、拼了命的狠劲。他豁然明白，这打球同对待高空恶劣气流之间有一种必然的联系——敢闯、敢拼、敢搏才有胜利。有天，李源一对于福海说："以后进入轰炸航路后，你尽管集中精力去对付气流，把瞄准搞好。我同刘景新保证把飞机的颠簸和摇摆控制住，我同刘景新进行了分工，我集中精力保持好飞行速度，他集中精力保持好高度。"这是李源一从预备机组徐文宏那里学来的经验，是徐文宏机组前一段飞得比他们好的一大原因。李源一质朴厚重的真情，令于福海听得又惭愧又感动。李源一是抗美援朝的二等功臣，在大和岛上空同优势敌人死打硬拼，在最危急的情势下，给射击员创造了消灭敌人的机会，将敌机击落，使飞机和人员转危为安。李源一是个飞了15年的老飞行员，在轰-6上没有人能比得上他的技术和经验，他是于福海顶顶敬重的老机长。这样的老机长还能去向预备机组的正副驾驶虚心求教，去学习人家的点滴经验，而自己却在这里怄气、苦恼、固步自封……老机长已经要用新招使自己从侧风和气流夹击的困境中解脱出来，自己还能老站在那里干喊"气流难对付"吗？

于福海熟读了《矛盾论》，也记住了"对具体问题进行具体分析"的那句哲理名言。他一记起这个活的灵魂，面对那曾给了他诸多挫折、痛苦和烦恼的恶劣气流，他终于能平心静气下来进行解剖分析了。于是他发现了气流由波峰下沉到波谷，再由波谷上升到波峰之间的某种活动规律。他读了毛泽东"确有把握而后动手"、"持重待机，机会总是有的，不可率尔应战"的话，几乎惊叫了起来："这不就是对我说的么！"以后，他反复地去咀嚼回味这几句话，简直着了迷。夜里，从睡梦中醒来，他被自己上次率尔地按下那投弹电钮而叹气，悔恨不已。

爬过泰山的人都会发现，许多登山者在最后攀登南天门时，总会在升仙坊底下歇歇脚，喘喘气，然后再轻捷地往上攀。对于福海来说，这次飞机回团里换季、定检，也就是登南天门前在升仙坊下的歇脚了。当他同机组再次回到鼎新机场时，大家发现于福海像换了个人似的。

他在轰炸练习台上把进入轰炸航路后领航员的一套动作程序分解开来，一段一段地练，练准练熟练精了后，再综合起来练，一直练到得心应手、心手相师的地步。他在自动驾驶仪上练习修正偏流角时，已经做到不凭眼睛单靠手感便能断定是修正了半度还是1度。后来他又摸索出气流的一个怪脾气——在气流剧烈地上下起伏的浮涌中间可以抓到一个极其短暂的平稳过渡时间，这平稳过渡时间虽然只有两三秒钟，但只要在这一瞬间把瞄准器的十字线压在那白色目标上面，再操纵陀螺仪使它也稳定一下，利用这稳定的一瞬间来按下投弹按钮……

于福海在一个飞行日进行了这个试验，结果，灵！再试，又灵，再试一次，还是灵。他终于掌握了"确有把握而后动手"的奥秘。

高空恶劣气流那个可恶可怕可恨的妖魔鬼怪，在于福海的心里变得渺小了！从精神到技术，他都突破了高空恶劣气流的大难关。

核试验总指挥张爱萍上将的专机蓦然降落在鼎新机场。他是从北京回罗布泊路过这里的。他还带着一筐库尔勒香梨来看望两个机组。

"这香梨世界上都有名，过去是送给皇帝老子的贡果。现在没有皇帝了，送几个你们尝尝。"

新疆库尔勒的香梨，皮薄肉细，又脆又甜。

张爱萍将军的风采，潇洒倜傥，意暖情真。

他向机组同志们谈了周恩来总理对空投原子弹的殷切关注之情，还传达了周恩来对机组寄予的厚望，他还将贺龙、聂荣臻两位老帅托他带来的问候转告了大家。他检查了机组近来的投弹情形，还同机组全体人员合影留念。临动身时，他对李源一和于福海特别交代："投弹时精神一定不要紧张。能投到100米以内，最好。投到200米以内，也行。就是投到靶标外面，也没有什么大不了的，不过是在效应方面取到的数据少一点罢了。投到哪里算哪里！重要的是我们从中取得经验，为今后的核试验打下基础。"

"投到哪里算哪里！"好大的气魄！

古今中外的兵书，汗牛充栋，不知道哪一部兵书中有这个说法。

几十年后，李源一、于福海在一篇回忆文章中说：

> 说来也怪，从那以后，我们机组成绩持续地、迅速地提高，超过了以往的最高水平。到了4月下旬，我们机组信心百倍地向指挥部报告：保证投在200米以内，力争投到100米以内。

4月28日，核试验总指挥部决定，为了检验各参试单位准备工作情况，进行一次空投原子弹的总预演。

李源一驾驶轰-6，从鼎新机场飞到了罗布泊上空。机舱里挂着一颗特制的冷爆弹，冷爆弹的外形、重量，弹体上的信管、测量仪器都同正式投掷的原子弹一模一样，只是把弹体里面的原子弹炸药铀235改换成了高能黄色炸药TNT。

于福海把这颗冷爆弹从1万米高空投向了靶标。

冷爆弹在靶标上空爆炸了。据实际测定，冷爆弹的空中爆炸点距靶标中心96米！几乎算得上是奇迹了。

三、三军易统，良机难觅

冷爆弹在罗布泊上空爆响后，这次核试验的准备工作便进入了最后的冲刺阶段。

在北京，中央军委、中央专委批准成立第二核试验委员会，委员会由90人组成，张爱萍为主任委员，刘西尧、成钧、张蕴钰等9人为副主任委员，统一领导核试验。李源一、于福海也是第二核试验委员会的委员。

5月1日，总参谋部气象局副局长贺格飞，气象专家顾震潮、叶笃正、陶诗言同开屏气象台工作人员预报出：5月9日到15日间可能出现符合核试验条件的气象。

张爱萍向中央军委、中央专委建议：在此期间选择一个好天气，进行正式试验。

毛泽东、周恩来批准了这个报告。周恩来在报告上写道："试验必须有把握，不可勉强。"

5月，在北京，人们已经褪尽了冬装，换上了薄羊毛衫，爱打扮的姑娘们早已穿上了艳丽飘逸的布拉吉或者彩色缤纷的长裙，摇曳生姿地走在大街上。而在新疆，在罗布泊，这时正是风沙季节。隔三差五，来一场大风，卷起黄沙，把周天搅得一片浑浊。

深夜，在开屏机场气象台的楼房顶上，空军气象局的邹竞蒙披件老羊皮防寒大衣，一个人伫立在那里翘首星空，凝视着星光的变化，追踪着高云的生消发展规律。戈壁滩上视野开阔，现场观测能及时发现各种天气现象在出现与消失之前的征兆。今夜，邹竞蒙正在寻找一个可供投掷原子弹的好天气。

他已经这样连续寻找了好多个夜晚，但每次都令他失望。不过，他还是在不断地找。

在邹竞蒙的脚下，那座碉楼似的气象台里灯火通明，各处房间里的电话铃响个不停。这些通宵达旦彻夜不眠的青年气象工作人员，正把远方报来的天气实况，用阿拉伯数字标在气象图上。

这个气象台连结着甘肃、内蒙、新疆三省、自治区的25个气象台站，纵横几千里的气象专用电话每隔一小时便把四面八方的天气实况，传进这座楼房里来。

这次轰-6投掷原子弹的气象条件要求特高。除了机场的起降条件外，还要求罗布泊靶场的水平能见度大于20公里，垂直能见度在10公里范围，靶场周围100公里之内的云量为0。为了避免飞机在空中发生颠簸，要求空中没有中度以上的扰动气流。为了保证核试验的安全，要求1.2万米以下的高空风必须为偏西风，使原子弹烟云在向东飘移时，避开人烟比较稠密的地区。还要求2000米以下的浅层风必须为偏东风，而且风速应小于每秒6米，以使生活在靶场西面的参试人员免受放射性物质的污染。这样一种相互矛盾而又近乎苛刻的综合性气象要求，这样一个竟要天遂人愿的天气，实在像大海捞针一样！

河西走廊和新疆地区，每年的3、4、5月都是风沙最多的时期，高云天气很多，碧空天气极少，偶尔还要冒出几个积雨云的危险天气。兰州军区空军气象处查明，轰-6起降的鼎新机场，每月风沙有6天，四到五级风有15天，而适宜飞行的少云天气只有7到8天。核试验总指挥部所在地的开屏气象台从历史资料中查出,能够进行核试验的好天气,平均每月不超过1天,半日的综合好天气也只有2到3天。

对军事气象学掌握得娴熟精微的张爱萍将军,作战指挥时对气象抓得格外精心。1955年1月,在浙东指挥一江山登陆作战时,他抓气象下决心的事例在部队中传为美谈。他在《沁园春·一江山登陆战即景》中也感慨深情地写着:

三军易统,良机难觅,东风助我锐难当。

这一次,在开屏核试验总指挥部,他对参加试验的气象人员又提出了三个注意的问题:"一、把中长期预报同近期发展趋势联系起来;二、当前实际情况同历史情况、一般规律同特殊规律联系起来;三、对各种资料中的主要问题要有系统地研究分析。"在张爱萍总指挥的这三个要求下,气象台的工作人员把河西地区五年的气象资料和罗布泊靶场四年的气象资料,总共78840份,一份一份地查阅,把每一份资料同天气图上的天气系统进行反复对比。他们又把场区周围近1000公里的气象台每小时一次的气象实况完全掌握了。他们夜以继日地在大范围云层中寻找着云洞,在持续的风沙天气中寻找短时间的风平浪静。在这种不舍昼夜的苦苦求索中,他们终于多次在天气图大形势看来没有希望可飞的情况下,报出了一批短时间的好天,保障两个轰–6机组按时完成了空投原子弹的飞行训练。

5月7日,张爱萍同核试验委员会的主要领导人,还有专家和气象预报人员,在开屏指挥室里两次分析天气情况。第一次在凌晨,第二次在下午2点,两次的结论都认为8日可能有符合试验要求的好天气。张爱萍立即通过电话向周恩来、罗瑞卿报告,建议在8日进行试验。周恩来、罗瑞卿当即表示同意。

7日深夜,张爱萍又召集核试验委员会再次研究气象。8日凌晨2点,张爱萍向周恩来电话报告：建议"零"时定在8日上午8点。

周恩来立即同意了这个"零"时。借如今老百姓的吉言，该是"发发"的时候了。

7日深夜，正当张爱萍同周恩来在电话中确定原子弹"零"时的时刻，在距开屏1000公里的酒泉机场上，机务人员正忙着给轰-6的弹舱加温。刚刚装配好的原子弹要求保持恒温——20摄氏度，正负不超过5摄氏度，冷了不行，热了也不行。5月的河西走廊，还是料峭春寒的天气，一身"娇小姐"脾气的原子弹，在这里生活艰难，没奈何，只好由机务人员替它昼夜加温。西安阎良飞机制造厂曾在轰-6的弹舱里装贴了保温衬壁，保温衬壁由一层玻璃纤维、一屋泡沫塑料和一层涂有隔热漆的漆布制成。可是光有保温衬壁还不够，工厂又特制了一个加温帐，把弹舱整个儿罩了起来。就这样还嫌温度达不到标准，机务人员便又添了两台加温炉，在距飞机两三米的地方将空气加热后送入弹舱，这才使弹舱里的温度符合了要求。

当日凌晨3点，机务人员从热被窝中钻出来，在寒风瑟瑟的机场上，启动加温炉给弹舱加温，兰州军区空军工程部部长赶来指挥机务人员在加温帐里接收已经安装好了的原子弹。机务主任唐志敏、大队机械主任马保民亲自带领机务、军械人员把原子弹在弹钩上挂好，核科学研究院的技术人员对挂弹情况进行了检查、测试之后，还派专人监视弹舱内的温度。

加温帐里暖意融融，加温帐外春寒料峭。在冷风和暖意的交融中，一轮鲜亮的红日正从东面大戈壁的尽头升起。

李源一和于福海精神抖擞地登上飞机，会同唐志敏、马保民仔细检查挂弹后的保险，当四人一致确认原子弹的各个保险构件都处于正常位置后，就关闭了弹舱门。

唐志敏和马保民离开加温帐，走下了飞机。

轰-6飞机21号的机组成员，各自坐到了自己的战位上。

他们只等千里外核试验总指挥张爱萍"开飞"的一声号令。

千里外的开屏核试验总指挥部的主控室里，张爱萍将军和核试验委员会的九位副主任一字排开，在将军们的对面是一群精神矍铄的科学家。

将军和科学家们一个个神情严肃，默默无言。

只有空军司令部气象局邹竞蒙响起了冷静沉着的声音："……从最新的测风资料中发现，场区高空风有一层偏东风，不符合试验条件……"

这简直是大暑天里飞落下来的一阵冰雹！把每一颗脑袋都打蔫了。

周恩来的话在人们的心底翻腾——"试验必须有把握，不可勉强。"

张爱萍望望成钧，两人的目光交流了一下。

突然，张爱萍的眼睛里面射出一缕刀锋似的寒光，一个铿锵的声音飞将出来："停止起飞，待命。"

在1000公里外的鼎新机场上，正在准备滑出停机坪的21号机组静默下来。

当年，在浙东前线指挥部里听取了南京军区空军气象员徐诚的天气实况报告后，毅然下定决心，命令空军机群立即编队出航，命令海军舰艇部队准备出海，命令陆军第一波部队登船待命的张爱萍，今天在大西北的沙漠深处，他又一次听了一位气象人员邹竞蒙的报告后，毅然下定了"停止起飞，待命"的决心。

四、金色蘑菇云

5月14日。

时间已是凌晨3点，于福海闭紧眼睛，安静地躺在床上，想睡却睡不着。

机务人员正在去机场。一阵阵脚步声，穿过庭院对面的石板路，上了去机场的马路。

这一夜,机场上人声没断。

他想翻身下床,但这绝对不行。天明后要飞行,晚上却没睡好觉,这情况一旦被航空医生发现,就惹出大麻烦来啦。

昨天,5月13日傍晚,核试验总指挥部终于下达了命令:14日,好天。决定进行正式试验。

从接到命令的那一刻起,于福海的精神一直处于极度亢奋之中,不过,他总是竭尽全力把这亢奋抑制下来,不让它向外冒。

直到天亮前,他才迷迷糊糊地打了个盹。

5月8日的试验暂停、待命后,过了六天没碰到一个好气天。天天都是待命,待得人心里烦透了。这一回,天遂人愿,总算出了个好天。不过,于福海还是担心到时候这老天爷又变脸。要是这一回又出现什么意外天气,该有多糟!罗布泊靶场同河西走廊的天气系统是很难协调好的。有时罗布泊天晴,河西走廊却是风沙满天;有时河西走廊的天气可以起飞,罗布泊却布满阴云,不能投弹。4月28日总预演过后,就因为没碰上个好天气,正式试验任务只好一延再延,一直延到了今天,今天如果再不行,谁知道又该推迟到哪一天?一个月前,于福海整天担心的是正式投弹时碰上个恶劣气流,把原子弹投砸了,落个一辈子的窝囊。一个月后,他不再担心这个了。他已经摸清了恶劣气流颠簸活动的规律,练就了一身对付恶劣气流的硬功夫,他的胆子变壮了,心也豁亮起来。他现在最担心的是这布满阴云的风沙天气。

早饭后,李源一和徐文宏两个机组进入机场。汽车一直开到塔台前才停下。

一行人跨下汽车,便抬头望天。

天空一片晴朗。每个人的脸上都挂上了笑容。多么难得的一个好天啊……

塔台指挥员从大玻璃窗口探出半个身子,朝机组人员打了个手势——"再等一下。"

机场气象台正在同开屏机场通话:"喂,喂,开屏,开屏,你们那里情况怎样?"

"鼎新,鼎新,开屏回答:高云,8000米上有层高云……"

罗布泊上空8000米有一层薄薄的高云,这层薄薄的高云能不能进行正式试验,载着原子弹的飞机能不能批准起飞,两处气象台还正在研究呢。

哪壶不开提哪壶,老天爷就这么个德性!

昨天,5月13日,整整一天,从零点到凌晨4点,从凌晨4点到中午,从中午到傍晚,在开屏机场和鼎新机场两个气象台之间,每隔一个小时,便从气象电话专线上互相传递一次甘肃、内蒙、新疆三个省、自治区25个地方气象台站的天气实况。每隔3小时,在两地蹲点的气象专家和军队气象局、处、台长和经验丰富的预测预报人员,便在千里之外互相交换对未来24小时、10小时、5小时天气形势变化的分析判断,会商对未来气象情况的预报和对核试验总指挥部提供的气象建议。这支军事气象队伍的精兵强将在呕心沥血、绞尽脑汁之后,傍晚时分终于得出了一致的看法:14日,从大形势上看,天气较好,可以进行正式试验。

核试验委员会主任张爱萍将军根据这个气象预报,向全场区的部队下达了正式试验的命令。

整整一个通宵,两个台站的气象专家和工作人员轮班坐镇在预报室里,对夜间云彩星光的生消变幻进行监测。

罗布泊的夜空,天朗气清,碧空如洗。大形势同傍晚前的情况一样,并无变化。

可是,待到天明一看,便发现8000米高空有一层薄薄的高云。从地面看去,那高云像一幅晶莹皎洁的纱巾,轻轻地飘拂在碧蓝的天空。这样浅薄的高云在夜间的星光下,凭肉眼是难以发现的。

本来是给仙女们增添美气的一幅轻绡,却成了一片压向核试验场区人们心上沉重的阴霾。

李源一、于福海和21号机组成员脸上刚刚挂上的笑容又消失了……

鼎新机场的天气却变得越来越好了。

鼎新机场气象台向开屏核试验总指挥部气象台提出一个紧急建议——派轰-6预备机组升空,到罗布泊去进行天气侦察。这是军事气象侦察中的杀手锏,到了该施展出来的时候了。

建议立即得到了核试验总指挥部的批准。

徐文宏的轰-6飞机22号立即发动,滑出,升空,载着满场人的焦急和渴望,在西面遥远的天际消失。

于福海看了看腕上的领航手表,时钟正指向6点。

徐文宏和赵承业驾驶22号飞机去了罗布泊。

李源一和于福海也跨进了21号机舱,他们要从核技术研究院技术人员的手里接收原子弹。

弹舱里地方狭窄,却温暖如春。

直径1米的原子弹,赫然高悬在弹舱的弹钩上面。

圆圆滚滚、浑身乳白中透发着凛凛之气的原子弹,俨然一位高贵典雅的冷美人。

核研究院技术人员对这颗原子弹进行的最后检查测试已经完毕,正等待机长和第一领航员来接收。

李源一、于福海会同团机务主任、军械主任,仔细检查了原子弹的引爆信管上的保险栓是否已经连接上,解除第一道保险锁是否已打开械定时引爆。

一致确认原子弹的各种保险均处于正常位置,并且签字交接完毕后,弹舱门便关闭了。

在8000米的高空,徐文宏22号机组同开屏机场正在进行陆空对话。

多座飞机上的陆空对话有一套特定的程序:在超短波电台超出陆空通话范围时,由空中通信员收听地面无线电呼叫,双方沟通联系后,空中通信员把地面的发话记录在陆空对话记录的稿纸上,并通报给机长,再把回话记在稿纸上,由空中通信员向地面发报回话。这个有点繁琐的通话程序,却保证了机舱内的宁静,使机长和第一领航员便于聚精会神地去飞行。

徐文宏机组出航后,一路上气象情况都不见好。7点30分左右,飞机到达罗布泊上空,徐文宏和赵承业发现靶场附近有一层云,赵承业在8000米上朝下看,有时能看见地面,忽而又看不见了。地面无线电问:"能不能工作?""工作"便是投掷原子弹。徐文宏不好回答。塔台指挥员便叫他们"飞到靶场上游去看看"。徐文宏飞到靶场以西45公里远近的一处空域,他同赵承业同时望见在茫茫云海间,突然现出一个很大很深的窟窿,这是气象专家们曾经预测到的那个云洞。从飞机上凌空下望,云洞像是四周雪山间横躺着的一个湖,湖水湛蓝,凝碧无波,又像一只雕琢精美的翡翠盘,陈设在一大幅洁白的丝绸上面。他们沿云洞边缘游弋了一圈,看见那云洞在整个儿缓缓地朝靶场方向移动。他们大喜过望,便调转机头追踪过去。

他们追到了一片空旷的大沙漠边缘。赵承业仔细斟酌一番,最后断定飞机已经飞到了罗布泊的南边,徐文宏让飞机继续往前飞了一段,他俩同时发现,飞机临近了靶场上空,那小小的白色圆圈都望见了。这时他们发现靶场上空的云量正在渐渐减少,阳光照在云层上面,闪亮发光的云层正飞快地飘移。透过这稀薄的云层,他们看见了靶场外围的那些沙丘和水泊。于是徐文宏和赵承业马上告诉空中通信员:"立即向地面报告:可以工作,可以工作。"

这个从天而降的佳音,立即传到了张爱萍将军的面前。临危不惧、遇险不惊的将军,在这个从天而降的喜讯面前,也眉开眼笑得张开嘴巴,当机立断吐出了一道铿锵有力的命令:"起飞!"

将军这一声如山的军令,千里之外的李源一、于福海立刻驾驶银光熠熠的战鹰,风驰电掣地冲上了云霄。

飞机从南向北起飞,爬高后右转弯180度,转到了机场的东面,从跑道上空横掠过去，载着机场上人们的欢呼和热望钻向高空，在机场正西方的云层中消失。

从鼎新机场到罗布泊靶场，航程900公里，飞机以每小时800公里的速度在海拔1万米的高度上飞行。

飞机从嘉峪关北面飞过。从机舱里遥望过去，只见那在地面显得巍峨雄壮的楼阁宛如神话中仙山城阙的戍楼，倒成了一幅刺绣的图画，沉浮在茫茫云海之中。从昆仑山迤逦而来的古长城，缩小得像条纤细的长蛇，时隐时现。于福海看看无线电罗盘，航向完全正确，他给李源一递了个眼色，李源一轻轻地点了点头，表示"明白"，便更加大胆地往前飞了。于福海同李源一许多时候总是在心领神会的默契中进行空中协同的。李源一遇事沉着稳重，于福海是真心佩服。在4月28日投冷爆弹的那天，他们机组按照事先定好的协同规定，飞机进入轰炸航路后，在投冷爆弹的1分20秒前，于福海应该"打开自动投弹器"，可到那时，由于他精神过度紧张，竟忘打开自动投弹器冷爆弹当然没能投下。这要是在往日，整个机组肯定就乱套了，亏得李源一沉着稳重，满机舱的人没哪个吭一声，只听见李源一在招呼于福海："别着急，下次再投。"说罢，便把飞机转过来，再绕一圈，又飞到了轰炸航路上。于福海这才重新按照协同动作规定的程序，做完做好了每一个轰炸动作，冷爆弹最后投在距靶心96米的地方，取得了一个优异成绩。

飞机继续往前飞，发动机发出雄壮的欢歌。机翼下净是滚滚流动的絮云。于福海捋起衣袖，看了看手表，默默计算了一下航程。他明白，飞机已经到了第一个检查点——安西。安西是座古城，自古便是内陆通向西域的一个重镇，汉唐以来都有大军驻守，都督府掌握着对轮台、乌孙、鄯善……诸国的攻防战守。从安西经敦煌到玉门关的大道两旁，生长着许多高大荫浓、瘢痕累累的古柳树。晴天时，可以望见路旁两行生机盎然的古柳，像一条绿色的长丝带。这绿色的长丝带，从这里一直延伸到了新疆。这便是清代左宗棠"新栽杨柳三千里，引得春风度玉关"

的"左公柳"。这是前人绿化沙漠戈壁的一座丰碑，是沟通关内关外经济文化的一条长河，是维系祖国统一的一根纽带，给古代丝绸之路平添了一抹美丽的景色。它令唐代诗人王之涣"羌笛何须怨杨柳，春风不度玉门关"的悲凉情调黯然失色，又为叶剑英元帅的"英雄一代千秋业，敢说前贤愧后生"的豪情兴发起到铺陈的作用。不过，这千古的风流此刻都笼罩在云山雾罩之中，望不见了。于福海检查了一下航向，发现李源一稍稍飞偏了3度，他竖起三个指头，给李源一打了个手势，李源一不动声色地操纵着飞机，把航向拨正过来。

再往前，便是古代丝绸之路上的繁华城镇敦煌。飞过敦煌，便望见了敦煌北面那一马平川的大沙漠。玉门关废圮了的城垛埋没在浩瀚的黄沙窝里，长城的残址更寻不见踪影了。

飞机飞了将近一半航程，于福海抬头向右侧眺望。

右侧，远处，正北方，果然，那大漠深处难得找到的唯一检查点——白山，正从茫茫的云海中显露出来。白山并不白，竟是一座赭红色的石山，它峥嵘耸立在四周一片残雪似的乱云里面，像漫天皆白的雪地里绽开的一朵红莲花。这是多少年前火山爆发时留下的一个山川胜境。飞机从"红莲花"擦身而过，向黄沙大漠飞去……

突然，于福海发现，那一直在机身两侧翻滚的云浪变成了阵阵轻烟，渐渐稀薄下来，飞机发动机沉甸甸的吼声也变得高亢起来。

于福海透过机舱下望，往日熟悉的那弯弯曲曲的河流已经清晰可见，散布在流沙中的几处泛着白色的水泊，也浮现出来。还有那沙漠中许多的礁石，深深浅浅，乌黑灰褐的一大群，像散荡在流沙水泊和青草之中的牦牛和骆驼。于福海一眼认出，这里已经接近罗布泊试验场区了！

飞机终于进到了靶场东面的那个蓝盈盈的小湖上面。这小湖是去年于福海用来替代远距导航台的，成钧曾经满意地批准了他的这个创见。

飞过小湖，于福海便望见了那靶场，望见了那个方形的大白角框，望见了大白角框里面套着的那一道花边似的白圈，圈中画着白色的大十字。

这就是他心上的那个靶标，这就是原子弹将要从万米高空落进它中心去的那个轰炸靶标！

直到这时，他才发现，罗布泊核试验场区的天气已经完全转好，蔚蓝色的晴空，只缀着几缕轻云，轻云在万米高空飘拂着。

他望了望李源一，李源一的脸上同他的心里一样，都洋溢着不尽的欣喜。

飞机很快进入了轰炸航路。轰炸航路距靶标50公里。在这段航路上，于福海要同机组成员一起完成一系列轰炸程序规定的协同动作，然后把第一颗空爆原子弹向靶标中心投去。

后来李源一、于福海在回忆文章《没有消散的蘑菇云》中写到这次投弹：

> 按事先研究确定的投弹程序，飞机要进入靶标三次。
>
> 第一次进入，进行概略瞄准。
>
> 李源一打开自动驾驶仪，把飞机交给于福海，并对他说："我和大刘（刘景新）一定把高度、速度保持好，你放心大胆地瞄！"于福海看了看李源一信任的目光，然后试着用光学瞄准具瞄了瞄靶，的确，瞄准镜中看到的靶标并不怎么晃动。
>
> 第二次进入，进行精确瞄准。
>
> 于福海捕捉到靶标，迅速求出投弹诸元，并用机内通话设备清晰地报告："航向270度，误差为零，偏流负2度，中间风修正80米，（按照规定的高度、速度和原子弹标准落下时间）计算结果，用34度的投弹角，没有发现靶标有偏离的趋势。"
>
> 听完于福海的报告，机组人员立即互相通报各自情况。
>
> 李源一："速度好，偏流对，飞机平稳。"

第六章　两个太阳

刘景新："航向和高度都很准确。"

张公祥告诉大家："于福海求出的投弹角数据和我计算的完全一样。"同时报告："原子弹温度正常，设备良好。"

最后一次进入了。

通信员孙兴福发出了"进入靶场上空投弹"的请示，核试验总指挥张爱萍上将立即予以批准。

关键的时刻到来了。

于福海利用飞机转弯的机会，将一直俯在瞄准具上的上身直了起来，靠在座椅背上，什么也不想，闭上眼睛镇静了一会儿。

到了轰炸进入点，李源一打开了话筒："沉着一点，瞄准时间长一点。"这时，于福海心里镇定极了，他把瞄准镜中的十字标线稳稳地压在靶标中心，并开始做投弹动作，每做一个动作就要大声报告一句，机组成员按事先分工对每个动作进行检查落实。

爆炸时间定为10点整。

爆炸前7分钟，于福海报告："打开投弹总开关。"

"打开投弹总开关。"射击员韩惠安复诵着，同时在程序表上划去了这一项。

爆炸前3分钟，于福海报告："接通原子弹上电源。"

"接通原子弹上电源。"通信员孙兴福用同样平稳的声调答道。

爆前1分20秒，于福海报告："打开自动投弹器。"

"打开自动投弹器。"第二领航员张公祥激动起来。

投弹前10秒自动打开了弹舱。

"打开弹舱！"

……

9点59分10秒，一切就绪，于福海准时按下投弹按钮，原子弹脱钩而出，飞机减轻了重量，轻轻向上窜了一下。

于福海向外一看，乳白色的原子弹在阳光下亮闪闪地直向靶标落去，他又在瞄准镜中观察了10秒钟，十字标线仍然死死压着靶标，丝毫没有偏移。李源一忙问："怎么样？"于福海很有把握地报告："没问题，肯定能投进去！"

"立即关上遮光罩！"李源一高兴地命令着。

我们刚把座舱玻璃上用来防止光辐射伤害眼睛的遮光罩拉闭，一阵强光闪来，耀眼夺目。耀眼的闪光持续了四五秒钟。

于福海实在忍不住，摇开遮光罩飞快地向靶标看了一眼。只见靶标上空出现了一个巨大的金色火球，仿佛是太阳落在我们的脚下。隔了片刻，机组的其他同志也难抑惊喜之情，都往下望去。靶标已不见了，机翼下是一片汹涌壮阔的火海，火海周边是一层凝重的烟云。烟云弥漫开去。

随之而来的是强烈的冲击波，飞机抽搐似的抖动着，忽又粗暴地上蹿下跳，李源一和刘景新紧张地稳住飞机，加快速度脱离危险空域，冲击波很快便被摆脱了。

正如后来影片中解说词讲的那样，这是一次非常准确、非常成功的投弹。据雷达测定，原子弹爆炸时，距靶心只有40米！当时坐镇指挥的成钧副司令员通过对空台兴奋地对我们说："周总理刚刚和指挥部通过话，总理让立刻转告你们，他讲：'你们工作得很好，祝你们安全返航，回去要很好总结经验。'""明白！明白！"听到周总理这么及时的鼓励和赞扬，我们一时无法表达出内心的激动。

返航了，飞机从试验场区侧面掠过。眼前，那核爆炸特有的蘑菇云已经形成，蘑菇状的云冠上面金光闪烁，鲜亮绯红的火柱在云冠中心喷涌趵突，晶莹皎洁的白烟正在云冠下边蒸腾涌起，天空和大地被烘染成一片辉煌，宛如一条金色的游龙正在昂首飞腾。我们一言不发，都静静地凝望着这壮观的奇景……

飞机返航途中，地面通报："机场天气变坏，侧风增大，能见度不好。"

轰-6的起落要求有长距离跑道，在河西走廊一带没有这样的备降机场。李源一只好横下一条心，抢在大风到来之前着陆。

飞机按照预定时间到达鼎新机场上空，却看不见机场跑道！机场完全被昏暗的大风沙淹没了。

他们用导航台按照盲目着陆构成直角大航线的方法，进入着陆航线，降低了高度，开始下滑，转弯……正赶在这个时刻，机场周围狂风骤起。大风卷起戈壁滩上的尘土沙石，铺天盖地扑向飞机，机舱窗户的钢化玻璃被沙石敲打得簌簌作响，机身在狂风中剧烈颠簸。偌大一个机场全陷在浑黄污浊的风沙里面。李源一和于福海再也看不见机场，再也看不清跑道了。

李源一操纵飞机，继续下降高度，于福海全神贯注地寻找地标。两人的协同配合完全是一种心灵间的默契和感应。

就在狂风稍稍间歇的一刹那，于福海发现了远近距导航台之间那条熟悉的小路。他们每次上飞机时都抄这条小路走捷径的，小路已经印在他们的心底。这会儿，小路在危急关头抛来深情的一瞥，真给于福海大长精神。于福海看了一下仪表，视线又顺着小路发现了近距导航台，随即报出："高度好，速度好，方向也好！"

李源一像个处在惊涛骇浪中的老船长，绷着脸，紧咬住下嘴唇，一双大眼睛里射出一缕寒森森的光来，他握紧手中的驾驶杆，强令那庞然大物从浑浊翻涌的风沙中冲过去。高度降到50米时，在正前方400米处他看见了跑道头。

1965年5月14日，我国第二次核试验成功后，张爱萍（右 ）在核试验现场向周恩来总理报告试验初步结果

他继续降低高度，迅速将飞机对准了跑道。

他感到了机轮接触地面的撞击！

飞机稳稳地降落在跑道上，向停机坪滑去。李源一那在胸口怦怦直跳的心，也稳稳地落了下来。

遮天蔽日的尘沙遮没了飞机的身影，呼啸的狂风淹没了飞机的轰鸣。机场上的人们正在焦躁不安地寻找飞机，飞机却已经滑进了停机坪，停靠在同志、战友和亲人们的眼前。

这些同志、战友、亲人和首长们是特地赶来迎接胜利归来的战鹰的，每个人都蓄积着满腔满腹的欢乐和热忱，每个人都饱含着一睹英雄机组从天而降的渴望，基地文工团的姑娘们更是浓妆艳抹，手捧鲜花，准备向英雄机组献上真挚的祝贺。现在，这所有的一切都被可恶的风沙破坏了，人们的衣帽、鞋袜、头发、脸上、眼睛、耳朵里全灌进了尘沙。

欢迎仪式没能举行，可是真正的欢乐永远留在每个人的心中。

从这一天——1965年5月14日起，中华人民共和国拥有了自己可供自卫作战使用的第一件核武器。

五、"抢在法国人前面"

于福海在当年唐玄宗恩赐缢死杨贵妃的马嵬坡前挤上了陇海铁路东去的列车，赶往郑州同王季南会合。王季南是空军司令部的领航参谋，昨天从北京给于福海电话，说有重要任务，让于福海立即动身去郑州空军接待站，一切见面再谈。于福海同王季南不只是业务上的同行，还是四年前在苏联改装杜-16时的同窗好友。王季南从苏联回国后不久，便调到空军司令部当领航参谋。

于福海挤进车厢后，发现车厢里满满当当的净是红卫兵。1966年冬天，正是红卫兵大串连的狂潮席卷全中国的时刻。列车上已经把卧铺和软席座位统统"革"了"命"，冲出修正主义校门闹革命的红卫兵们免费到全国各地去经风雨见世面，大串连，大旅行。于是，先上来的红卫兵把车上的硬座一抢而光，后上来的便占住过道、厕所、行李架以至茶几、座椅的底下，为自己寻得个栖身之地，最后上来的便只有在人堆中见缝插针，落得个人擦人的份。于福海是掏钱买了票，票上注明着座位号码，可在车厢里再也找不到自己的座位了。多亏那红帽徽红领章给他争光，红卫兵们这才给了他个"站票"的待遇。他像罐头盒里的小干鱼，腰板挺得笔直，夹在红卫兵的胸脯、背脊、胳膊和大腿中间，从陕西关中一直站到了河南郑州。一路上，他都在竭尽全力为争夺自己的"生存空间"奋斗不止。临下车时，他的两条腿已经僵硬麻木得挪不开步了。

在郑州，王季南给于福海传达了个绝密任务——明年，1967年，我国要搞空投氢弹试验。这回空投氢弹同1965年空投原子弹大不一样。空投的原子弹不带伞，是颗裸弹，弹道同普通航弹没太大差别。这回的氢弹却是个带了大降落伞的伞弹，弹道同原子弹的显然不同。空军轰炸机部队从来没执行过这种任务。只有海军航空兵某师有海上空投鱼雷的经验，空投鱼雷是带伞的。还有空军运输航空兵第十三师有用降落伞投放抢险救灾物资的经验。空军司令部领导决定派他俩去这两个师取经，为下一步研究空投氢弹的弹道做准备。

两人先到开封空军运输航空兵第十三师取经，接着便千里迢迢地赶到山东流亭机场去找海军航空兵某师求教。在两地取完经，于福海随王季南回北京，继续探讨氢弹的弹道问题。

探讨不但是在严格保密的状态下进行的，而且还处在"文革"的狂风暴雨之中。北京城大街上，空军机关大院里造反派们正在"炮轰"、"火烧"、"油炸""中国的赫鲁晓夫"和空军内部大大小小的"走资本主义道路当权派"。于福海在这种比高空扰动气流还可怕的政治气氛中同王季南钻研了几天弹道，觉得浑身不是滋味，便在一个风雪交加的夜晚，告别王季南，搭上火车，悄悄回到了关中的团部。独立第四团已经于1965年5月空投原子弹不久，改番号为航空兵第××师。原先的轰-6飞机×大队番号改为第一○八大队。于福海现在是第一○八大队的领航主任。

于福海回到第一○八大队后，一个人躲在办公室里继续埋头钻研他的氢弹弹道问题。王季南传达给他的那个绝密任务——1967年要空投空爆氢弹成了他心中无形的压力。当王季南最近又一次传来氢弹塔爆试验已经在罗布泊一举成功的消息时，他更感到这空投氢弹的时间已经一步更比一步地紧逼过来了！

其实，中国要空爆氢弹并不是1967年才开始的。

早在1964年1月，第一颗原子弹还没有爆响之前，中央专委便提出：在原子弹爆响后，立即抓紧解决氢弹的有无问题。在首次原子弹试验成功后，周恩来立即指示二机部加快进行氢弹的研制计划。他要求把氢弹的理论研究放在首要位置，并且注意处理好理论和技术、研制和试验的关系。

1965年1月，毛泽东指出："原子弹要有，氢弹也要有。"刘少奇也说："要像炸响原子弹那样，早日炸响氢弹。"

这是那个历史时代的最强音！

这年5月间，聂荣臻元帅召集国防科委和二机部负责人员研究氢弹试验的准备工作。他针对美、英、苏三国签订部分禁止核试验条约的国际形势，坚定明确地指出："不要受几个核大国条约的束缚，要继续走自己的路。他们地面、空中、海上的试验都搞过了，不必再搞了，就来订个条约，不许别人搞。想捆住人家的手脚，他们好实行垄断。"他要求国防科委及早做好氢弹试验的准备工作。

1965年夏天，核试验研究所的人员从外国新闻媒体中了解到法国准备在1968年进行首次热核装置爆炸试验。这在时间上比中国滞后了一大截。为了给祖国争光，为民族争气，他们提出"抢在法国人前面"实现中国第一颗氢弹爆炸试验。

要实现"抢在法国人前面"，关键在于早日实现理论上的突破。

核武器研究所理论部副主任于敏，一位当时名不见经传的年轻核物理学家，带领部分科技人员，在国庆节前赶到上海华东计算所，利用假日的全部时间算出了一批理论模型。经过分析研究，获得了热核材料燃烧规律的重要成果，但这种模型的重量大，比威力低，聚变比低，不符合1吨重、100万吨TNT当量氢弹的要求。接着于敏在总结经验的基础上，作了详细的分析和系列报告，科技人员又计算了一批理想模型，发现了热核材料自持燃烧的关键，突破了氢弹原理方案中的一个重要课题。于敏同几个青年学者终于找到了理论上的一个新发现，这个新发现犹如一束智慧之光，可以照亮氢弹理论研究通向核爆炸的道路。

于敏十分激动，当即给在北京的核科学家邓稼先挂了个长途电话。

科学人员间的通话必须严格遵守国家的保密要求。于敏为了既使自己的意思表达得清楚，又不让长途台的接线员听出真实内容来，于是就编出了一个打猎的趣闻："老邓，我们几个人去打了一次猎，打上了一只松鼠……"

邓稼先听出了隐语中的好消息，便问道："你们美美地吃了一顿野味？"

"不，现在还不能把它煮熟，要留作标本。"

"为什么？"

"我们有新奇的发现，它身体结构特别，需要做进一步的解剖研究，可是……我们人手不够。"

"好，我立即赶到你那里去。"

邓稼先立即带了一帮人飞往上海，他们肯定了于敏在理论上的重大突破，在这个重大突破的基础上立即做出进一步扩大战果的部署。

正在这时候，氢弹的理论研究却遭到了"文革"黑风恶浪的猛烈冲击……

核科技大军在"抢在法国人前面"的雄心锐气下，紧密团结一气，在浊流中搏击前进。

周恩来"要把理论研究放在首要位置"的要求终于得以实现。

聂荣臻把氢弹理论研究上取得重大突破的消息，通过电话向周恩来报告，并且说："总理，看来法国人在设计上遇到了一些麻烦，也许目前他们还不懂得真正的氢弹技术。"

周恩来问道："你听过专家的分析？"

"是的，邓稼先他们告诉我，法国人同苏联人一样，技术也像美国从原子弹到混合弹，再到真正的氢弹，但在时间上没有苏联快。估计到1968年才差不多……"

"你是说，我们努一把劲，可以抢在戴高乐前面？"

"没问题！"聂帅说，"许多科学家说'文革'归'文革'，氢弹归氢弹,他们还在拼命干……邓稼先他们提出……"

"我知道,你告诉邓稼先他们,他们的口号'抢在法国人前面',把氢弹搞出来!我支持……就这么干!"

挂上电话,周恩来大出了一口气。

"抢在法国人前面"是一个战略思想,是一面振奋民族锐气的旗帜,是中国核科技大军在沉重压力下发出的战斗呐喊!第二次世界大战期间,美国就是在"抢在纳粹前面"的旗帜下振奋起民族锐气,把第一颗原子弹研制出来的。

1966年10月,罗布泊里彤云密布,朔风凛冽。

在离第一次原子弹塔爆中心不远的地方,又竖起了一座铁塔。这座铁塔是作为首次氢弹原理试验之用的。

铁塔依样是巍然耸入云霄的埃菲尔式雄姿,塔顶上依样躺着一个金属小屋。本来,它就是首次原子弹试验时的备份铁塔。经过国防科委组织有关单位和专家分析、论证,肯定这个备份铁塔可以用作氢弹原理的试验。不过,这回的铁塔塔基同前次的那座大不一样,在塔基半径230米内的地面,统统用水泥和石块做了加固处理。因为这次试验的氢弹威力特大,尽管科学家们在设计氢弹装置时,已经减少了裂变和聚变材料的装置,但其爆炸威力仍然比原子弹大五到六倍。如此大威力的氢弹爆炸时,塔基底下的松土卷入烟云,将在场区内外造成极其严重的核污染。经过科学家程开甲院长用常规炸药进行模拟试验证明,用这样的办法做加固处理后,相当于把铁塔加高了60米,可以保证这次试验的安全。

铁塔的工程基础从当年6月18日开工,到10月底,塔架的安装便全部完工,净作业日不到100天,比第一次原子弹试验的架塔周期缩短了80余天。

在彤云和朔风里,罗布泊又一次沸腾起来了。

10月30日,聂荣臻飞到了罗布泊。

聂荣臻在全面检查了氢弹原理试验的准备情况后，致电周恩来，反映了试验中尚存在的薄弱环节，并且提出力争在12月或翌年1月进行试验。

周恩来立即作出了批示。

遵照周恩来的批示，二机部全面检查了氢弹装置的加工情况，国防科委派人去西北核武器研制基地协调解决试验准备工作中的有关问题。由于准备工作时间已很紧迫，为了缩短运输时间并考虑到安全保密，确定氢弹装置用飞机运送到试验现场。

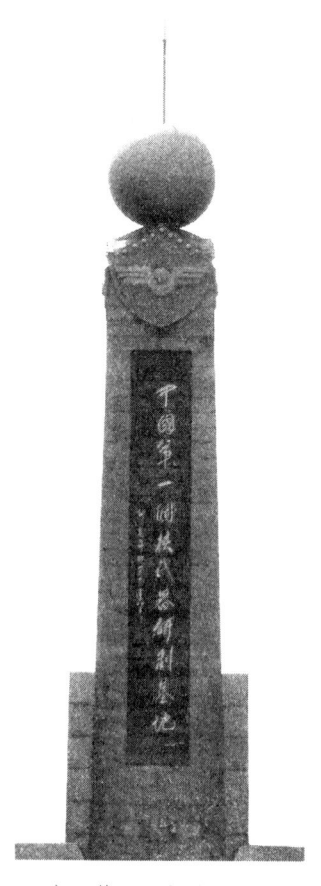

中国第一个核武器研制基地纪念碑矗立在海北藏族自治州首府西海镇

12月11日，周恩来主持中央专委会议，原则上同意国防科委和二机部关于氢弹原理试验各项准备工作的安排，同意在12月底或明年1月初进行这次试验。

12月18日和20日，核试验基地分别组织进行了全场联试和综合预演。

正式试验用的氢弹装置于12月21日15点20分空运到达试验场区，25日完成了氢弹的总装配。

12月26日，聂荣臻乘专机来到试验场区主持氢弹原理试验。

26日下午，氢弹装置吊装到铁塔上。当晚，聂荣臻与试验党委成员一起研究了气象情况，将试验"零"时定为28日12点。周恩来于27日19点复电同意。

27日21点至28日凌晨，完成了氢弹装置接插雷管。在对氢弹装置进行了外观和局部检查等各道工序后，装配人员撤离铁塔。

28日12点，氢弹装置按时起爆。

爆炸后取得了大量的测量数据，特别是取得了热核反应过程，氘化锂-6反应速率及聚变威力等重要数据。根据对多种测量数据的综合分析，这次爆炸的威力为12.2万吨TNT当量，试验取得了圆满成功。

这次试验，无论从原理、结构，还是从测得的数据及实际结果看，都是一次取得圆满成功的氢弹地面试验，表明中国已掌握了氢弹原理和研制中的关键技术。

中国核武器的发展史上又竖起了一座丰碑。

中国继美、苏、英之后，成为世界上第四个掌握了氢弹技术的国家。

"抢在法国人前面"的口号，终于梦想成真！

氢弹原理爆炸后的第二天，聂荣臻在开屏核试验基地召集钱学森、王淦昌、彭桓武、朱光亚、陈能宽、程开甲、于敏、周光召、方正知等专家座谈。专家们一致认定氢弹原理试验是成功的，建议下一步进行100万吨级的全威力氢弹空投试验，以肯定这条路子作为解决中程、远程地地导弹氢弹头的方向。

正是聂荣臻在罗布泊作出氢弹空投空爆试验决定的重要时刻，于福海接受了为这颗氢弹研究弹道的绝密任务。他站到"抢在法国人前面"旗帜下的大军行列中了。

六、李源一接受的新任务

1967年的新年刚刚过去，由副团长升任副师长的李源一接到去北京开会的通知。他原以为是去受领作战、训练或者参加核试验任务的，到了北京才知道是让他来参加批斗成钧的大会。

1967年1月13日凌晨，"中国女皇"江青以全军文化革命领导小组顾问的名义，在京西宾馆向空军直属机关造反派点名打倒刘震、成钧、何廷一三个"三反"分子。刘震、成钧都是空军副司令员，何廷一是空军司令部副参谋长。堂堂共和国的三位将军，竟由一个没有军籍、不是军人，在党、政、军高层领导机关中不担当任何职务、只有一个特殊身份的女人，红嘴白牙，在一群造反派头头面前说一声"打倒"，便被打翻在地，再踏上一脚。苍天在上，沉冤莫白，党纪国法，荡然无存！李源一被召来参加这样的批斗大会，他觉得自己的心像掉进了一个稀泥烂草的黑窟窿里面。最令人难以接受、难以忍耐的是造反派竟要他在批斗大会上揭发成钧在独立第四团犯下的"反革命滔天罪行"，要肃清成钧在他们部队中的"流毒"和"恶劣影响"，还要他自己同成钧划清"阶级界线"。李源一最明白，成钧同独立第四团轰-6大队的接触，不过是最近四年间的事。四年来，成钧在这里干的每一桩事情，他李源一都在场，都一清二楚。他只知道哪一桩都是为搞好核试验，哪一桩都是为轰-6大队战斗力的成长。从那一桩桩事情中都可以看得见这位老将军胸中装着的那颗炽热红心。他李源一能把这些说成是"反革命罪行"吗？能把一个忠心耿耿、正直无私的老共产党员诬蔑为"三反"分子吗？他陷在事实与谎言、真理与淫威、实事求是与专横武断、明白与糊涂的矛盾之中。他的思想水平、政治觉悟，都不可能使他看清楚这场斗争的实质，不可能理解发生这场灾难的历史背景和真实原因。但是，他的党性、他的品格、他的道德修养，使他作出了唯一可能的选择——沉默。在大会场上，他闭紧嘴巴，不说话；在宿舍里，他一个人躺在床上发怔……他最大的希望是尽快从这地方脱离开去。

终于有一天晚上，空军当时的一位负责人把他叫到办公室，说："中央决定今年上半年要进行空投氢弹试验。空投的任务交给一〇八大队。"

这位负责人要他回去抓紧把准备工作搞好。

李源一谢天谢地地离开了那间办公室。

第六章 两个太阳

李源一像逃出牢房的囚徒，逃回了自己的部队。

他把空投氢弹的任务交给了第一〇八大队的徐克江、张文德两个机组。他让两个机组受领同一个任务，进行同样的训练，要求两个机组达到同等战斗力的水平，能完成同一个任务。这是成钧当年教给李源一的办法。

两年前，第一次执行空投原子弹任务时，成钧让李源一的21号机组为正式机组，徐文宏当了预备机组。第二回，执行空投带热核材料的原子弹时，他就让徐文宏机组上来唱了主角。这样，两个机组便都锻炼成了主力机组。后来，他给李源一规定，以后再来任务时，都实行这个办法。这样，他用两架飞机在两年时间内培养出了六个能担负空投核弹的机组，使机组的战斗力增长了三倍。他把自己在游击战争时期用一支步枪培养出三个特等射手的经验来指导部队现代化的建设。在劣势装备的条件下，这的确不失为一个好的办法。成钧已经被打倒了，造反派正在用移山心力来肃清他在部队中的"流毒"，可是，他让部队战斗力加速成长的"毒"还依旧在"流"呢！

对于李源一来说，他抓空投氢弹的准备工作有两个关键环节，一个是改装飞机，另一个是高空投掷氢弹的训练。

首次空投的氢弹是颗重达数吨、弹体特长特粗的超巨型航空炸弹。空投这样大块头炸弹，上回投原子弹的机舱和挂弹架已不堪重负。百万吨级氢弹爆炸时的光辐射特强，核辐射剂量特高，飞机和人员的安全防护措施要求便特严，两架轰-6都要做进一步的改装。核试验总指挥部对这件事抓得特紧，决定由空军、第三机械工业部（以下简称三机部）和二机部三家联合组成一个改装小组，到三机部在西安阎良飞机制造厂去改装。

空投氢弹同空投原子弹大不一样。投原子弹只需用光学瞄准器进行瞄准，投氢弹却还要加用雷达瞄准。原子弹是不带伞的裸弹，氢弹却是带着个大降落伞的伞弹。投伞弹的弹道轨迹还是个谜，全靠在训练中摸索。

改装飞机要花去一个月左右的时间,而且不能立刻投入使用。李源一于是敲定:抓紧改装前的一段时间,突击高空雷达瞄准训练。

在宁夏中部偏南、黄河支流清水河流过的地方,有一片广阔荒凉的沙滩。这里早年本是宁夏著名物种滩羊繁衍生息的牧场,后来因常年干旱、风沙肆虐、河水断流、土地盐碱化,羊群无法生存,牧民们便纷纷离开了这地方,撇下了这片"天上不见鸟,地上不长草,风吹石头跑"的荒漠。

20世纪50年代末期,独立第四团的一支小分队来到这块荒漠之地,在盐碱滩里用白石灰铺垒出一个供轰炸机高空投弹的地面靶标。给这荒无人烟的沙滩平添了几分生气。小分队又在离靶标不远的地方,开凿水井,修建出一座平顶楼房,在楼顶上竖起无线电台的天线,安上测风测雨测温测湿的风信机和温湿度计。他们在这里建起了一座集气象、通信、警卫、靶场维护于一楼的轰炸靶场——蒙语叫三不拉靶场。

1967年2月,春节刚刚过去,三不拉靶场的战士们便忙碌起来。他们把一个又一个金属三角架埋设在靶标周围,还增派了岗哨,对金属三角架实行严密警戒和保护。这种金属三角架名叫靶心反射器。

当天气晴朗时,三不拉靶场的万米高空中便响起了飞机的轰鸣声。追寻着这轰鸣声,翘首天际,便可发现那小得像只银梭的轰-6的倩影,在晴空中翱翔,随后便是三颗一组的炸弹从天而降。炸弹落在白石灰圈圈的靶标附近。奇怪的是这些炸弹触地后并不爆炸,既不见硝烟火柱,也不见尘土飞扬,更勿谈气浪掀起的冲击波。只见靶场上的战士拿着皮尺去仔细测量那些炸弹的落点,用镢头去刨出每一颗钻进泥沙中的炸弹。这种炸弹壳里没填炸药,也没安引爆雷管,肚子里装的净是水泥,它的名字叫训练弹。晚上,电台把训练弹的"轰炸成绩"——每颗炸弹弹着点偏离靶标中心的距离远近……用电波输送给驻在300公里外的副师长李源一和第一〇八大队的徐克江机组。

第六章 两个太阳

雷达瞄准的轰炸训练，使这寂寞冷清的荒漠忽然间显出一番空前热闹的景象。战士们站在楼房顶上大声吆喝，热烈欢呼。回族老人、孩子、婆姨们从低矮狭窄的窑洞中探出身来，嬉笑着，惊讶不已，连荒滩里的野兔、沙鸡也满地乱蹦乱飞来凑热闹。

威武高大的轰-6昂首振翅，八面威风地耸立在西安阎良飞机制造厂的总装车间里。当夜幕降临时，这里便灯火通明，人头攒动，大龙门吊车吊起一个个飞机部件在半空中游动，灵巧的小电瓶跑车载着一筐筐零件、电线和工具，在飞机和各个工作台之间穿梭往来。身着深蓝色工作服的技术工人，蹲在自动升降的舷梯上，心灵手巧地埋头赶活。大车间里很少有噪声，只有电焊机溅起一簇簇的火花，刺得人眼花缭乱。火花从飞机上、从各处工作间里乍然迸起，又骤然熄灭。由空军、三机部、二机部组成的改装小组人员臂上套着特制的袖箍，同工厂的工程技术人员一道，坚守在每一个工位上，严把着每一道工序的安全和质量。

当飞机改装的最后一道工序完工，当最后一盏灯熄灭，当东方升起的太阳把第一缕霞光抹上车间的大玻璃窗户时，李源一带领徐克江机组来到了这里。他们从车间主任和改装小组人员手中接过新改装的飞机，抚摸着每一个新改装的部件，严格地检验了每一道工序的质量。

他们看了弹舱里那些经过改装后的桥形挂弹系统，还看了一套新加装的投放电气系统，包括正常投放系统、应急投放系统和超应急投放系统。工程技术人员和工人们用这套装置来保证氢弹在任何情况下都能投得下。当他们看到弹舱里那新添的加温、保温、调温和测温的设备时，只引得大伙艳羡："让'娇小姐'过得太舒服了！"工厂的工程师还让他们看了一辆新造出的运弹车，它可以把好几吨重的氢弹直接从库房运到飞机的起挂位置上，一次完成，大大减少了运弹挂弹的时间，保证了挂弹的安全性和可靠性。

最令他们感兴趣的是工厂对飞机和机组人员的安全防护装置。整架飞机都加喷了一层特种防护漆，使机组人员和机上设备免受氢弹超强度光辐射和冲击波的伤害，飞机的各个舱窗上都安装了金属遮光帘，还用铅片和型材堵塞了所有舱门的缝隙，用白色硅橡胶代替了普通橡胶和一些密封材料。对可能被直射光射到的设备及电缆、电器、仪表、军械、雷达……一律缠上了石棉绳和玻璃布条，甚至电缆卡箍中原先的黑色胶垫也统统换成了白色的……总之，需要防护的地方都做到了严密的防护，凡是能想得出的危险都一个一个地排除掉了！这样的加装改装工作，使每个参加核试验的人员，不但对氢弹试验安全可靠的信心大为增强，更使大伙感受到了地面工程技术人员为空中战友的生命安全献出的一片真挚厚爱。

李源一带着新改装的飞机，欢欢喜喜地回到了关中某地机场。只过了一天，他们便飞到了河西走廊的鼎新机场。这里是他们两年前进行空投原子弹训练的老地方。

在鼎新，李源一受领了核试验总指挥部交给的第一个任务——进行机、伞、弹试验。

李源一这次要进行的机、伞、弹试验，就是要用颗1:1的配重弹来对降落伞空中自动开伞程序、伞的强度、配重弹在开伞后的留空时间进行试验，同时还要验证氢弹的弹道轨迹。

李源一和两个机组的空地勤人员由核试验总指挥部派来的人领着，去领略这颗1:1配重弹的风采。

配重弹密藏在机场的一间库房里面。深锁的铁门外面，还布上了两道岗哨，警卫森严。

铁门打开，一伙人把配重弹细细打量了一番。

配重弹像条大白鲨，身长不下五六米，单是尾巴上那四片风翼，便比戏台上关云长的青龙偃月刀还宽还厚还长。配重弹由弹头、遥控部和伞舱三部分构成，统一藏在一个特制的炸弹壳体里面。炸弹的头部药室里没装核炸药，也没装TNT，装的净是些钢块钢球之类的废金属材料。虽然净是些废钢铁，可装填时还是挺讲究的。不但要把弹头药室填满填实，更要求把规定的废金属全部用完，不能多，也不能少，要让这堆废金属的体积和重量，同氢弹装的核材料完全相等，所以叫1:1的配重弹。

李源一和机组人员特别想见的是降落伞，那伞却叠好密封在伞舱里面看不见，核指挥部来的人便把他们带到了机场的保伞室里。

一具特大的降落伞，高高地悬挂在保伞室里。伞衣像特等丝绸般密织、柔软、轻薄，光泽鲜亮。那比钢丝还要坚韧的尼龙伞绳，竟像是用丝绒绣线编织成的。李源一一班人都是有跳伞经验的飞行员，对这伞的质量都一个劲地叫美。

空军司令部领航员王季南、第一〇八大队领航主任于福海，还有大队领航员赵承业和徐克江机组的第一领航员孙福长在一起研究认定，对降落伞的鉴定工作可以同验证氢弹弹道一同进行。

李源一同意了这个建议。

徐克江同张文德两个机组便立即开始了这项机、伞、弹试验。

机、伞、弹试验特为新奇，在试验基地内外都引起了轰动。当徐克江机组第一次进行试验时，在基地的大楼顶上和家属院里，在基地附近施工的铁道兵部队中，甚至在弱水河畔草地上放牧牛羊骆驼的蒙古包前，都挤满了看投弹试验的人群。

徐克江驾驶飞机到达靶场上空。坐在领航舱里的第一领航员孙福长从瞄准器里对准了目标，伸手按动电钮，那配重弹便从弹舱中飞出，落进了茫茫如海的万米高空。

配重弹带着飞机高速飞行时给出的初速度，在空中画出一条抛物线弹道，直往下落。

从试验基地到靶场之间的大戈壁里，每隔一定距离便修有一座碉楼式的光学测试台。每座测试台上架设着一部高倍高速自动摄像机。摄像机被乳白色大圆球形的防护罩遮掩着，从远处望过去，这片戈壁滩里对峙着两排白色圆球形似的小碉楼。

徐克江的轰-6飞临靶场上空时，这一个个高速自动摄像机的白色防护罩便自动打开来，防护罩后面的高倍远距离摄像镜头在电子计算机的操纵下，对准飞机进行扫描。配重弹一飞离弹舱落入空中，那一台台高速自动摄像机便快速地进行拍摄。每一座小碉楼式的光学测试台里都响起了自动摄像机清晰可闻的咝咝脆响。

在空中，那配重弹的弹道，被分分秒秒的时间切割成一个个小片段迹象。这些小片段迹象，留在了摄像机的胶卷上面。

在鼎新导弹综合试验的大楼顶上，挤满了观看机、伞、弹试验的人群。人群中，站着核武器研究院院长程开甲，他是从罗布泊特地赶来观看这次试验的。这位鼎鼎大名的核专家，同试验基地司令员和政治委员站在一起。他们从架在高楼顶上的大倍数炮兵观察镜里看这机、伞、弹试验的精彩场面。

当配重弹下沉的速度被大降落伞强拉硬拽地减缓下来时，三个人不约而同地发出了叫喝："秒表，秒表！快，看看留空的时间是多少？"

按照核武器研究院的理论设计，首次空爆试验的氢弹预定在距地面3000米上空爆炸，爆炸威力在150到300万吨TNT当量之间。威力如此巨大、爆点如此高的氢弹，如果不能延长它在空中停留的时间，那是必定要造成机毁人亡的惨剧，空投空爆的试验根本不可能进行。为了避免出现这样的后果，三机部五一三工厂设计研制出了这具特大型降落伞，用它来延长氢弹留空的时间，使飞机获得脱离空中危险区的足够时间。这次由徐克江机组做飞行试验的一大目标，便是要对这具降落伞的空中自动开伞程序、伞的强度、配重弹在开伞后的留空时间进行验证和测试，取得确实可靠的科学数据。

配重弹落在了戈壁滩里。雪白的降落伞在风中飘摆了一阵之后，也伏贴在大戈壁里。

楼上楼下，院内院外，到处都爆发出了掌声、喝彩声和欢笑声。

程开甲院长同基地司令员、政治委员相视大笑："妙啊……妙！"

第二天上午，王季南和于福海怀里揣着徐克江机组第一次空投带伞配重弹得出的弹道轨迹和数据,走进了基地试验大楼。核武器研究院弹道理论研究组的临时工作室就设在大楼里面。

宽敞的工作室里,拉着一道道尼龙绳。尼龙绳上挂满了长串长串的照相胶卷,胶卷多得像是渔民们在晾晒海带。

弹道理论研究组总共不过三个青年人,他们昨晚鏖战了一个通宵,便把光学观测站拍下的所有配重弹弹道轨迹的胶卷冲洗、判读、分析出来,并且同他们原先研究出来的那个弹道理论轨迹进行验证对比,从而定出下一个飞行日飞行试验的方案。这会儿,他们正等着王季南和于福海来碰头,会商出下一个飞行日进行再试验采用的弹道轨迹和参数。

李源一带领两个轰-6机组进行的机、伞、弹试验,总共搞了18天。试验结果:配重弹(氢弹)弹道符合设计要求,瞄准投弹诸元的各种参数已经取齐,弹上的控制系统工作正常,降落伞的结构、强度和开伞程序也基本正常。在试验时暴露出设计中某些局部不合理的地方,经过修改和反复试验后,已经定型并且立即投入了正式生产。按照试验中摸索出来的瞄准角参数,可以保证投掷氢弹的准确性,而降落伞使氢弹在空中滞留的时间可以保证轰-6获得脱离危险区的足够时间。原先两个谜一样的技术性关键问题,已经得到了正确的解决。通过18天的试验飞行,还使改装后的轰-6经受了一次严峻的考验,证明改装后的轰-6可以满足空投氢弹的要求。

专程从核试验研究院赶来观看机、伞、弹试验的程开甲院长,带着试验取得的丰硕成果,连夜飞回了新疆。临上飞机前,他紧紧握住李源一的手说:"咱们开屏见!"

果然,只过了几天,李源一便接到核试验总指挥部的电报:速来马兰机场。

轰-6腿长翅膀硬,从鼎新到马兰,千里之遥,只用了一个半小时,说到便到了。

他们这样快速机动的转移,只苦了两个机组人员的妻儿老小,他们对自己亲人的来去行踪一无所知。第一〇八大队政治委员徐克江的妻子王玉兰心理上更遭受了苦不堪言的折磨。徐克江一连几个月在外地出任务，飞得高，走得远，飘忽不定，而她完全被装在闷葫芦里面。徐克江还把80岁的老母亲留给她一个人来服侍。老母亲身患哮喘病，整天躺在床上动弹不得，那接连不断的干咳，更咳得王玉兰心惊。婆婆病重时王玉兰要端屎端尿。她每天从师部幼儿园下班回来，从进门到出门，就只能围着婆婆转圈，儿子和自己的一摊子事情全顾不上，只能等婆婆睡稳后再干。就这也罢，老母亲的脾气还挺倔，嘴又碎，喜欢唠叨，实在难服侍。老人家一旦咳得气管痉挛起来，难受得趴在床沿上直叫，这时，她就要媳妇王玉兰去把儿子徐克江叫到身边来！可是，这叫王玉兰咋能办到？就连徐克江在外面参加核试验的事，她也是个保密对象啊！正当徐克江从甘肃鼎新飞到新疆马兰时，王玉兰突然接到娘家来的急电：父病危，火速归来还可一见。这一下，直弄得王玉兰傻了眼。重病的婆婆，临终的亲爸，你让她顾哪一头好！她独自捏着电报，坐在宿舍门口发呆发愣，欲哭无泪。"连个商量的人都没有啊！"几十年后，王玉兰提起来还在叹气。

轰-6从鼎新机场顺顺当当地飞到了马兰机场。

飞机轮胎刚刚擦着跑道，李源一便发现马兰机场大变了样。

两年前，成钧让他同于福海来罗布泊选空投原子弹靶场时，就住在这里。那时候，飞机起降都还在那条碎石跑道上，场站也只是两排又低又矮的小平房，到处是帐篷、干打垒和钢架房。两年不见，如今的马兰机场已经得到了脱胎换骨的改造。那些帐篷、干打垒和钢架房已经消失得不见踪影，取而代之的是红砖红瓦、玻璃闪亮、正规的制式营房。新修的主跑道足足3200米长，80米宽，跑道两端还加了200米的保险道。不用说轰-6在这里可以放开手脚起降，就连美国的空中堡垒B-29轰炸机，苏联最新的逆火式轰炸机也能在这里稳当自在地起飞降落。还有跑道两侧的夜航灯，跑道头上的固定塔台，都挺气派。一个地地道道的一流机场，出现在这旷古荒凉的大戈壁滩上。

机组在马兰场站匆匆安顿下来，一种大战役前夕热烘烘的气氛便扑面而来。

机场上，运输机、直升机一架紧接一架地起飞降落，就是夜深大戈壁沉沉酣睡时，这机场上也还有飞机悄然降落。从飞机里出来的，不是一箱箱包装严实绝对保密的器材、仪器，便是一批又一批的大专家、大首长。那跑道灯、T字灯、塔台指示灯、高楼和烟囱顶上的安全警戒灯，还有大卡车、小汽车的头灯和尾灯，使得机场里像闪烁着一地的繁星。

罗布泊核试验场区里面更是风景这边独好。在那波涛起伏似的一道道沙冈上和那一片片平坦开阔的戈壁里，占地300多项的试验工程正在昼夜兼程施工，每一项工程都是用钢筋水泥构成的永备工号。前几年塔爆和空投原子弹时的效应工程同这些工程相比，真可谓是小巫见大巫。这次氢弹试验安排的科学测试项目清单长得惊人，单是新增加的测量仪器设备便多达493台（套），而科学测试的质量要求更远远超过了前几次的水平。那些将要安装在这些永备工号里面的仪器、设备，每一台（套）都是从全国各大工厂、科研协作单位突击赶制出来的，也是从排除"文革"派性斗争的风口浪尖上夺下来的。

处在这样一种大战役前夕的氛围里，每个人的心都在发烧发烫，情不自禁地燃烧起来！这同外面"文革"轰轰烈烈的"夺权"、"抓叛徒特务走资派"、"抄家"、"文攻武卫"的"大形势"，形成了强烈的对照。

七、忧愁风雨周恩来

忧愁风雨，风雨忧愁。

共和国总理周恩来生活在忧愁风雨之中。

氢弹研制到了关键时刻，"文革"的大火也烧到了他的眉毛尖上。

中南海的卫兵发现西花厅总理办公室的灯光，每天从黄昏一直亮到天明。身心交瘁、形容枯槁的共和国总理，在这里繁忙地批阅着文件，处理着急务。他一次次地去排除红卫兵对氢弹研制的冲击波，一件件地去抓科研成果的落实。往日他手下一批负责搞核试验的老将像贺龙、罗瑞卿、张爱萍、成钧等，在"文革"的万炮轰鸣中，落马的落马，罹难的罹难，幸存在他身边成为他左膀右臂的只有那位从法国巴黎一同跋涉到北京天安门的聂荣臻元帅了。就在他眼皮底下的核研究所也分成了两派，一切行政命令都没有凝聚力了。尽管有毛泽东主席和林彪副统帅签署的"国防科技部门不搞'四大'只进行正面教育"的煌煌命令，可是那些造反派依仗自己身后的大靠山，有恃无恐地照样炮轰火烧"走资派和资产阶级学术权威"，照样"横扫一切牛鬼蛇神"。他们闹得工厂停工，学校罢课，科研院所无法正常工作。尽管正直的科学家们仍孜孜不倦地醉心在他们的氢弹梦里，尽管他们像夸父逐日似的要"抢在法国人前面"爆炸我国的第一颗氢弹，但是王淦昌、彭桓武、周光召、秦元勋、周毓麟、于敏等著名专家的工作，如同陷在泥泞中的牛车，难以拉得动了。不少人被当做资产阶级学术权威加以批斗。

有一次，王淦昌外出搞试验，却怎么也找不到汽车司机，司机搞大批判去了。王淦昌外出回来时发现，他的家竟被抄了。

周光召要静心阅读外国氢弹的技术资料，院子里的高音喇叭却对正他的窗口批判他的"崇洋媚外"、"外国的月亮比中国的圆"的资产阶级观点。

周恩来指名要重点保护的邓稼先也在劫难逃。一次，邓稼先要到罗布泊去搞试验，需要赶往西郊机场乘飞机，可是，他这位所长的专车早已被当做"特权"取消了，行政管理部门不给他派车。他怕误了飞机，便在街上拦了辆拉煤的大卡车坐上，奔西郊机场赶去。他身穿蓝布棉大衣，在车上冻得直哆嗦，好不容易赶到西郊机场，大门口的红卫兵却不让他进去。后来一看他的证件，这些红卫兵吓了一跳，这么个一脸煤灰，身上的旧棉大衣皱皱巴巴，从卡车后挡板上爬下来的人，竟是一位重要代号工程的负责同志！红卫兵犹疑、困惑，不知所措，飞机却快要起飞了！邓稼先急了，从门岗那打电话给候机楼，机场负责人同国防科委副主任朱光亚赶来迎接他，一看邓稼先这副狼狈相，朱光亚痛惜地说："我们的大科学家，你怎么如此狼狈？"邓稼先苦笑道："落难公子，一言难尽啊……"

其实，"落难公子"何止邓稼先一个，而是一大群啊！

这群"落难公子"像掉了羽毛的凤凰，还在苦孵着他们的金蛋。

周恩来不是"落难公子"，倒像个长江三峡里的纤夫。在他日理万机的肩膀上，又新套了一根沉重的纤绳——他要把中国的核火之船，从"文革"的浊浪中硬拖出来。

深夜，聂荣臻亲自拨通了他的电话："总理，正式试验用的氢弹在西北核武器研制基地最后加工完毕，可以出厂了！出厂前对氢弹各部组件进行了多项检查，质量合乎要求……"

聂荣臻的这个电话像海边吹来的一阵清风，把周恩来浑身的憔悴和疲劳一扫而光。他欢喜得咧开嘴巴大笑，在大笑中撂下电话。这时，他望见办公桌上那本活页台历上的四个大字——6月5日。他明白，这已经属于昨天了。

又过了三天，6月8日，氢弹由核武器研制基地的专用火车和专用汽车运送到了马兰机场的装配厂房里面。运送氢弹的火车外表上同普通的闷罐车一般模样，它的车皮却包装在一层坚硬得连子弹也打不透的金属材料里面。氢弹的组件分别装在一个个特制的大箱子里面。每只箱子在车上的位置、排列次序、编号、重量都是经过精心设计和测量的，并且在车上标记明白。光是那装着中子源的金属盒子，就专门用了一节车皮，车皮里防震、防潮、防倾斜、保持恒温的设备一应俱全，还加派了一名经过严格训练的战士，一路上小心翼翼地护卫着它……

在一支特种部队的护卫和沿途公安干警严密的警戒下，氢弹在深夜运进了马兰机场。这时聂荣臻便立即给周恩来报告了这个消息。

清晨，西花厅里，彻夜未眠的周恩来拧熄了办公桌上那盏铁架台灯，信步跨出了西花厅的门槛，抱着那只伤残了的手臂，静静地望着庭院中那两株心爱的海棠，深深地呼吸着清香漫溢的新鲜空气。他不知道那妖娆红艳的海棠花是什么时候绽开的，什么时候凋谢的，他只望见那枝头上正缀满一簇簇青绿色的果实……无边春色在他的身边早已消逝殆尽。

6月12日，他在人民大会堂江苏厅召开中央专委会议，听取国防科委副主任罗舜初关于氢弹空爆试验准备工作完成情况的报告。

在对首次氢弹空爆作出最后决策之前，周恩来审阅了一份核试验基地对降落伞空投中发生事故的报告。事故发生在6月3日，当日轰-6在投掷第三颗配重弹时，弹上的主降落伞在空中破裂，造成炸弹自由落地。核试验指挥部的张蕴玉、张震寰和三机部、西北核武试验基地以及空军的有关人员赶到现场仔细考查，共同分析原因，与有关技术人员研究后，对主降落伞采取局部加固和改进折叠包装方法等措施，提高了主降落伞的可靠性。6月10日，核试验基地为此写出了一份专题报告。

这份报告引起了周恩来的震惊，又一次搅动了他胸中的忧愁风雨。

他指着这份报告中"均很正常"一句批评道："降落伞有三处裂口，还能说很正常吗？缺乏科学态度嘛！不要过分乐观，要实事求是……必须认识这次试验的新特点，并认真严肃对待，绝不能粗心大意……"又说："防止意外情况发生，很关键的是保证降落伞的强度和正常开伞，必须认真严肃对待。"他立即责成中央专委办公室的郑汉涛组织三机部有关人员到现场去，会同基地人员对主降落伞再做一次全面的检查。这样言辞温和态度却极严肃的批评，可以说是自从核试验以来所罕见的。

周恩来刚刚把主降落伞裂口的忧愁风雨排遣开来，那氢弹爆炸时的"热线"，又沉重地压在了他宽阔的胸怀上。

百万吨级氢弹爆炸时，罗布泊里上百吨的尘埃沙粒将被卷裹成一团浓墨色的冲天烟柱，上升到万米以上的云霄之中，然后被平流层里的高空风引带着，沿河西走廊上空渐飘渐移，渐飘渐降，渐降渐稀。那沾染着核辐射的尘埃颗粒呈一条狭长带状的"热线"，沉降到敦煌以东一带的地面，使地面的水源、蔬菜、瓜果、牧草遭受不同程度的核污染，给人畜安全和健康造成轻重不等的危害。

从第一颗原子弹在罗布泊塔爆的那一天起，这条沉降污染的"热线"便沉重地刻在了共和国总理的心底。前五次核试验中，每一次他都为这条"热线"困扰得寝食难安；每一次他都要千方百计地来减轻和消除这"热线"所造成的危害；每一次试前决策时，他必定要让参试的核物理、国防气象、国防医学、防化学兵部门的专家们对沉降污染的"热线"走向、剂量、危害程度作出科学的论证和精确的计算，拿出切实有效的防护措施来，让核试验基地会同军事指挥机关切实落实这些防护措施。只有达到了这个要求，他才肯最后拍板。每一次的试前决策时，他总要反复地强调四个字"万无一失"。

万无一失！在军事、政治斗争中，在科学试验中，在一切人类的发明创造活动中，难道真有万无一失的事情？

周恩来在同中国导弹专家，那位让导弹同原子弹"联姻"的总设计师谢光远的一次谈话中说过："什么叫万无一失？是指试验的思想和作风必须达到这个境界或目标。你所能想到的故障问题，你认真克服了，解决了，有很高的责任感，你就是符合这个要求了。如果是属于科学上的认识问题，或目标还不能解决的问题出了差错，那是不能归罪于你们的。一切责任由我们中央负责。"

这一回，百万吨级氢弹爆炸将要造成的沉降污染"热线"，更要远远超过前几次的程度，这条"热线"给周恩来心灵的扰动，比哪一次都更沉重，更剧烈，更痛苦！他说："对场区周围138到150公里的三个居民点，要分别派出三人小组的毛泽东思想宣传队并携带警报工具、通信器材，于'零'时前发出警报，要居民留在房子里学习毛主席著作（沉降污染物落地时，人畜只需躲避若干小时便可避免肌体受到直接伤害）。在考虑沉降污染时，对场区以西地区也要充分注意。要研究计算可能污染地区的剂量，要有对付意外情况的安全措施。总之，要非常关心人民的安全。"

"要非常关心人民的安全。"这就是周恩来胸中那忧愁风雨的总根源。

周恩来的一腔忧愁风雨，唤出了河西走廊一带的千军万马，卷起了一场反沉降污染的大旋风。

在核试验基地最后进行的全场综合预演中，徐克江驾驶轰-6飞到罗布泊靶场上空，领航员孙福长扳动按钮，投下了一颗冷爆弹。冷爆弹同正式试验用的氢弹形状和重量一模一样，只是弹头里的核装料换成了TNT高能炸药。

冷爆弹在靶场上空掀起一个霹雳，升起一个黑烟翻滚直冲霄汉的蘑菇云。

随着这声霹雳，冲着这朵蘑菇云，开屏核试验总指挥部的大报警器发出了一阵撕天裂地的长鸣……

在长鸣的警报声中，一队草绿色的战地救护车从开屏指挥部冲出来，沿着罗布泊大漠北缘飞奔而去。

草绿色的车队奔向敦煌，奔向安西，也奔向周恩来讲话中提到的那三个居民点……

这是一支由总参谋部作战部、总后勤部、中央卫生部、总参谋部防化学兵部、总参谋部气象局和国防科委等单位组成的安全防护小组指挥下的检查队，专门负责检查沉降"热线"地区人畜安全防护措施。草绿色的战地救护车上涂有防核辐射的物质，车里坐满身着防护服的专业人员。他们是一支能在核爆炸区的烟雾间从容出入的防化学侦察兵。

草绿色的车队赶到了敦煌。

敦煌城区内外的居民早已井然有序地进入了安全防护状态。田园寂静，鸡犬无声。

两天前，兰州军区便在敦煌开设了一个指挥所。指挥所调集了全军区的防化兵部队，集中了军队和地方医院的医护人员，组织了民兵和学校师生，编成了一支由党政军民组成的安全防护大军。随着罗布泊上空的那声爆响，敦煌指挥部的上空也警笛长鸣。在警笛的长鸣中，一场防护沉降污染的人民战争全线展开。

防护战线沿敦煌—安西—酒泉—张掖，一直到武威东边的乌鞘岭下，呈一条线状摆开，横宽只不过5公里，纵贯却达几百公里。它是按"热线"的走向划定的。在沉降污染的"热线"范围内，防化兵战士、医务人员、民兵、教师、学生在军官和地方干部的带领下，有的用探测器四处探测核射线沉降的剂量，有的给水井、泉眼和一切人畜饮用的水源蒙上防护核污染的大篷布，有的逐家逐户地检查贮藏蔬菜、饮水、粮食的情形，有的去向居民宣传核防护知识。

全民防护大军的活动刚刚展开，天空中又传来了飞机的轰鸣声。这是从马兰机场起飞的"热线"跟踪侦察取样的歼击机。飞机的机翼下挂了两只取样器，取样器长1.2米，直径不过35厘米，它把空中飘浮的热核辐射粒子摄入样品筒中，由核试验研究所进行化验，查明"热线"上核辐射的剂量。飞行员的座舱里也装有一只探测器，专门测定射入机舱的核射线剂量。探测器上标明了允许接受核射线的最大剂量，飞行员在允许限度之内可以自由飞行，可以去追踪那看不见的飘浮粒子，及时报告地面指挥所，一旦"吃"的剂量接近了最大允许限度，便自动停止向前飞行。核试验研究所依靠"热线"跟踪取样飞机来查明核辐射粒子在空中飘浮的情况。

这样，从天空到陆地，从关外到关内，从罗布泊到武威，在这条狭长的线状地带上，上演了一场扫荡核污染的全民防护战争。

这虽然是一次预演，但假戏真做搞得格外认真。跟这个预演同时进行的，还有铁道部编组的多列火车在玉门至哈密间待命，又有总后勤部和国防科委抽调的300余辆汽车集结在敦煌地区待命。火车和汽车都是供发生紧急情况时作疏散居民用的，这也是由共和国总理胸中的忧愁风雨扰动出来的。

八、两个太阳——并非神话

在距马兰1200公里的昆仑山下，一支由三个地空导弹营组成的摩托化纵队，正浩浩荡荡地行进在青海高原上。这三个地空导弹营从兰（甘肃省兰州）新（新疆乌鲁木齐）铁路上的柳园车站卸车后，改为摩托行军。

摩托纵列越过古丝绸之路的重镇敦煌，翻过终年皑皑白雪的当金山口，穿过寒风刺骨的冷湖和芒崖，渡过大小柴旦木，从没有土只有盐的盐湖公路上闯过去，最后抵达了蒙、藏、汉族聚居的格尔木镇。

这是罗舜初按照周总理的要求同总参谋部作战部和空军拟定的一个作战方案：用三个地空导弹营部署在昆仑山下，对付从泰国乌塔堡或清迈来突袭罗布泊核试验的敌B-52或U-2。这也就是王有亮在《作战预案》上写明的那个可能性最大的敌机入侵方向。

空军指派独立第四师新任师长岳振华同兰州军区空军杨焕民司令员来指挥作战。

富有地空导弹作战经验的岳振华同杨焕民决心把这一"宝"押在格尔木的高地上面。

一年前，成钧同杨焕民、岳振华谈过，格尔木是个"押宝"的好地方。敌机若从泰国乌塔堡或泰国清迈来突袭罗布泊或青海的核工厂，格尔木是个必经之地，而且五四三部队从来没在这里设伏过，没暴露过目标。此处离罗布泊或西宁一带的核工厂比较远，是极易造成敌飞行员懈息麻痹的地方……

成钧这会儿正关在北京郊外的秦城监狱里，享受着比日本甲级战犯还差一等的待遇。他的名字已经从不少人的嘴巴上抹掉了，可是他军事上的眼光还留在人们的心上,他一年前的预见,这会儿要变成现实了。

兰州军区空军和独立第四师司令部在格尔木设立了指挥所。

岳振华同杨焕民商定,把第二、六、十五三个导弹营设在格尔木东西两面的高地上,摆开"一"字形阵势。

格尔木地形开阔,四周全是漫坡草地,导弹阵地的遮蔽角几乎等于零,萨母-2在这里可以纵横恣意地机动射击。

早晨,何方陪同岳振华在察看阵地时,岳振华悄声地告诉何方,昨天夜里他接到北京来的绝密情报:"乌塔堡有了情况……"

两个人的目光在清冷的高原风里交织在一起,两个人的心底响起了同一个声音:"快来吧!"

这时,一轮红日正从他们的脚下升起。他们第一次发现,昆仑山麓的太阳,显得格外的大,格外的红,却又格外的低,低得紧挨着大地,好像要落在他们的脚下……这是他们从来没有见过的一副奇景。

这就是胜利前的预兆吧!

正午时分,聂荣臻的专机在马兰机场降落。

核试验委员会的新班子成员张蕴钰、张震寰、李觉、袁学凯、邓易非在舷梯旁迎候着聂荣臻元帅。

聂荣臻下了飞机,同迎接的人们握罢手,忽然一怔,眯起双眼,朝四周扫了一圈,然后低垂着脑袋,朝一溜乌黑锃亮的轿车走去。

斗转星移,物是人非。聂荣臻旧地重来,自应有难说得出口的一腔苦涩和遗憾。

共和国在这里投入了如山的人力、财力、物力,几万战士挥洒热汗和鲜血在这里苦战了七年,多少位著名的科学家和广大的工程技术人员在这里呕心沥血、竭忠尽智地献上自己的聪明才智,聂老总自己也在这里倾注了很多精力,增添了半头白发!中国的核弹在这里一次次爆响,一条自力更生发展国防科技事业的道路在这里一寸寸地拓展开来！就在这如日中天的风光里，忽然间，天外黑风吹海立，历史、是非、美丑都颠倒过来……今天，正是今天，赶在第一颗百万吨级的氢弹就要从这里爆响，"抢在法国人前面"的口号即将成为现实的时刻，几位多年同他一道在这大沙漠里埋头苦干的将军，几位多年同他一道在险恶的风波里同舟共济的将军，却再也不能见面，再也不能握手笑谈，再也不能举杯痛饮！这些身经百战的老兵，并不是倒在敌人的飞机大炮之下，也不是倒在罗布泊的烟云和尘沙里面，却是倒在铺天盖地的诬陷和诽谤声中！就连此刻站在他身边的张蕴钰，也险遭大字报的轰击，亏得周恩来的一声震怒"谁闹就抓谁"，张蕴钰才得以幸免于难。

聂荣臻的到来，使得马兰机场的空气骤然变沉寂了——一种战场上特有的沉寂，一种大仗爆发前特有的沉闷和寂静笼罩着这里。

"'零'时到了！"——在马兰，没有一个人这样说，但是，每个人分明都听见了自己在心里这样呼喊。

聂荣臻是受中央专委主任周恩来之托，亲自前来主持首次氢弹空爆试验的。

新疆地区夏季的气候，早晨地面气温适宜，空中的气流稳定，罗布泊里的能见度极佳。对于空爆氢弹来说，这几条太难得了。

首次氢弹空爆试验的"零"时，定在6月17日8点。

深夜，在离机场跑道200米的装配厂房里面，一群工程技术人员身着洁白的工作服，剃了光头的脑袋上紧扣着尼龙帽，双手戴着透明得能看见皮肤的薄膜手套，在院长陈开甲的指挥下，完成了氢弹的装配。这是一项比绣花女工还要心灵手巧，同心脏外科手术不相上下的细致敏捷的工艺操作。他们在这间封闭得严严实实、洁净明亮得像大医院外科手术室的车间里，一口气干了48小时，到这会儿，也还像医护人员在看护刚做过大手术的病人那样，每个人都精心地守护着那颗大氢弹，不断地给它加温，测试湿度、压力……

第六章　两个太阳

浑身乳白色的氢弹透发出一股凛冽的寒气。这颗在爆炸瞬间能释放出几百万吨当量热能的核弹，此刻像条安然躺卧着的大白鲨。

天明后，厂方大门豁然打开，一辆运弹车沉稳地开了过来。

大白鲨似的氢弹被吊到运弹车上。

运弹车驮着氢弹驶进了停机坪，倒进了轰-6的机腹底下。飞机编号21，它就是李源一、于福海空投第一颗原子弹的那架飞机。

机腹下，弹舱门大张开来。

氢弹被平稳地托起，一点点升高，升到了机舱顶上的桥型挂弹钩上。

咔嚓一声，弹钩把氢弹锁定。

机长徐克江，第一领航员孙福长同团机务主任、军械主任四个人走进弹舱，把锁好了保险栓的氢弹从工程技术人员手里接过来。

徐克江把挂好了氢弹的轰-6从停机坪滑出，滑到了跑道头上，只等指挥员的一声令下，他将把中国第一颗百万吨级的氢弹送上蓝天……

当徐克江把载着氢弹的飞机滑进跑道头时，领航主任于福海在清晨的雾气中走进了马兰空军指挥所的一间小屋子里面。

小屋子里只有一张小书桌，桌上安了两部电话机，还有一个与空中联络的无线电话筒。通过这有线和无线电话，于福海可以同洋平里气象站、马兰机场空军指挥所通话，还可以同空中飞机上的领航员直接对话。

于福海走进小屋，从领航皮包里取出一张大白纸来。他把大白纸铺在小桌上面，细细揣摩着。

大白纸上画着氢弹的弹道轨迹、计算公式和一长串的参数。

经过空军司令部领航参谋王季南、第一〇八大队于福海、赵承业、孙福长同核武器研究院弹道理论组将近两个月的探索、模拟实验，他们研究出了空投空爆氢弹弹道计算的方法和有关参数。昨天晚上，他们根据开屏气象台对"零"前一小时预测的气象数据，又一次预算出了今天领航员孙福长在空中瞄准投弹时应采用的修正参数。

于福海坐在桌前,望着这张大白纸,静静地等待着洋平里气象台把当日早上从罗布泊上空"零"前一小时实测的气象数据报来,他好对投掷氢弹时采用的瞄准角作最后的修正,然后告知空中领航员孙福长按照这个瞄准角修正度进行瞄准投弹。

此时此刻,兰州军区空军的一位指挥员正在按部就班地指挥轰-6进入待命起飞位置,对全场工作进行起飞前的最后检查。

指挥所设在马兰机场主楼的二层上面。圆形的指挥桌摆在宽敞的房间中央,围绕指挥员一圈,坐着作战、领航、情报、通信、气象、航行、雷达、高炮八位值班参谋和两位标图员。指挥所朝西的一面开着一长排大窗户,窗户正对着机场跑道。坐在这个房间里可以眺望机场及飞机的起飞着陆。

大圆形指挥桌的化学玻璃板下压着一幅《轰-6飞机空地协同顺序图》,顺序图把徐克江机组空投氢弹的全部飞行过程,从起飞、爬高、转弯,进入轰炸航路、三次通过靶场、进行瞄准,直到投下氢弹、退出靶场、返航等几个阶段都画在一张大白纸上。每个阶段飞行的时间、机组成员在空中的工作内容、空地协同的要求也写在上面,还把各阶段地面对空中实施指挥时应该背诵的毛主席语录,也用鲜红的字体写在一边,提醒指挥人员特别注意。

7点整,聂荣臻在核试验基地领导干部和一群科学家的陪同下,走进指挥所。

正襟危坐在指挥桌前的兰州军区空军部队指挥员,啪地起立,敬礼。

"元帅同志,轰-6飞机21号机组执行21-73任务,一切准备好了。请指示。"

聂荣臻神情严肃,气宇轩昂,铿锵有力地命令:"开始。"

兰州军区空军的这位指挥员没有立刻转述聂荣臻的命令,而是首先用他嘹亮的嗓音，对着话筒，来了一段"早请示"："敬祝伟大领袖毛主席万寿无疆，万寿无疆！敬祝林……"接着又念了一段最高指示："我全军将士必须时刻牢记我们是伟大的人民解放军，是伟大的中国共产党领导的队伍，只要我们时刻遵守党的指示，我们就一定胜利。"末了，他才向塔台指挥员李源一命令："开始。"

随着他的这一声，整个马兰机场，从塔台指挥员李源一到各个角落都响起了"早请示"、"最高指示"和"开始"的声音。

"早请示"这一套活学活用是空军新近的一大创造，受到了中央和全军"文革"领导小组的高度赞扬，正在向全军、全党、全国人民中推广，风头正劲呢！

聂荣臻沉静地站在那里，一言未发。待这位指挥员发完命令，他才向这位指挥员招手致意："我们是来向空军同志学习的，不妨碍你们的工作。一切按你们的安排进行。"

他侧过身来，向肃立在两旁的科学家和将校军官们打了个手势，自己便率先坐下。他从摆在面前的水果盘里拿起一个库尔勒香梨，闻了闻，笑了。

紧挨着聂帅坐着的是著名科学家邓稼先、钱学森、周光召，还有国防科委副主任刘西尧、张震寰。此时，他们每个人都很严肃。

靠墙壁的两长排座椅上，全挤满了将校级军官和核物理科学技术专家。

满屋子的目光自然投向了聂荣臻。

高大伟岸的老帅，紧闭双唇，岿然不动地坐在那里。他有叱咤风雷的威仪，又有儒雅的风度。

跑道上传过来发动机的轰鸣声。

透过窗口望去，载着氢弹的轰-6正从跑道上滑行过去。

飞机的负载太重——一颗氢弹加上油料，这已经接近飞机最大限量的负荷了。发动机累得粗声粗气地吼叫，跑道也仿佛在脚底下微微颤动起来。

徐克江心里明白，要把如此大负荷的飞机拉起来，离开地面，这可全得看他身上的硬功夫了！

他把油门加到最大，狠劲压稳舵柄，让飞机在跑道上做长距离的滑跑。他要通过长距离的滑跑，让宽大平展的机翼下聚起最大的升力。

飞机轮胎沿着跑道冲破地面摩擦带来的阻力，一个劲地朝前奔跑。

跑道从机舱外面掠过。

往日飞行中大轮胎留在跑道上乌黑焦臭的橡胶印迹已经消失。

跑道头的T字灯也飞闪而过……

徐克江心里明白，飞机快要滑到跑道尽头了！于是他紧捏住舵柄，轻轻往上一提，便觉得那庞然大物已经从跑道上漂了起来。

载着氢弹的飞机，顺顺当当地离开了地面。徐克江到这时候才大松了一口气，他发觉汗水正在背脊上涔涔地流。

他让飞机保持了一段平飞，尔后才稍稍抬一抬机头，飞机马上进入了上升、爬高状态。

徐克江心里充满了自豪感。这个山东掖县农村的孤儿，一个三岁就随生母和继父浪迹关东、靠继父掌鞋糊口长大成人的穷小子，今天成了载着共和国第一颗氢弹飞向蓝天的飞行员，一个飞行团的政治委员！他和他的机组参与了"抢在法国人前面"的伟大进军行列，见证了这个历史上的壮举！

在指挥所三楼顶上，雷达天线在旋转。

天线发射出的电磁波把轰-6在空中的动态信息捕捉住，反馈到雷达荧屏上，显示出一个闪光的亮点。雷达手把闪光的亮点判读出来，成了一个信息。信息被无线电送话器传送给指挥桌旁的女标图员，女标图员一面静听着耳机里响起的信息，一面用指间的红蓝铅笔把信息标注在航行图上面。

第六章 两个太阳

徐克江的轰-6飞机21号正在沿着图上划定的航线飞行。

飞机上升到了海拔1.1万米的高度。

指挥所的扩音器里响起了第二飞行员王庚臣的声音:"孔雀,孔雀,426望见了罗布泊,望见了罗布泊……"

按照轰-6的飞行规定,第二飞行员负责空中同地面的通话。

领航参谋挪动着指挥桌上的航行计算尺,量了量距离,报出:426距靶标350公里。

从马兰到罗布泊航程500公里,飞机用每小时800公里的速度飞行。

指挥所里人人都明白,中国第一颗百万吨级的氢弹很快就要爆响了!

过了一会儿,墙上的扩音器里第二次扬起了王庚臣的声音:"孔雀,孔雀,426准备通过靶场,要资料,要资料。"

要资料是飞机进入瞄准投弹前的准备工作。资料包括"零"前一小时地面测得的高空风风向、风速,还有地面领航小组根据这些高空风数据测算出来的瞄准角修正度。这是机上领航员孙福长在进行瞄准时最要紧的数据。

王庚臣要的资料——靶场上空"零"前一小时高空风数据,是洋平里气象站测出来的。

早上,轰-6飞机21号从马兰机场起飞前,洋平里气象站的测报员便放出两个高空探测气球。气球把靶场上空万米高空的风向、风速测出来,由气球上的发报机把数据发回地面。洋平里气象站测报员用无线电话将每层风的资料报给马兰指挥所气象组,气象组把抄收的高空风资料交给于福海,于福海根据最新的高空风数据计算出空中瞄准的修正角。当王庚臣呼叫"要资料"时,于福海便把高空风数据和瞄准角的修正度通过对空话台告诉孙福长,同时也报给指挥所。在当时,空军指挥所在没有计算机的条件下,这已经算是科学快速的了。

空中,徐克江操纵着飞机向罗布泊飞去。

他望了望座舱上的时钟,时针正指在7点30分上。

他又望了望领航舱，第一领航员孙福长正在按照于福海发来的资料对瞄准角进行修正。

他听听机舱的动静，机舱里一片宁静。

他抬起头来，望望天空，蓝湛湛的，浑无涯际。

徐克江的心大大地舒张开来，深深地吸了口氧气，觉得头脑格外清醒。

他把飞机保持在等高等速的水平上，平直地向前飞去。

第二飞行员王庚臣从座位上伸出半个脑袋，望望徐克江，徐克江转过脸去，两人目光交织在一起。徐克江便向王庚臣和孙福长重重地点了点头，三个人没说一句话便达成了默契。

王庚臣在座位上正了正身子，对准送话器先朗诵了一段最高指示，然后才喊道："孔雀，孔雀，426进入轰炸航路，请求进入投弹。"

这是空中对地面的最后一次请示，以后的行动便全由机长自行决断了。

王庚臣的声音，在指挥所引起了一阵抑制不住的激动。

领航参谋擎起话筒，先来了一段最高指示："我们需要的是热烈而镇定的情绪，紧张而有秩序的工作。"然后带点激动地回答："426，孔雀明白，可以进入，可以进入。"

他在用语录指挥飞行。这又是空军活学活用的一大创造。

飞机进入轰炸航路后，指挥所领航参谋又拿起了话筒："426，现在的工作状况，请回答。"

王庚臣的回答很快便出现在扩音器里："孔雀，孔雀，426正在通过靶场，第一次通过靶场。"

坐在指挥桌前的空军指挥员按捺不住自己的兴奋，伸手从领航参谋手中夺过话筒："最高指示，大力协同，做好这件工作。426，沉住气，多瞄一会儿……"

像步兵连长指挥机枪射手一样，他在命令万米高空上的徐克江和孙福长。

同空投原子弹不一样，飞机要通过靶场二次，到第二次才投氢弹。

指挥所墙上的挂钟，指向了7点45分。这正是飞机第二次进入瞄准投弹的时刻。

果然，王庚臣立即听见了来自地面指挥所的问话："426，你们的情况，请回答。"

王庚臣："最高指示，勇敢、坚定、沉着！孔雀，孔雀，426正在第二次进入。"

王庚臣的声音，令指挥所的空气都凝固起来。

空投氢弹进行到了最后的关键时刻。

第二次进入，从瞄准、投下氢弹到飞机退出，在这段很短的时间里，空中飞机怎样动作，地面指挥所的参谋们都非常熟悉。

指挥所里每一双眼睛都望着墙上的那只大挂钟。

挂钟上的指针正不慌不忙地挪移。

人们的心都在怦怦地蹦跳。

人人都知道，这"零"时就在8点整。

人人都急着想知道，这"零"前分分秒秒的时间里空中进展的情形。

这时，领航参谋从指挥桌前站起身来，他按照预先排定的轰炸航路空地协同表，介绍着每一步程序：

"零"前4分，现在空中正在拉闭遮光窗帘，防止氢弹爆炸的光辐射造成伤害。

"零"前3分钟，空中正在打开投弹总开关。

"零"前3分，空中正在接通氢弹电源……

他的话，每一句，每一个字，都抓住了大伙儿的心，仿佛天地间就只存在这个声音。

他继续：

投弹前10秒钟自动打开弹舱。
氢弹投下！

他几乎蹦跳起来。

随着他这一声，指挥所的人们，包括将军、科学家都纷纷起立。人们的心都抽紧了！呼吸也急促起来！人们竖起耳朵，准备经受那震天撼地的一声霹雳！

扩音器里传出了一个威严的命令："戴上防护眼镜！"这是基地司令员张蕴钰在外场指挥所对全场人员发布的。

领航参谋继续：

"零"前5秒……3秒……1秒……0秒！
……

时光流逝，震天撼地的那一声——却没有听见！没有出现。

"零"后负1秒，负2秒，负3秒也过去了，那声音越发渺茫了……

兰州军区空军指挥员忽地站起来，指着领航参谋喝叫："快，问，发生了什么情况！"

他的眼睛在冒火，狠瞪住墙上的扩音器，似乎扩音器在顶撞他。

扩音器沉默，不回答。

他喝令领航参谋："再问！"

又过了一会儿，扩音器里才透出了王庚臣带点哭腔的声音："没投下！"

兰州军区空军指挥员怒喝："怎么会投不下！问他是怎么搞的！"

第六章 两个太阳

他胸中的雷霆刚要发作,只见坐在中央位置的聂荣臻抿嘴一笑,然后平平地抬起双掌,朝下轻轻一按。兰州军区空军指挥员从老帅的手势,也从老帅处变不惊的神态中,一下子冷静下来,胸中正在熊熊燃起的火气被迎头浇灭了一半。

他端过一碗凉茶,猛喝几口,兀自坐下。

空中。

领航员孙福长骇得目瞪口呆,成了个木头人,大气都不敢喘,凭直觉他认为闯下了大祸!

机长徐克江也像掉进了一口老井里,胸口闷得发胀,头脑里一片混乱……

徐克江是个素质极好的飞行员,他紧咬牙关,克制着自己,从慌乱中闯过来。

"首先要保住飞机!"他的心在喝叫,在命令自己。他果断地让飞机迅速退出了靶场空域。他迅速地看了一下座舱仪表。仪表在安然地运转,仪表上的指示全都正常!他大喜,精神为之一振,头脑顿时便清醒过来。他握紧手中的舵柄,蹬稳了舵,让飞机从容地回转过来。

他大声喝叫:"检查开关。"

随着他这一声吆喝,只见领航员孙福长挥起老拳狠砸自己的脑袋:"哎哟!我真浑……忘啦,忘啦!"

按规定,当飞行员驾驶飞机退出轰炸航路时,领航员必须把投弹时打开的开关统统关掉。当孙福长按照操作规定这样去做时,他便发现那控制投弹的自动投弹器旋柄忘了旋上。

孙福长像个负伤的战士,捂住自己的胸口,发出了悔恨的叹息。如果这时候机舱能裂开一条缝,孙福长肯定会让自己变成一颗炸弹纵身跳出机舱的……

忙中有错。当飞机进入"零"前3分钟时,孙福长一面忙着高声背诵最高指示,一面忙着去拉闭遮光窗帘,防止氢弹爆出的光辐射伤害机组人员,却忘了动手去把那控制投弹的自动投弹器旋柄旋上。旋上投弹器的旋柄是动动指头的事,本是举手之劳,但时间是这样的短促,该做的动作一个紧接一个,要说的话又太多,顾了这头,忘了那头,结果便犯了这个严重的错误。

王庚臣连忙把没有投下的原因向地面指挥所作了报告。

地面指挥所的专线电话直接连着北京国防科委大楼的指挥中心。此刻,周恩来正坐镇在这个中心里。氢弹没投下的原因,一下子便传到了周总理那里。

豁达、气度恢弘的周总理,只讲了三句话:"不要紧张,没关系,再来嘛!"

周恩来的三句话,如一阵春风,只一眨眼工夫,便流进了轰-6飞机21号的舱中,流进了徐克江、孙福长和整个机组人的胸中。

张蕴钰立即向全试验场发出了命令:"飞机没有问题,正在再次进入投弹,各单位继续做好准备。"

徐克江的飞机又飞到了投弹进入点,他又来了个等高等速平直的飞行,他望着满脸绯红、泪流满面的孙福长,沉静温和地说:"沉住气!再来!"

孙福长毕竟是个心性高的硬汉子,没有被自己犯下的错误击倒,没有让自己沉陷在悲伤和苦叹里,他的胆气和韧劲使他重新坐正身子,把眼睛重新贴到瞄准器上。

只过了一分钟,仅仅一分钟,满机舱的人便都听见了孙福长脆亮的口令:

"打开总开关!"

"打开弹舱!"

……

第六章 两个太阳

当轰-6重新进入轰炸航路，重新进入投弹检查点，重新进行瞄准时，地面指挥所墙上的扩音器里，又一次响起了王庚臣高诵毛主席语录的声音："我们的目的一定要达到，我们的目的一定能够达到……"

王庚臣的朗诵声，在指挥所里引起了不同的反应。有的人面露惊愕，只有国防科委副主任朱光亚胆大，竟说了一句："什么时候啦，还搞这一套？"

但是，朱光亚的话没有引起人们的注意。因为——"零"时已经到了！

8点20分，氢弹顺利地飞出了弹舱！比预定的时间延迟了20分钟。

氢弹飞出弹舱的那一瞬间，徐克江只听见挂弹钩咯咚了一声，飞机微微抖动了一下。接着，骤然减轻了重量的飞机，像匹烈马似的腾空而起，机身往正上方猛蹿。徐克江熟练地操纵着飞机，使飞机很快恢复了平稳。

氢弹飞出了弹舱，在空中划出了一道半弧形轨迹。

随在半弧形轨迹后面的是氢弹尾部响起的一声爆音。

随着那声爆音，飞射出一条纤细的银线。纤细的银线一个劲地向上飞射，氢弹在飞快地向下沉落。那纤细的银线像是钓鱼竿上的钓丝，氢弹像条吞下诱饵的大鱼，被钓丝牢牢地钩住，往深水中沉下去。

一朵洁白的小蘑菇，在纤细的银线上面绽开成了一把玲珑剔透的"小降落伞"。

"小降落伞"漂荡在碧空之中，像九天仙女抛下来的一朵白牡丹。

"小降落伞"同氢弹的距离越扯越长，紧接着便有一条拧紧了的"素练"，从氢弹的尾部源源不断地拉扯了出来。

"素练"只随氢弹在空中悠晃了2秒钟时间，便蓦然奋力张开，在高空风的作用下，一下子便撑开成了一把非常宽大的主降落伞。这主降落伞原先是被巧妙地折叠起来的，像襁褓似的密封在氢弹的伞舱里面。它是由银线头上的引导伞如茧抽丝似的把它从伞包中牵引出来的。

氢弹水平方向的速度很快减为零，它成了个自由落体，被地心引力向地面猛拉。弹道轨迹由原先的弧形变成了直线。

主降落伞被高空风吹涨得非常丰盈、饱满，伞下那一根根比钢丝还坚韧的尼龙绳把氢弹牢牢地吊了起来。

氢弹在空中飞快下沉的速度，被浑身雪白的主降落伞强拉硬拽得渐渐减缓下来，氢弹随着高空风向下飘落。

在离地面五六千米的上空，浑身雪白的主降落伞同笨重的氢弹正在较劲……氢弹在空中摇摇晃晃飘摆起来。

氢弹被主降落伞拽着，在空中滞留的时间正好给徐克江机组创造了一个脱离危险空域的时间。

飞机上所有的舱口都被遮光帘遮蔽了。徐克江和孙福长都没看见氢弹爆炸那一瞬间的情景，他们在座舱里只隐隐约约地听见从罗布泊沙漠里传过来一阵闷闷的爆响，接着便有一股热浪向飞机扑过来！他们心里明白，这是氢弹超强度的光辐射冲上了万米高空。那能够灼伤一切的强辐射光波被机上的遮光窗帘遮挡住了……他们暂时是安全的，不过，一个比光辐射更加猛烈的冲击波就紧跟在后面，飞机此刻还处在氢弹爆炸的危险空域里。说时迟，那时快，徐克江还没来得及把飞机完全脱离危险区，他便感觉到飞机受到汹涌而来的波涛的袭击。徐克江对这一切早有准备，他掌住航向，加大油门，一个劲往前猛飞！

"打开遮光窗帘！"第一领航员孙福长向机组发出了口令。窗帘打开了，大伙儿第一次看见，几分钟前还是深蓝澄碧的高空，此时已是一派涌动的红霞。

飞机刚飞出冲击波的危险区，机组成员便听见飞机尾后老远的地方，有连绵不绝似焦雷的爆响。

当冲击波在万米高空消失时，徐克江同王庚臣把飞机稳稳地转过弯来。孙福长把无线电罗盘拨正，找到了马兰机场导航台的呼号，便引导飞机返航。

飞机又望见了罗布泊。

罗布泊被一层蒸腾而起的白色云烟淹没了！看不见靶场，看不见沙丘，看不见湖泊，看不见纵横交织的大公路，也看不见那些布满在靶心周围的效应物。他们见到的，只是在白茫茫云烟上翻腾滚动的那个金红色大火球。

金红色的大火球比原子弹爆炸时大得多，闪烁着鲜亮刺目的红光，红光里面有密密麻麻的金黄色耀斑在喷涌，在趵突，在沸腾地翻滚。

1967年6月20日，《解放军画报》增刊发表了《我国第一颗氢弹爆炸成功》

火球在飞快旋转！

火球在迅速膨胀！

火球像大海上一轮破晓而出的红太阳，把无限的光和热抛向天空，洒向大地。天空和大地被烘染得一片辉煌。

这个时刻，聂荣臻在马兰空军指挥所里正擎起话筒，向周恩来总理报告："根据雷达测定，氢弹于8点20分爆炸，距靶心315米，离地面2960米。比我们预计的成绩还要好些。试验是完全成功的！"

聂荣臻撂下话筒，高举起双手，热泪盈眶地向大伙儿高喊："周总理向大家祝贺，我国首次空爆氢弹试验成功啦！"

聂荣臻张开双臂，抱住身边的邓稼先和王淦昌，激动地喊着："谢谢你们，谢谢你们！"

顿时，指挥所里卷起了一团热烈拥抱、热烈欢呼的旋风。元帅、将军、科学家、工程技术员、校尉军官、士兵，热泪横流，纵情欢呼：

"成功啦,成功啦!"

"中国有了氢弹,有了氢弹!……有了……"

……

正是这时,在一列驶向哈密的火车上,乘客们纷纷发现眼前出现了两个太阳。东边天空里悬着的那一个,是从遥远的东海里升上来的;西边浮着的那一个,却是从近处罗布泊沙漠里涌现出来的。这就是当日人们口口相传、风靡了大西北的那个神秘色彩的新闻。

也正是这个时刻,一架载着八一电影厂摄制组的直升机从开屏向罗布泊飞去,摄影师无意间望见了天空中明晃晃的两个太阳。他们欣喜若狂,急忙举起摄影机,抢拍下了这个空前瑰丽无比壮观的奇景。这就是后来在电影、画报、图片上屡屡出现,至今还令人心醉神迷的两个太阳。

1945年7月16日凌晨,当美国人在新墨西哥州沙漠里的塔架上爆响第一颗原子弹时,他们以"只有一千个太阳,才能与其争辉"的浪漫激情诗句,来赞颂美国从此步入了核霸主的殿堂。

1967年6月17日8点20分,当我国在罗布泊首次空爆成功第一颗氢弹时,天空中以两个太阳的奇景来装点千年古国最新的辉煌,预示着核霸天堂的崩塌。

一代伟人毛泽东说:"美国、苏联搞核垄断,要天无二日,我们偏不答应,天空中要有两个太阳。"

两个太阳——这是历史,并非神话。

后记
Postscript

20世纪五六十年代,在中华大地上出现的五四三部队是一支披覆着神秘面纱的队伍。它在行军作战时,连番号、服装、汽车牌号都改称为地质勘探队。这支仅仅拥有五个作战营兵力的地空导弹兵,硬是把当时世界上技术最先进、被吹嘘为打不下来的美国高空侦察飞机——U-2打得纷纷坠地,打得闻风丧胆,打得终于不敢再来中国大陆上空露面。这支导弹兵真正成了"玉宇澄清万里埃"的金猴。

一支装备笨重、机动性差,本来只适用于要地防空的现代化尖端技术兵种,竟然在漫长的十个寒暑春秋中,神出鬼没地驰骋在长城内外、大江南北,在风餐露宿中踏遍了祖国的千山万水。一大群文化素质较高、操纵着先进技术兵器的青年官兵,竟然住在马毛絮成的军用帐篷里打了十年的导弹游击战。我问过英雄营长岳振华,十年的帐篷生活,你得到的最大收获是什么?他回答说:"我终身不再患感冒了!"咀嚼着英雄的这句话,品味着他们当年生活的情景,实在让人感动,令人震惊！但在当年，此中风雨，此中苦涩艰辛，局外人是无法知道的。他们工作战斗的特殊性质要求他们成为一群隐姓埋名的军人。

20世纪五六十年代，我有幸结识了这支队伍中的若干同志，也曾听闻过他们充满浪漫主义色彩的军旅生涯，但是，我始终不能作进一步的接近。离休后，我有了充分的写作时间，有了自由创作的条件，我首先想到要写写他们，而我的愿望却不能实现。其实这支神秘的队伍，早已成了昨日的秘密。当年那些最令人心醉神迷的电子战、"近快战法"等，早已被当今的电子计算机技术和更新的战法所取代、所超越了。而这群青年官兵当年的英雄主义精神，他们在充满浪漫激情和传奇色彩的生活和斗争中迸射出来的光华，却是永远不能取代和磨灭。让如此光彩照人的精神瑰宝永远尘封在保密柜里，被时光逐渐磨洗掉，以至在人的记忆中成为一片空白，实在令人惋惜！

我要感谢于振武将军，是他应允了我来写这支英雄部队战斗生活的请求，是他允许我查阅了当年历次作战的档案材料，使我获得了描写这支英雄部队史诗般故事的宝贵历史资料。

20世纪七八十年代，我在兰州军区空军任职期间，同大西北核试验发生过接触。我进入罗布泊亲眼见过核爆炸的辉煌，我同航空兵部队空投空爆原子弹、氢弹的指挥员，飞行人员，参谋人员，战斗员，战勤保障人员多年生活在一起，我组织整理过空投空爆原子弹的历史资料。我在大西北黄土高原、雪山草地、戈壁沙漠里活动了九个年头。这片干渴贫瘠却非常雄浑壮阔的山川，真正构成了我们民族的脊梁！这里的大地、人民深情地哺育了我，大大地开阔了我的眼界，使我的心灵得到了升华，荡涤了个人坎坷遭遇中的尘埃，使我晚年的征程充满了战士的豪情。当我动手准备写这些光辉的人和事时，我得到了兰州军区空军李永德、臧穗、张翰华将军和机关同志的热忱关怀和全力支持。

在采访和深入研究这些史料中，我恍然发觉，20世纪五六十年代空军地空导弹兵反美蒋U-2的斗争以及航空兵空投空爆核弹的活动，都同核试验任务有紧密的联系。准确点说，它是中国核试验的一个组成部分。地空导弹兵的大部分作战行动都是为保卫在大西北进行的核试验。

中国的核试验是在世界核大国咄咄逼人的核垄断、核恫吓、核讹诈的形势下，被迫采取的自卫的、正义的行动。这种自卫的、正义的行动，自然要折射出我们民族的雄魂和正气。这使我终于获得了本书的主旋律。至于我能有此收获，还应感谢空军原作战部副部长、曾任福州军区空军参谋长的恽前程和作家乔良同志的鼎力帮助。

我能向岳振华、于福海、汪林、徐克江、何方、张伯华、恽前程、文绶、王笃敬、张至树、田在津、刘济棠、王友亮、邱慎言诸战友进行单独采访，当面听他们畅谈自己的战斗历程，是我平生的一大幸事，也是一大快事。他们给予我的，远远超过了我在书中对他们的记述。对此我既感激又惭愧。他们中的几位同志还对本书中专业性、技术性的内容和文字进行了认真细致的校订和改正。徐克江同志将他珍藏的《当代中国国防科技事业》一书供我参阅，使我在叙述我国核工业、核武器的发展情形时，有了准确可靠的依据，这都是十分难得、极为宝贵的，在此一并致谢。

成钧将军的夫人周月茜同志为我在北京的采访做了周到的安排。老伴钱璘一直陪同我采访、录音和记录，又用电脑帮我打印书稿和校对，使我免爬方格之苦，这些都是我应深致谢忱的。

在写作过程中，我常有一种力不从心之感，因为受自己政治思想水平和军事文化素养的限制，对书中人物、事件、时代背景等方面的看法，难免有偏颇、肤浅、疏漏以至错误之处，这都只有恳切地期待知我者和广大读者批评指正。

　　写作本书时，刘亚楼将军和成钧将军已离世多年。两位将军都是我平生最敬重的师长，他们生前对我的教诲和厚爱令我终身难忘。现在，将此书权当一瓣心香奉献在两位将军的遗容之前，希望能使他们的在天之灵得到一点慰藉。

　　此书出版五年后，家人将我的文学作品都放在了博客上，得到了许多读者的垂爱。2011年山西人民出版社来信，要再版《中国空军击落U-2纪实》。

　　2012年5月间，编辑吕绘元将修改好的书稿寄给我。吕绘元同志将我的文章做了一些修改，特别是原著第六章的《两个太阳》一节，在内容上对空投原子弹和氢弹的全过程进行了淋漓尽致、绘声绘色的补充，提高了作品的可读性，并且使该书的主题思想更深挖了一层。

　　她比我幸运，我当年写这本书时受到许多保密限制，今天已经不存在了。她的文风好，她修改的地方我都同意。

　　我得到了当年空军领航员尖子于福海同志的鼎力相助。中国第一颗原子弹是他在空中亲自操作投下来的，第一颗氢弹是他在地面指挥空投下来的。本书关于空投的事都经他审阅修改。

　　在这里，我向编辑吕绘元和于福海同志表示诚挚的谢意。

谢雪畴

1996年10月14日初稿于西安

2012年5月修订于西安